U0943149

New York Intellectuals
纽约知识分子丛书

Philip Rhav

菲利普·拉夫

张瑞华 著

译林出版社

图书在版编目(CIP)数据

菲利普·拉夫 / 张瑞华著. —南京: 译林出版社, 2013.7
(纽约知识分子丛书)
ISBN 978-7-5447-3808-8

I. ①菲… II. ①张… III. ①拉夫, P. -文学思想-思想评论
Ⅳ. ①I712.065

中国版本图书馆CIP数据核字(2013)第082306号

书　　名　菲利普·拉夫
作　　者　张瑞华
责任编辑　许　昆
出版发行　凤凰出版传媒股份有限公司
　　　　　译林出版社
出版社地址　南京市湖南路1号A楼, 邮编: 210009
电子邮箱　yilin@yilin.com
出版社网址　http://www.yilin.com
经　　销　凤凰出版传媒股份有限公司
印　　刷　江苏凤凰新华印务有限公司
开　　本　880×1230毫米　1/32
印　　张　8.25
字　　数　187千
版　　次　2013年7月第1版　2013年7月第1次印刷
书　　号　ISBN 978-7-5447-3808-8
定　　价　29.80元
译林版图书若有印装错误可向出版社调换
(电话: 025-83658316)

总　序

钱满素

“纽约知识分子”指的是20世纪30年代起活跃在美国文坛的几十位知识分子，他们中不少是东欧犹太移民后裔，生活在纽约地区。他们关心社会，热衷政治，钻研文学，从事认真严肃的社会文化批评。欧文·豪在1968年的文章《纽约知识分子：实录与评判》中首次使用了这个称号。

他们早年信仰马克思主义，亲近美国共产党，憧憬伟大无产阶级文学的出现，激进政治与高雅文学的结合可以说是他们最初的理想。然而随着20世纪30年代国际时势的急遽变化，他们开始表现出独立的姿态。作为一个群体，他们是在1937年底复刊的《党派评论》杂志抵制斯大林主义的旗帜下联合起来的。他们声称这是一份开放的文学月刊，不跟从任何意识形态，不规定任何创作技巧，以赞成民主争论的马克思主义作为文化分析和评价的工具，立志为被扭曲的激进主义提供一种新的方向。《党派评论》的高格调开风气之先，影响了美国其他刊物，成为当时赫赫有名的思想类杂志，吸引着世界一流的作者。

纽约知识分子大致可分为两代几个年龄层次：第一代有威尔逊、悉尼·胡克、特里林、威廉·菲利普斯、拉夫等。比他们年轻的有卡津、索尔·贝娄、理查德·霍夫斯塔特、查·赖特·米尔斯和小阿瑟·施莱辛格等。第二代有丹尼尔·贝尔、豪、欧文·克里斯托等，较年轻的还有苏珊·桑塔格等。显然，少了这群出类拔萃之辈，20世纪的美国文化将是另外一种面貌。

本丛书由于专业等原因，仅选择了在文学批评领域成就卓著的五位作为代表。其中威尔逊生于19世纪末，是资格最老的，现在仍然可能是他们中最重要的一位，五人中唯有他不是犹太人，而是有浓厚的新英格兰清教背景。在《党派评论》创刊前他已经颇有权威，是刊物首选的撰稿人之一。特里林和拉夫都生于20世纪初，年龄相仿，但两人经历和性格却很不同。特里林生于美国，家庭虽为犹太移民，但已步入中产阶级，因此能在当时一般犹太移民青年很难进入的哥伦比亚大学接受良好教育，日后还成了哥大英语系的第一位犹太教授。他不那么政治化，主要成就在文学评论方面。相比之下，拉夫经历坎坷，自学成才，思想激进。他生于俄国，14岁才移民美国，正是他和菲利普斯两人创办了《党派评论》，并且以顽强的意志和敏锐的才智顶住各方压力，将它办成一份特立独行的左派刊物。卡津和豪又比他们年轻十来岁，卡津在美国文学上贡献很大，而豪是这群人中坚持左派政治最久的一位，后来自己还办了刊物《异议》。20世纪90年代末，这些人都已陆续告别这个世界，2003年《党派评论》的停刊无疑标志着曾经左右美国文坛的纽约知识分子群体已成历史。

纽约知识分子个个博学多才，自成一家，可谓各有特点。但只要略为深入，便能发现他们信念上风格上的很多共同之处，正是这些相对持久的共性使这个群体对内具有凝聚力，对外具有吸引力。

首先是他们的世界主义。他们虽然多为犹太人，但犹太性或种族性并不是他们关注的中心，他们的立场是世界主义的，也许这正是国际主义的马克思主义吸引他们的原因。他们思想开放，反对教条，主张文化的多元，力图从人类的大视角来思考问题，而不囿于彰显本族的文化。

其次是他们公共知识分子的特点。他们关注社会问题，富于政治激情，敢于发表自己的观点，虽然不可能一贯正确，但从不媚俗或盲从权威。由于他们始终保持批判性思维，故常能发挥社会良心的作用。在近半个世纪的时间里，他们的社会文化评论总是及时地出现在各种杂志刊物上，拥有大量读者，影响社会舆论。

第三是他们对人类优秀文化的继承。他们大都文学造诣很高，谙熟西方文学文化，尊重并维护西方文明的优秀传统，特别是人文主义精神这一光辉遗产。同时，他们又善于创新，在对美国文明和美国文学的梳理总结上尤为突出。现如今有人会说他们的文学批评缺乏理论和体系，但他们本来就不追求这些形式。他们的文章清晰典雅，形成特定的品位和风度，本身就给读者一种文学的审美享受。这样的评论无公式理论可套，凭的是深厚的积淀和睿智，非平庸之辈拾人牙慧便能写就。

以纽约知识分子在当代美国文化的重要性而言，国内对他们的了解尚待深入。南京师范大学外语学院的青年才俊们有志于此，在充分掌握资料后以十年磨一剑的严谨态度，几番增删修润，终于完成了这套研究丛书，奉献给有兴趣的读者。

目 录

前言……1

一 拉夫的生活经历……13

1. 飘泊不定的早期生活……15
2. 激进主义与《党派评论》……17
3. 《党派评论》内部的分歧……34
4. 个人感情生活……42
5. 20世纪50年代逐渐“进入”美国……48
6. 20世纪60年代的沉默与“再生”……56
7. 波士顿的最后几年……68

二 拉夫与《党派评论》……75

1. 《党派评论》的编辑宗旨……78
2. 《党派评论》的编辑原则……88
3. 《党派评论》的机构化建设……93
4. 《党派评论》的经济来源……101

三 拉夫的政治思想……107

1. 激进主义的思想基础……109
2. 文学与政治的关系……117
   - 2.1 无产阶级文学运动……119
   - 2.2 文学的现代主义运动……124
3. 共产主义的堕落与蜕变……136
   - 3.1 反斯大林主义……136
   - 3.2 战后的反共主义……142

四　拉夫的文学思想……149
1. 批评与批评“理论”……154
1.1 批评与批评的目的……154
1.2 批评方法……157
1.3 批评对象与批评手段……159
1.4 批评的基本原则……163
2. 创造性矛盾：对欧洲现代主义作家的批评……168
3. 经验与思想的对立：美国文学批评之一……184
4.“第六感”与“时代潮流”：美国文学批评之二……193
4.1 自然主义……194
4.2 无产阶级文学……198
4.3 对神话—象征的猎取……200
4.4 形式主义的新批评……206
5. 作为文学批评家的品质……207
五　结语……219
注释……225
参考书目……246
主要译名英汉对照表……249
菲利普·拉夫大事年表……255
后记……257

前言

在美国知识分子历史中，纽约知识分子赫然在目。作为公共知识分子，他们无疑是20世纪30年代到50年代间活跃于美国知识分子舞台上的一支强劲而名字响亮的队伍。尽管公共知识分子的时代已经过去，但是人们对他们的关注却始终存在。1987年，拉塞尔·雅各比以启示录式的书名、怀旧的口吻，出版了《最后的知识分子》一书。在书中，雅各比抛出了纽约知识分子不仅是美国最伟大的公共思想家，也是最后的知识分子的断言。雅各比通过对当今美国知识分子现状的分析，指出如今占据知识界的已不再是从前的"公共"知识分子，而是各类各派学术专家，即所谓的"私人"知识分子；雅各比叹息现在"有上千名激进的社会学家，但没有米尔斯；有三百名好斗的文艺理论家，但没有威尔逊"。[1]该书一出版就激起了评论界的激烈论辩，但不久之后大家都趋于认同雅各比的观点：就美国目前的情况而言，公共知识分子的确已不复存在。[2]

人们对公共知识分子的普遍认识几乎都与《党派评论》周围的社会文化批评家，如菲利普·拉夫、埃德蒙·威尔逊、莱昂内尔·特里林、艾尔弗雷德·卡津、欧文·豪、丹尼尔·贝尔有关。他们也是纽约知识分子这个诺曼·波德霍雷茨所谓的"家族"的三代成员的代表人物。当初面临美国资本主义经济制度的崩溃，这些知识分子深受激进主义思想的吸引，纷纷加入共产主义组织，探寻马克思主义的种种可能。1936年的莫斯科审判使他们大受震撼，随后成为揭露斯大林极权统治以及苏联真相的坚定的反斯大林主义者。从此，他们开始偏离大多数左派分子，拒绝无产阶级艺术，在反对多种形式的斯大林主义的同时，倡导文学的现代主义，成为"反对中产阶级市侩势力，在政治思想与文学实验上高举欧洲标准旗帜的人士"。[3]第二次世界大战的来临使他们在美国该不该参加战争的问题上产生分歧，但无论他们对美国的看法有多么不同，战后时局的变化都使他们在调整自己的政治倾向时，"一方面为美国政府提议外交政策，另一方面又保持对美国社会秩序的批评态度"。他们相信胡克的论断，"如今……共产主义是对人类自由的最大威胁"，[4]

然而，尽管他们认同麦卡锡的共产主义威胁论，他们还是普遍反对麦卡锡迫害共产主义者的极端行为。20世纪60年代，随着美国社会进一步朝有利于知识分子的方向发展，再加上个人旨趣以及志向的不同，纽约知识分子这个“家族”开始分崩离析，越战可能是他们最后一次作为一个统一的“家族”对外说话，之后尽管他们继续在美国社会中起着重要作用，但已全然失去往日的内部和谐与统一。

如今，这个主要由作家、政治理论家、社会文化批评家组成的“家族”中老一代成员均已作古，年轻的一代也不再年轻。随着《党派评论》于2003年4月停刊以及九十四岁高龄的威廉·菲利普斯于2002年9月离世，纽约知识分子已成历史，但他们所留下的文学历史批评巨著、所经历的辉煌以及所产生的巨大影响无疑是美国文化历史上的宝贵遗产。正如欧文·豪与一位文化史学家所总结的：他们在文学上“创造了一种全新的，对这个国家来说，几乎是陌生的创作风格：全球性的、博学的且经常富含争辩的”；在政治上，“在将近三十年间他们代表了美国知识分子的核心，既作为国家之声音，又作为国家之良知”。[5]

如此重要的政治文化地位无论如何都离不开他们的“家族”舆论工具——《党派评论》。自杂志诞生之日起，尤其是自1937年复刊之后，《党派评论》就一直是他们的机构刊物，帮助确立了他们在美国社会中的地位及影响力。它既是“美国知识分子群体的家庭喉舌”，又是“第二次世界大战前后，甚至有可能是历史上最具影响力的小型刊物”。[6]当然，《党派评论》的成就离不开杂志的思想内容，尤其是杂志对于文学与政治的关注、它所展现的那个历史时期的经验模式以及它对知识分子的普遍关怀，也离不开两位创始人——菲利普·拉夫与威廉·菲利普斯，尤其是拉夫的贡献。拉夫是公认的杂志的核心，他起着既是总指挥又是战略家的作用；他领导杂志就像指挥战争，而且在很大程度上他的编辑个性是压倒一切的；而与拉夫相比，菲利普斯起的是领班与裁判的作用。詹姆斯·法雷尔戏称两人的结合是“内容与形式”的结合。

拉夫个性强悍、善于思辨、言语尖锐。对他的评说总是离不开他一手创办的杂志——《党派评论》。因此，美国知识分子、纽约知识分子、《党派评论》、拉夫，它们总是锁链一般相互联结着、相互作用着。如果我们把美国知识分子比作一棵大树，那么纽约知识分子、《党派评论》便是这棵大树上的枝干与枝杈，而拉夫则是枝杈上的枝杈。这或许是个不太贴切的比喻，但本书的目的就是想借助美国知识分子这棵“大树”及相关的社会历史语境，探讨拉夫这枝“树杈”：它是如何成长起来的？长什么样子？又是如何“一枝独秀”乃至“独树一帜”的？当然，本书借助这样一个语境，还有一个无法回避的原因，那就是：尽管拉夫给读者留下了不少优秀的，乃至一流的政治、文学批评文章，但他几乎从来不说自己以及自己的生活，以至于我们对他个人的了解只能依靠别人对他的评说。然而，令人非常遗憾的是，就是这类评说也十分有限，因为同时代的知识分子对他的个人生活也知之甚少。他们普遍的印象是：拉夫对别人津津乐道，对自己却总是三缄其口。“他总是神神秘秘，几乎不为人所知。”[7]尽管这样，拉夫的编辑思想、政治思想以及文学思想还是非常透明、非常清晰的。

与其他纽约知识分子一样，拉夫早期深受激进主义的影响，相信马克思主义既是他们行动的指南，又是他们政治、文学思想的哲学基础。在激进气氛热烈的20世纪30年代，拉夫加入共产党，之后又不折不扣地是一位热情高涨的革命者。1934年的《党派评论》无疑是这种激进革命热情的产物。但是，赋予《党派评论》地位的却绝不是它对时代潮流的顺应，而在很大程度上，与拉夫一样，是对时代潮流的反对或者说是抵制。回顾《党派评论》的历史，尽管《党派评论》初刊时是共产党旗下的革命刊物，但第二年，拉夫就敏感地发现无产阶级文学有问题，例如：共产党对文学的操纵、文学质量的普遍下降、批评的党性化倾向，等等。第三年，再加上财政问题以及共产党政策的转向，《党派评论》宣布停刊。莫斯科审判坚定了拉夫与共产党脱离的决心，使他毅然走上反斯大林主义的道路。因此，1937年复刊时，拉夫坚持《党派评论》与任何党派和党性分离，杂志的关注中心从无产阶级转向了知识分子，从高尔基与反叛诗人转向了卡夫卡、陀思妥耶夫斯基、T.S.艾略特、亨利·詹姆斯等。这种编辑思想与立场深深吸引了一大批具有类似倾向的知识分子，他们大多数是犹太知识分子，且很快形成了一个非常独特的群体。有人将这个弥漫着犹太气氛的圈子称作美国的"布卢姆斯伯里团体"。威廉·巴勒特曾提到，他在那些犹太知识分子中间几乎忘记了自己根本就不是个犹太人。

第二次世界大战初期，随着知识分子对美国以及战争的态度逐渐分化，《党派评论》成为了论争美国该不该加入欧洲战争的前沿阵地。拉夫的态度从最初的不介入战争转变为"在某种意义上，这场战争便是我们的战争"。这种态度的转变使德怀特·麦克唐纳等一些坚决的反战成员离开《党派评论》。20世纪50年代，拉夫引领《党派评论》率先揭露了苏联共产主义的极权性质。尽管在对待麦卡锡极端迫害共产主义者的问题上，《党派评论》没有成为批评麦卡锡主义的领头羊，但拉夫本人还是表现出了与众不同的对麦卡锡的谴责。除了政治上的成就，或许《党派评论》最大的成就在于它发现并培养了一大批才华横溢的作家与批评家，他们中最有代表性的人物有：索尔·贝娄、苏珊·桑塔格、莱昂内尔·特里林、玛丽·麦卡锡、欧文·豪、艾尔弗雷德·卡津、德怀特·麦克唐纳、迈耶·夏皮罗、克莱门特·格林伯格、哈罗德·罗森堡等。据欧文·豪说，《党派评论》"不仅帮助创立了美国文学中的新流派，即城市'疏离'小说以及犹太小说，而且还帮助形成了美国文学批评中的独特流派，即所谓的纽约社会批评家"。[8]当然，《党派评论》能成为国内最具影响力的杂志，也离不开这些作家与批评家的贡献。

在那群个性迥异、成就卓著的纽约知识分子中，拉夫是位非常特殊的人物。拉夫早年辗转数国，饱尝生活的艰辛，因此除了20世纪50年代在政治上沉默了一段时间外，拉夫基本上一直是位共产主义者。他留下的政治文章是他所经历的共产主义历程的最好体现，其中包括：20世纪30年代在《新群众》、《工人日报》、《反叛诗人》等共产主义杂志上发表的宣扬共产主义、无产阶级文学的、充满革命乐观主义的文章；20世纪30年代末与40年代初对与共产主义相对的斯大林主义的揭露与批评；20世纪50年代中期到60年代初对共产主义成为一种实际的政治教条的质疑；以及最后几年他向20世纪30年代的激进马克思主义的回归等。这些文章体现了拉夫作为一名共产主义者的政治使命感与责任感：大萧条之前，他着意向美国人介绍马克思、列宁；莫斯科审判之后，介绍斯大林、托洛茨基，介绍马克思主义在苏联的堕落以及斯大林主义的真相；之后，介绍凯斯特勒、马尔罗、萨特等一些欧洲激进知识分子，同时观照美国知识分子的思想与意识，提醒战后美国知识分子注意普遍的"资产阶级化"倾向。事实上，拉夫的这些思想都得到了延伸，成了《党派评论》的部分政治使命。

然而，拉夫毕竟是位热爱文学的文学批评家，他首要关心的还是政治世界中文学的存在。20世纪40和50年代是拉夫的政治保守时期，但却是他作为文学批评家的最繁荣时期。随着激进主义逐渐消退，拉夫对文学的兴趣越来越浓。他的批评视野基本上落在对现代美国文学、欧洲现代主义作家的阐释以及对时代潮流，例如新批评、形式主义、宗教回归、神话—象征崇拜等的反击上。那段时间，拉夫创作出了一批极富洞察力与思辨性的批评作品。这些，再加上后期的一些作品，具体体现了拉夫所一贯坚持的批评思想与批评原则。

拉夫头脑清醒、思想具体、道德意识强烈。他认为批评是周旋于生活与艺术间极具责任感的活动；批评家的职责是恢复文学事件中参与者的角色。可以说，拉夫的批评代表着一种道德姿态。拉夫提倡文学过程的自律，蔑视任何以意识形态评判作品的批评家，如马克斯韦尔·盖斯马、格兰维尔·希克斯、伯纳德·德·沃托等；但拉夫又不同于绝对"审美"的批评家，他还注重艺术的政治含义。马克思主义与现代主义之所以能在拉夫身上融合，主要是因为对拉夫来说，革命的马克思主义与文学的现代主义是对付绝望处境的两大激进力量。拉夫还寻找“有用的过去”，视历史为机会的区域，作家确立自我的重要因素。这种“第六感”赋予了拉夫辨别欧洲经典作家与美国作家的能力，使他能够与他的批评对象保持一定的距离，并能客观、公正地评说他们的功过、优劣。

拉夫的文学批评方法基本上是马克思主义的，他强调文学的社会决定因素以及艺术客体在时间维度中的存在，但拉夫同时又吸收了存在主义、心理分析、社会学中的一些概念。我们欣赏拉夫的一个重要原因在于他能够恰到好处地运用这些现代批评资源，不囿于某一方法或技巧。

与他比较欧洲化的政治思想一致的是，拉夫的文学思想也非常欧洲化。在《党派评论》复刊之后，拉夫有感于美国文学的不足，曾号召进行“美国文学的欧洲化”。拉夫的这种文学的欧洲化思想是在并不丢弃本国特色的基础上提出的，拉夫坚持“美国文学的欧洲化”不是对欧洲文学的单纯模仿或再现，而是拓宽民族文化，给美国文化注入新的活力，使之更加国际化。这种文学前景具体要求美国文学能创造出一种在思想上是世界性的、在具体内涵上是民族性的文学，正像德国作家托马斯·曼所创造的那样。在拉夫的思想中，美国文化与世界文化的关系就像伦道夫·伯恩所言的不同种族的文化与美国文化的关系。拉夫本人也是欧洲现代主义大师的仰慕者，其中最典型的人物是陀思妥耶夫斯基。尽管拉夫与他无论在脾性上还是在观念上都差异甚大，但却发现了他对现代危机所作的种种思考及其作品中所蕴涵的多重矛盾冲突与对立差异。拉夫认为，在所有现代小说中，陀思妥耶夫斯基的《群魔》与现代经历的关系最为密切；陀思妥耶夫斯基的作品无论是在人物塑造还是在经验与思想、生活与文学、传统与创新等一系列辩证关系的演绎方面，都蕴涵着“创造性矛盾”。“创造性矛盾”是拉夫批评思想中的最高文学价值的体现。以欧洲文学为参照，拉夫在阅读美国文学时发现美国文学存在着严重的对立与分裂，即以纳撒尼尔·霍桑与亨利·詹姆斯为代表的“苍白脸”和以惠特曼与马克·吐温为代表的“红皮肤”两种传统之间的对立与分裂。然而拉夫又提出，尽管这两种传统之间存在着许多方面的对立，但两者在对于经验的态度上却存在着明显的共同之处。拉夫希望在美国生活得到深入的同时，美国文学中对经验的崇拜能在与思想的融合中减弱，美国文化能最终走出两极分裂的死胡同。

拉夫还对批评家提出了看法。他指出批评家永远不能成为任何偏见或狭隘的奴仆；他必须了解国家的传统偏见，必须以世界文学的最高标准审视作品。他既不能戴着任何意识形态的有色眼镜去评判作品，又不能将作家的意识形态等同于作品的意识形态。一位优秀的批评家应该能够判断什么是世界级的珍品，什么是民族层次上的优秀作品。他必须公正、客观、严谨、清醒，而且还需要道德意识、批评智慧、审美力、鉴赏力、评判力等多种才能。事实上，拉夫的批评就是他所坚持的这些才能与意识相结合的典范。如果我们相信卡津所言：拉夫“本质上是位辩论家，而不是作家……是知识分子司仪与主帅……是他那群激进知识分子的约翰逊博士”[9]，那么我们无疑是在低估乃至忽视拉夫的文学与批评才能。尽管拉夫一生没有留下任何宏篇巨著，但拉夫对美国文学中存在的严重分裂、对美国文学对经验的崇拜以及对陀思妥耶夫斯基的剖析与洞见不能不说是引人深思。

这位乌克兰出生，毕生致力于将全球意识带入美国的欧洲移民，与其他纽约知识分子一样梦想着在美国取得成功、得到承认，但他同时又是那群知识分子中最边缘的人物。在逐渐认识美国、接受美国，将它接纳为“我们的国家与我们的文化”，并于1957年进入美国布兰迪斯大学的整个过程中，拉夫似乎在，并且也想与美国、与自己达成妥协。然而，他最终还是无法妥协，在失去了抗击时代潮流的最后一个阵地——《现代时刻》之后，他彻底崩溃了。无论说他如威廉·巴勒特所言，“越是成功，就越是抨击给他带来成功的那个制度”，是位很不明智的顽固分子[10]；还是说他是位羸弱老人，最终被时代潮流所击溃；还是说他如玛丽·麦卡锡在著名悼词中所说，“从未学会游泳”，具有那种反抗时代潮流的精神；还是说他至死还在守望着自己的那块“麦田”，是位不经世事、顽固不化的马克思主义者……无论如何，拉夫的确是个矛盾的多面体，在他身上存在着许多互相冲突，乃至令人不解的矛盾。玛丽·麦卡锡提到：“正如那些认识他的人所看到的，在拉夫身上存在着两个人物，他们长期紧密地结合在一起——没有冲突。说一个是政治的、阳刚的以及进攻性强的，而另一个是艺术的、阴柔的以及梦幻的可能过于简单，但这些对立就是组成部分。”[11]的确，这是拉夫众多矛盾中最明显的，或许也是最具意义的一对矛盾，因为这两个拉夫的融合形成了第三个拉夫，即作为编辑的拉夫。他能够以不同的面孔处理不同的人和事，能够或强或弱、或硬或软地周旋在政治与文学之间。但除此之外，或许还存在着第四个、第五个、第六个……拉夫。例如，拉夫热爱生活，但似乎生活对他过于吝啬：早年离开父母，被迫独自谋生；经历过两次离异；遭遇过感情的背叛以及第三任妻子葬身火海的打击；后来又因第四任妻子脾性、教养的问题，他最终陷入崩溃境地。拉夫生前对自己的犹太性讳莫如深，但却把价值一百多万美元的遗产留给了以色列。拉夫政治思想激进，写有不少政治评论，但在他的三大批评文集中却没有那些政治文章的一席之地……这些拉夫与前三个相比无疑隐蔽得多，但它们却是使拉夫这位人物丰满起来的具体因素。指出拉夫身上存在着这些矛盾并不是说拉夫是位个性分裂的人物，相反，各个方面的对立在拉夫身上得到了很好的调合，让人觉得他就是一个活生生的充满矛盾、困惑与苦恼的典型的现代人物。

作为社会—文化批评家，拉夫与威尔逊和特里林相比并不多产，但事实上，无论是在批评种类还是在批评质量上，拉夫并不逊色。威廉·巴勒特认为：

> 如果从另一角度进行比较……以他自己特有的方式以及在某一段时期内，他或许比威尔逊更具影响力。的确，相比之下，他的作品微乎其微，他的读者也仅有威尔逊的一小部分那么多，但他的影响更多地体现在年轻的知识分子身上。他们在继续教授文学或者从事文学创作，尽管他们可能没有完全追随他的思想，甚至有可能采取了相反的立场，但他们都以自己的思维方式从拉夫那儿得到了某种教导，并扩大了他的影响力。[12]

这段话可以说是对拉夫最有意义的，也最公正的总结与评判。

拉夫的生活经历

1 飘泊不定的早期生活

1908年3月10日在乌克兰库坪（Kupin）的一个犹太贫民区，随着一声啼哭，一个男婴降生了。这就是菲利普·拉夫，当时起名为伊凡·格林伯格，是家中的次子。格林伯格夫妇是虔诚的犹太复国主义者，当时全家靠经营一家织物商店勉强度日。尽管生活艰辛，但伊凡的诞生还是给全家带来了极大的欢乐与希望。童年的拉夫就是在这样一个贫穷但又不乏关爱与温暖的普通犹太家庭内成长的。然而，在拉夫七八岁时，迫于生计，父亲不得不远渡重洋，奔赴美国，后来在罗得岛的普罗维登斯做了小贩。格林伯格先生每日走街串户，吆喝着、奔波着，希望有朝一日能攒上足够的钱，将妻儿接到美国。

1917年，俄国十月革命爆发，战争不幸波及了拉夫家所在的小村庄。格林伯格家赖于糊口的小店遭到没收，他们被迫逃往奥地利。在维也纳逗留两年之后，他们终于到达美国的普罗维登斯，得以与父亲团聚。几年之后，格林伯格全家又移居到巴勒斯坦，在那儿拉夫的父亲开了个小家具厂。小厂生意惨淡，不久就倒闭了。1922年，拉夫十四岁，小小年纪已具有独立意识。拉夫决定独自返回美国，从此开始了与留在普罗维登斯的长兄相依为命的艰苦日子，同时也开始了他一生中仅有的两年学校教育。那时，拉夫明显比班上的其他孩子大，“旧式的欧洲学生打扮，黑长裤、黑长袜，在美国小孩子眼中活脱脱一个阴沉忧郁的小老头”。[1]

尽管拉夫连中学都没有读完，更不用说上大学，但他的语言领悟能力超人。除了熟练掌握英语之外，拉夫还通晓意第绪语、俄语、德语、希伯来语以及法语。意第绪语是他作为犹太人的本族语言，俄语是出生地的语言，德语、希伯来语是在奥地利和巴勒斯坦学的，而法语则是在辗转几国的途中习得的。

这种辗转几国的不安定早期经历使拉夫明显有异于圈内土生土长的美国犹太知识分子。拉夫的英语带有明显的东欧口音，因而他常被视为"更不易被美国文化同化"的"局外人"。拉夫对文学的爱好及志向起始于俄国十月革命时期。那时他只有八九岁。拉夫记得有一天祖母急匆匆地跑进小店，告诉全家"沙皇倒了"，这对不谙世事的小拉夫来说无异于天塌，他吓得赶忙躲到柜台后面。俄国士兵占领了他家所住的村庄之后，有好几个星期，拉夫整日躲在店内，不敢出门。然而，就在这段时期，一位住在他家的俄国士兵——拉夫只记得他身材挺拔、金发碧眼、英俊潇洒——送给他好几本书，其中有陀思妥耶夫斯基与托尔斯泰的作品。这个小小的举动对那位士兵来说并无特别意义，但对幼小的拉夫来说有重大的意义——拉夫在半个世纪之后还常回忆那段美好的时间——它安抚了一颗遭受战争恐惧袭击的幼小心灵，使他能在阅读中挨过那段不平静的日子；另一方面，并且更重要的是，这些书充当了拉夫的启蒙老师：这是拉夫第一次真正接触到俄语的书面形式。陀思妥耶夫斯基、托尔斯泰开启了一个八九岁孩子的文学之梦。或许正是这种梦想才使拉夫日后毅然决定独自从巴勒斯坦回到美国，毕竟巴勒斯坦这个舞台太小了，它无法实现身怀远大文学志向的犹太少年的梦。只有美国才是他可以施展才能之地。

然而，远离父母的艰辛移民生活使拉夫很快离开了学校，那是1924年，拉夫十六岁。辍学后，拉夫为了谋生从普罗维登斯去了俄勒冈。拉夫在那儿的一个广告公司找到了一份撰写广告的工作。工作之余，除了教授一些希伯来文之外，拉夫的所有时间几乎都是在公共图书馆内度过的。在那儿，拉夫刻苦钻研，攻读了一本又一本的文学、历史、哲学经典。毫无疑问，那段时间是拉夫文史哲知识的原始积累时期，但那时拉夫的思想显然是非政治的，也是非激进的，因为在二十岁之前，拉夫几乎不读任何报纸。

大萧条的来临打破了拉夫既简单又平静的生活。与大多数人一样，拉夫也遭遇了失业。没有了经济来源，拉夫决定去东部寻找机会。1930年，拉夫抵达芝加哥，但芝加哥根本没给他任何机会，那段时间他无以谋生、身无分文，常是饥肠辘辘。六个月之后，拉夫被迫离开，奔赴下一站——纽约。拉夫在纽约的遭遇无异于在芝加哥：他还是一贫如洗，看不到任何转机。除了偶尔被请去教授希伯来文，挣几个小钱以外，拉夫经常食不果腹。为了填肚子，拉夫有时不得不加入领取救济面包的队伍，还时常在公园板凳上度过漫漫长夜。由于没有工作机会，拉夫索性钻进了纽约公共图书馆，沉浸在茫茫书海中，寻求慰藉、安宁，充实自己。但此时的拉夫与大萧条前单对文学感兴趣的拉夫有了很大的不同：生活的磨难使他逐渐感受到社会、经济的力量，他开始对政治感兴趣。

拉夫的这种变化其实在很大程度上是那个时代许多犹太知识分子思想变化的缩影。他的经历既反映了他们的生活现状，也体现了他们的生活理想：作为犹太移民或移民后代，他们遭遇着不同程度的排斥；而作为才华横溢的有识之士，他们又不满足于父辈的生活方式和现实处境，他们梦想在美国"取得成功"。大萧条加重了他们的经济困窘、生活艰辛，但同时也给他们带来了期盼已久的机会。政治激进主义的出现使他们相信，它不仅能改变他们的生活以及他们在社会中的角色，而且能结束他们在敌对社会中所受的种种不公待遇，为此他们很快接受了共产主义。在那时，接受共产主义的实际的一面是它至少能保证他们不饿肚子，有事可干；理想的一面是它还能使他们有梦可做，有理想可寄托，还有希望改变一切。

2 激进主义与《党派评论》

1932年是拉夫生命中的重大转折时期。一位名叫内森·阿德勒、有着远大抱负的作家带拉夫参加了一次约翰·里德俱乐部的会议。约翰·里德俱乐部是共产党的一个组织机构，以1920年在俄国去世的《群众》与《解放者》杂志的前编辑约翰·里德的名字命名。俱乐部成立于

1929年，三年间很快从纽约遍及全美的十二座城市，并于1932年在芝加哥召开全国大会，制定俱乐部宣言。俱乐部以鼓励无产阶级文学创作以及培养激进作家为宗旨，出版具有战斗性的无产阶级杂志，登载年轻作家的作品，油印传单，组织各种演讲会等等。这深深吸引着拉夫以及许多具有相似政治信念的年轻作家，他们开始视俱乐部为一个表达他们政治、文化信仰的舞台。尽管当时约翰·里德俱乐部的成员中有一些是著名作家与艺术家，但大多数还是默默无闻的小辈，这是当时的俱乐部的一大特色。

拉夫很快就加入了约翰·里德俱乐部，不久之后又加入了共产党。对此，威廉·菲利普斯的看法是：拉夫"从西海岸漂入了约翰·里德俱乐部"，他"没有经历现代主义时期就直接成为了左派"。[1]而拉夫自己则并不认同这种说法，他认为他是一位等待被激进主义拯救的标准的现代主义者："与这么多中产阶级知识分子一样，我学习了弗洛伊德、尼采、普鲁斯特、乔伊斯、兰波等等，但我真的什么也不知道，什么也不明白。"[2]不管怎么说，加入共产党对当时年轻、急于改变自身和参与文化革命的无名小卒来说是个重要的，也可以说是唯一的机会，并且就当时的处境来说也是个正确的选择。对此，拉夫自己完全心知肚明。为了纪念这个生命中的重大开始，拉夫还特意将自己的姓名伊凡·格林伯格改为菲利普·拉夫。"拉夫"在希伯来语中的意思既是犹太教教士又是犹太人对教师的尊称。看来，拉夫当时取这个名字时对自己的未来角色已有定夺，我们将看到，后来拉夫在《党派评论》编辑部以及《党派评论》作家圈中的角色就像位"教士"：他阅读、阐释、确定基调、引导讨论，并且在必要时，让持异议者沉默。

加入共产党之后，拉夫在党内担任了《无产阶级文学》杂志的秘书工作。《无产阶级文学》是一份由附属于革命作家国际联盟的革命作家联合会资助出版的月刊。初出茅庐的拉夫表现出了前所未有的热情与干劲，他全身心地投入了杂志的秘书工作。拉夫开始从事业余写作，在左派刊物《工人日报》和《新群众》上发表评论，同时还翻译、创作左派诗歌。《新群众》编辑约瑟夫·弗里曼回忆，他收到拉夫的一篇论普雷诺汉夫的文章时感到非常惊喜："文章作者竟是位不知名的布朗克斯男孩。"[3]后来，弗里曼还邀请拉夫继续为杂志撰稿。的确，拉夫后来的许多文章都发表在《新群众》上。

同期，拉夫还加入了纽约的"反叛诗人"团体，然而他的兴趣大大有别于当时《反叛诗人》杂志编辑杰克·康罗伊的兴趣。《反叛诗人》是当时最具无产阶级性的激进刊物，于1931年开始正式出版。这是拉夫编辑的第一份杂志，同时拉夫也为该杂志翻译、创作诗歌。拉夫希望《反叛诗人》杂志能更多地刊登批评性的文章与理论，反对杂志日益朝自由主义与社会主义方向发展的趋势；而康罗伊对文学批评则几乎不感兴趣，只希望杂志能更向年轻诗人开放。由于内部存在太多的争执与派别矛盾，不久"反叛诗人"团体解散，《反叛诗人》杂志停刊。[4]

拉夫于1932年在《反叛诗人》上发表了一篇题为《给年轻作家的一封公开信》的文章,自此走入人们的视野。这篇文章集中体现了拉夫20世纪30年代早期呼唤无产阶级文学的革命热情及乐观的文学政治思想。拉夫在文中严厉鞭挞了资产阶级文化的腐朽，同时又表达了他对马克思主义的坚定信仰。他认为马克思主义既是"文学理论的基础"，又是"文学分析的工具"；马克思主义在文学与政治中同等重要。拉夫提出，就目前形势而言，作家没有"中间之路"，他们必须在革命的无产阶级文学与堕落的资产阶级文学之间作出选择。除此之外，作家还必须将革命的文学意识形态与世界主义的、综合的马克思主义结合起来。[5]

因此，在短短不到一年的时间内，拉夫就走上了呼唤无产阶级运动的激进主义道路。他的文学热情在某种程度上被政治战斗力掩盖了。

杰克·康罗伊的《反叛诗人》停刊之后，拉夫的文章主要刊登在《新群众》上。作为20世纪30年代早期文化复兴以及文学革命的领袖刊物，《新群众》是众多激进作家的梦想出版之地；但作为约翰·里德俱乐部共产主义文学的半官方代言人,《新群众》的发展方向存在着许多问题:它本质上是对美国共产党政治、文化态度的反映,体现的是党的政治行动。拉夫认为,作为激进文学刊物,《新群众》一方面接近党的政治组织,具有过于政治化的倾向,另一方面又忽视乃至蔑视文学批评及其理论。例如,《新群众》不积极出版年轻作家期望出版的新诗与散文,而只注重出版成名作家或至少在左派圈内有名望的作家的作品;另外,《新群众》还无法确定自己的读者是知识分子还是工人阶级。因此,对于众多年轻作家而言,共产主义的最初承诺似乎无法在《新群众》中实现。拉夫希望能弥补这种缺陷。就在这时,拉夫遇到了他一生中的最重要的工作伙伴——威廉·菲利普斯。

威廉·菲利普斯是俄国移民的后代,他比拉夫年长一岁,受过拉夫不曾受过的高等教育,且还有一份大学教师工作,但菲利普斯却与拉夫一样有着对文学的热爱以及对激进主义尤其是马克思主义的信念。20世纪30年代初,菲利普斯并没有拉夫那样政治化,但他的文章,无论是在语气上还是在风格上,绝不逊于拉夫洋溢着革命热情的《给年轻作家的一封公开信》。菲利普斯加入约翰·里德俱乐部之后担任了其下属的写作俱乐部的秘书工作。由于工作关系,菲利普斯接触到了许多年轻作家,逐渐对文学圈内的不良现象——尤其是文学的粗俗化以及党对艺术的政治灌输——感到担忧。就在此时,菲利普斯遇见了拉夫,两人对文学现象的共同忧虑使他们很快走到一块儿。他们商议创立一份新的杂志,一份能表达他们自己观点的杂志。

可以说,那时的拉夫与菲利普斯"心高气傲、年轻气盛",他们怀着梦想,希望成立一份新的文学刊物,成为被《新群众》的审美路线排除在外的那些激进作家的阵地,并且还"渴望发起一场新的文学运动,将新旧才能以及新的激进主义与现代主义的创新活力结合起来",但同时也意识到他们"在创立杂志方面没有经验,不知道需要什么,也不清楚怎样才能募到必需的资金"。当时,他们的"视野还无法超越约翰·里德俱乐部”，在拉夫与菲利普斯眼中，“俱乐部至少是这样一份刊物的基地”。[6]于是在1933年，拉夫与菲利普斯找到《新群众》编辑约瑟夫·弗里曼，向他坦言《新群众》内容过于政治化以及其他不足，并且希望能得到他的帮助，成立一份更具文学色彩的杂志。令人喜出望外的是，弗里曼欣然同意，认为那将是对《新群众》的有益补充。作为俱乐部内最有异见的两位年轻人，拉夫与菲利普斯能那么顺利地得到弗里曼的承诺，在很大程度上是因为当时共产党的政治环境比较宽松。根据菲利普斯的回忆，那时共产党的文化路线尽管有限制，但还没有严格规定的行动计划。与美国其他的激进团体一样，党内存在着种种差异及争论，文化方面的政策更不是铁板一块。那时，共产党仅是对异议加以限制而已，并“不存在对知识分子的恐怖统治”，相反却“接受作家的不满甚至对党的批评，只要这种不满或批评不是公开的或是指向苏联政权及其附属政党的”。[7]尽管约翰·里德俱乐部不提供直接的经济资助，但俱乐部愿意帮助募集资金，这无疑令拉夫与菲利普斯感到莫大欣慰。

很快，机会降临。一位名叫约翰·斯特雷奇的英国马克思主义者要来纽约访问，他同意为约翰·里德俱乐部做一次讲座。门票收入将是拉夫与菲利普斯渴望得到的第一桶金。斯特雷奇的讲座题为“文学与辩证唯物主义”，安排在纽约市立大学城区礼堂，由当时最著名的共产主义作家与批评家迈克尔·戈尔德主持。菲利普斯回忆：“我们租了大厅，卖了门票，为这件事做了宣传——一切都不具专业性质，因为商业的职业作风还没有侵入严肃文化与激进文化领域。不过，讲座最终大获成功。人们争着购票，甚至还有人企图破门而入。那是个星期天晚上，拉夫、我，还有我们的妻子离开大厅时口袋里塞满了钞票，担心第二天早上去银行之前钱会不会丢了或被抢了。”[8]

约翰·斯特雷奇的讲座使他们共收获800美元，是笔难以置信的“横财”。在当时的经济条件下，800美元足以使他们的杂志维持一年。他们无需交房租，不用开工资，也没有电话费用，而且印刷费用又极为低廉。[9]之后，类似的讲座以及活动使约翰·里德俱乐部远近闻名，成为人们向往的场所。

然而，正当拉夫与菲利普斯沉浸在“丰收”的喜悦之中时，麻烦来了。那是一个星期六晚上，拉夫与菲利普斯正在为刚刚抵达美国的德国作家汉斯·艾斯勒举办晚会，一位便衣警察走近拉夫，将他“请”到外面，说他犯了“晚会收费”以及“私卖饮料”罪。同时，另一位警察走到菲利普斯跟前。根据菲利普斯的回忆，他当时正站在卖混合甜饮料的桌旁，那位便衣问了价格，要了一杯，喝完之后让菲利普斯跟他出去，并告诉菲利普斯他是位警察，菲利普斯犯了“私自卖酒”罪。就这样，拉夫与菲利普斯被带到附近警察局，搜完身后，被关进一间只有两张躺椅的地下室。这是拉夫与菲利普斯第一次与警察打交道，也是他们第一次领教警察的“铁面无私”。

拉夫生性冲动，遇事沉不住气，这在某种程度上形成了他好战、粗暴的个性。在警察局地下室的整个晚上，拉夫一直来回踱步，嘴里还不停地数落没被拘捕，或许还在纵情欢乐的俱乐部成员。菲利普斯认为那是因为拉夫心理不平衡的缘故。与拉夫的激烈暴躁相反，菲利普斯表现出更多的无奈与冷静。[10]第二天早晨，拉夫与菲利普斯就被家人保释出来，几个月之后他们被宣判无罪。

经过一年左右的准备，1934年2月，拉夫与菲利普斯的杂志正式出版了，名为《党派评论》。作为约翰·里德俱乐部下属的一份刊物，编委会成员除了拉夫与菲利普斯以外，还有约瑟夫·弗里曼与其他九位激进文化运动中的重要人士。① 这些参与者在很大程度上体现了《党派评论》起步时的政治关系。尽管这样，编委会公认“拉夫与菲利普斯是杂志的主力与主编”。[11]首刊社论明显由弗里曼执笔，它重申了约翰·里德俱乐部的主要目标以及无产阶级文学的最终目标。社论一开始言明，

① 他们分别是：内森·阿德勒、爱德华·达尔伯格、森德·加林、艾尔弗雷德·海斯、米尔顿·霍华德、乔舒亚·库尼茨、路易斯·罗佐威克、伦纳德·明斯、埃德温·罗尔夫。

"《党派评论》的出现正值美国文学经历深刻变化之时"。在列举了所有这些变化之后，社论申明杂志的"重点将放在创造性以及批评性文学上……但保持一个明确的观点，即革命的工人阶级的观点。通过这一特殊的文学工具，我们将参与工人及知识分子的斗争，反对帝国主义战争，反对法西斯文学，反对民族压迫，废除滋生这些邪恶的制度。捍卫苏联是我们的主要任务之一"。[12]首刊刊登了一系列体现这些思想的文章，有无产阶级作家格雷斯·伦普金、艾尔弗雷德·海斯、约瑟夫·弗里曼的小说或诗歌，有詹姆斯·法雷尔的《斯塔兹·朗尼根》的片断，还有菲利普斯的批评文章以及拉夫与格兰维尔·希克斯的书评等。

根据拉夫与菲利普斯的设想，《党派评论》不仅将是约翰·里德俱乐部文化活动的延伸，而且还要承担澄清对无产阶级文学的模糊认识的使命。拉夫与菲利普斯认为，那种视文学为思想工具的认识是错误的，因为文学不仅要促进阶级斗争，还应该体现无产阶级文化中永恒的、全新的东西；除此以外，文学历史与传统也必须得到很好的保存。拉夫与菲利普斯的这种思想成为两年后他们拒绝无产阶级文学运动的理论基础。根据当时的情况，拉夫与菲利普斯认为尽管激进文学一直在发展，但它还不够成熟；尽管无产阶级文学的复兴似乎就要实现，但无产阶级文学还存在着亟待解决的问题，首要的便是革命的批评问题。因此在随后的一年间，拉夫与菲利普斯一方面为宣传激进文学奔波忙碌，另一方面为确立一个评价这场运动的标准做准备。为此，两人撰写了不少文章，基本上确立了《党派评论》的文学批评基调。这是《党派评论》的第一个阶段，总的来说是乐观的，充满着对无产阶级文学的期待。

在《党派评论》1934年5月的第二期上，拉夫评论了阿诺德·阿姆斯特朗与小威廉·罗林斯的两部无产阶级小说，赞扬小说避开了"导致教条的共产主义者的自我意识"，"没有犯拒绝文学传统的错误"。[13]拉夫作品充满左派代表迈克尔·戈尔德那种认为共产主义者经得起资产阶级分子攻击的乐观主义思想。到《党派评论》第三期，拉夫与菲利普斯已基本控制了知识分子的方向。他们发动了一场对左派的批评，指责左派是共产主义文学运动发展的一大障碍，因为左派分子在用革命的正统观念取代创造能力。尽管拉夫他们谴责的只是一些不太出名的左派作家，如H.H.刘易斯、乔治·马勒等，没有将矛头指向像迈克尔·戈尔德那样的著名左派人物，但他们的批评很快激起了来自左派，特别是《新群众》的反击。格兰维尔·希克斯公开质疑是否还要继续出版《党派评论》，他认为《党派评论》是“波希米亚式的个人主义”的标志，与“知识分子的革命原则”不符。希克斯的话表明《党派评论》开始被《新群众》视为对手。在《党派评论》第四期，拉夫在继续批评左派的基础上，进一步乐观地指出无产阶级文学的强大力量——它能够独自抓住当代生活的中心意义，能够以悲剧的形式独立表达历史的运动以及群众的英雄主义。拉夫总结说无产阶级文学已经掌握了关于资本主义生活的基本事实。

1934年9月，拉夫与菲利普斯参加了在芝加哥召开的约翰·里德俱乐部全国会议。会上有几位代表发言谴责了左派，这一事实表明《党派评论》在年轻作家中已有一定的影响力。十个月之后，《党派评论》一跃成为除了《新群众》之外最重要的无产阶级刊物，并且赢得了年轻作家的普遍支持。尽管《党派评论》取得了最初的成功，但拉夫与菲利普斯觉得他们对无产阶级艺术指导路线的认识还不够明确。

1935年，《党派评论》进入了第二个阶段。拉夫与菲利普斯开始对无产阶级文学运动流露出疑虑与不安。无产阶级文学中逐渐出现的作品质量低劣以及理论审美缺失使拉夫反思批评的作用以及文学与意识形态之间的关系。他以艾略特为例，指出尽管艾略特具有杰出才能，但他保守的、反犹太主义的思想无法使他成为“不被嫌弃的人”。拉夫提出，只有通过平衡两方面的努力——激进与文学的努力以及政治与文化的努力——无产阶级文学才能圆满地发挥潜力。然而，尽管已认识到无产阶级文学的某些缺陷，拉夫仍没有放弃他对无产阶级文学的最初信仰：他还是认为无产阶级文学是看待生活的方式，还是觉得谁对文学感兴趣谁就必须转向政治，还在提醒作家不要逃避参与社会，不要仅满足于旁观者的姿态，还在强调批评家的作用是"指出旁观者态度中固有的危险"。[14]

拉夫与菲利普斯对无产阶级文学产生怀疑，感到不安之时，共产主义运动以及激进主义本身也发生了一些令人意想不到的变化：共产主义文学运动停止对革命文学的资助，转而成立反法西斯同盟，强调反法西斯的重要性，迫切要求与中产阶级联合；根据作家对美国改革与苏联政策的政治倾向确认作家；约翰·里德俱乐部被解散，代之以美国作家联盟。美国作家联盟明显与约翰·里德俱乐部不同：后者鼓励培养新人，而前者则旨在联合已成名的作家。马尔科姆·考利回忆这种变化时是这样说的："到那时为止，两位年轻人（拉夫与菲利普斯）起着最大的作用，如今党却宣布将这些年轻人推向一边，邀请有'一定'名望的作家加入。"[15]

然而，共产党态度的改变既没有使拉夫与菲利普斯放弃他们所信仰的无产阶级文学运动，也没有使《党派评论》停刊。他们依然相信无产阶级文学存在的可能性，依然心怀改变与重组激进文学的愿望。尽管拉夫与菲利普斯发觉他们在思想上与共产党和美国作家联盟越来越远，但由于没有最终脱离，《党派评论》还是刊登了美国作家联盟第一届会议的"号召"。

1935年4月，美国作家联盟第一届大会召开，大多数与会者表达了他们对革命文学成功潜力的乐观看法。格兰维尔·希克斯认为美国文学中的两种趋势——文学的与政治的——已融合，而拉夫与菲利普斯则认为革命文学还存在着两大问题：作家技术的问题以及经验与创造之间关系的问题。希克斯也意识到拉夫与菲利普斯提出的问题，但他不同意他们提出的解决方法。希克斯认为解决方法将在辩证的内在本质中自然出现，而拉夫与菲利普斯则认为需要注入一种文学理论。希克斯这种认为无需建立正式的文学审美，困难就会迎刃而解的乐观态度，在拉夫他们看来，是拒绝重新考虑批评家的作用——从服务的宣传分子到思想家的转变——的表现。

因此，1935年下半年，拉夫与菲利普斯对无产阶级文学产生了一种两难情结——既不愿意完全抛弃，又不愿意完全接受。党的路线的转向使他们与党的关系也是若即若离。自1935年夏天开始，拉夫与菲利普斯连续三期未在《党派评论》上发表文章。尽管《党派评论》版面结构与前期非常相似，但杂志的总方向飘忽不定。同期，美国作家联盟还在考虑将《党派评论》与其他杂志合并，但终因《党派评论》太“左”而放弃计划。1936年2月，《党派评论》因财政问题与杰克·康罗伊的《铁砧》杂志合并。尽管合并后的杂志有了一个新的形式，编委会成员也变了，但拉夫与菲利普斯始终没有丧失控制权，更没有改变他们的看法。

1936年春，由于拉夫与菲利普斯坚信他们的激进理论，他们开始与共产党脱离。脱离的过程持续了将近两年，这在某种程度上说明拉夫与菲利普斯对党还抱有很大的幻想。詹姆斯·T.法雷尔指责他们这种摇摆不定的心态是“怯懦与优柔寡断的”，甚至是机会主义与原则不坚定的表现。事实上，这种徘徊并非只有拉夫与菲利普斯经历过，在某种程度上，他们的经历具有很强的典型性：作家对共产党的忠诚似乎与他们的写作关系不大，而与共产运动特殊的政治作用息息相关。菲利普斯认为，共产党对知识分子的作用具有双重性：一方面，“共产党在组织上以及意识形态上具有不良影响”；但另一方面，“共产党似乎又是唯一能做点什么的政党，是唯一能在周围组织起来的中心力量”。[16]

菲利普斯的这种认识，其实格兰维尔·希克斯与牛顿·阿尔文在20世纪30年代就有了。对作家来说，当初加入共产党纯粹就是为了党所意味着的友谊、团结甚至活力，如今脱离党却意味着被同志、朋友甚至自己的良心所诅咒，这无法让人觉得愉快。菲利普斯是这样描写这种感受的：“与党脱离时有种可怕的孤独感与瘫痪感，无法做事。我们都缺乏那种只要走出去就直接行动的自信。这种不安大约持续了一到两年。”[17] 除了菲利普斯所认识到的“孤独”与“不安”之外，还有一个更重要的因素，那就是：脱离共产党意味着放弃机会——对年轻作家来说，是放弃出版与出人头地的机会，而对拉夫与菲利普斯则意味着放弃已获得的地位。拉夫与菲利普斯明白一旦远离共产党，他们就必须重新建立一个全新的世界。他们已经疏离犹太传统，对于美国本土主义也很陌生，如今还要失去他们曾经安家立业的“政治家园”，这对他们来说的确是一个重大的挑战，需要好好考虑。

1936年夏，《党派评论》陷入严重的财政困难，既无力支付印刷、邮寄、广告等费用，又无力支付工作人员的工资。为了生活，拉夫与菲利普斯供职于联邦作家计划。为了使《党派评论》能够办下去，他们接受了共产党的支持，与美国作家联盟洽谈了组织援助事宜。同时，他们向左派发起了新一轮的谴责与批评，还向人民阵线的文学策略提出了挑战。

西班牙内战与莫斯科审判进一步使拉夫与菲利普斯看清了美国共产党与苏联的本质。他们抱怨人民阵线政府对西班牙局势反应缓慢，指责斯大林领导的苏联“抛弃了一个又一个国家的无产阶级”，认定莫斯科审判中“有阴谋”。[18]这种认识使拉夫在《党派评论》10月号之后考虑是否有必要继续出版《党派评论》，继续使《党派评论》为美国作家联盟服务。五个月前，即1936年5月，《党派评论》出现财政困难时，美国作家联盟曾贷给《党派评论》100美元。9月，拉夫被选入联盟执行委员会，那时曾讨论过联盟参与《党派评论》出版的问题。拉夫与菲利普斯私下认为他们应确定联盟的参与“条件”，但美国作家联盟却几乎是单方面地要求《党派评论》为其服务——要求《党派评论》四分之一的内容宣传联盟活动，并且联盟派送两位成员加入《党派评论》编委会，而对《党派评论》“直接的金钱援助请求却含糊其辞”，这使拉夫与菲利普斯非常不满。权衡之后，他们拒绝了美国作家联盟的参与要求。

1936年10月初，拉夫与菲利普斯举行了一次集会，主要目的是为

《党派评论》集资。会上，詹姆斯·T.法雷尔表示自己坚信莫斯科审判是对托洛茨基的诬陷，这番话引起了共产党对拉夫与菲利普斯的审查。他们受到训斥，要求表白信仰，且被责问是否有意将《党派评论》带入托派或社会党阵营等等。[19]鉴于共产党的压力，拉夫与菲利普斯一度中断了与法雷尔的联系。但两个月之后，即1936年12月，拉夫与菲利普斯主动找到法雷尔，告诉法雷尔他们已“结束了与斯大林主义运动的关系”，提议在法雷尔家召开会议，讨论使社会党领导《党派评论》的可能性。

但过了一个星期，拉夫与菲利普斯退却了。法雷尔是这样解释他们的思想和举动的：“某些纽约知识分子对共产党存在明显恐惧，这影响着他们的思想，不断地扭曲他们对事情的看法。…… 如果这种状态持续下去，犹豫会使他们失去活力。”[20]菲利普斯在三十年后也承认他们当时的确优柔寡断、患得患失。

一个月后，即1937年1月中旬，拉夫与菲利普斯再次向法雷尔表示与社会党联合的愿望，这次法雷尔安排他们与社会党领袖诺曼·托马斯在法雷尔家见面。但见面那天，拉夫与菲利普斯又犹豫了，他们打电话问法雷尔能否取消会面，原因是害怕受到社会党的控制。事后，法雷尔了解到真正原因是拉夫与菲利普斯一直在探寻别的可能性，因为“最后，菲利普斯试探性地问我，如果《党派评论》不与斯大林运动脱离，我会不会为《党派评论》撰稿”。法雷尔认为拉夫与菲利普斯的这种做法“有点让人瞧不起”。[21]

随后的两个月，莫斯科审判事件闹得沸沸扬扬，但拉夫与菲利普斯并没有表明他们的立场，直到2月底，他们第三次找到法雷尔商谈独立杂志的可能性时，两人才表明他们对莫斯科审判的看法。他们认为审判中的认罪者“既是准斯大林主义分子，又是准托派分子”。拉夫与菲利普斯的这种态度给法雷尔留下的印象是：他们“像书本中描写的19世纪俄国知识分子，不断谈论、制造着理论”。至此，距离拉夫与菲利普斯第一次向法雷尔表示脱离共产党的想法已有半年之久。1937年3月，知识分子有关莫斯科审判的辩论已白热化，所有人都感到不明示自己的立场已经不可能了。尽管拉夫他们还在犹豫，但共产党却宣布这两位不安分的编辑为他们的敌人。3月底，拉夫与菲利普斯告诉法雷尔他们被赶出了共产主义运动。

其实，在整个过程中，使拉夫与菲利普斯下决心脱离共产党的人，除了法雷尔以外，还有弗雷德里克·杜皮、德怀特·麦克唐纳、玛丽·麦卡锡、约翰·杜威、乔治·莫里斯等。他们都与莫斯科审判、与对托洛茨基的态度有关。

弗雷德里克·杜皮自1936年起一直是《新群众》的文学编辑。尽管20世纪30年代中期他也迷恋上了共产主义，但他既不是共产主义“老将”，又不热衷于狭隘的政治。他本质上是位“文人”。用菲利普斯与希克斯的话说，杜皮“不怎么政治化”。杜皮对《党派评论》的停刊深表同情。他与拉夫一样，对共产党的组织意义、知识分子及其批评的正直性感到困惑，对知识分子在参与党的政治的同时能否保持知识分子本色表示怀疑。自《党派评论》停刊到1937年年初，拉夫偶尔还为《新群众》写书评。

弗雷德里克·杜皮介绍拉夫与菲利普斯认识了德怀特·麦克唐纳。麦克唐纳是杜皮的朋友，又是他的耶鲁校友。1929年到1936年，麦克唐纳一直是《幸福》杂志的作家与编辑，他最关心美国资本主义的实质。1936年之后，麦克唐纳的思想很快左倾，与杜皮、拉夫、菲利普斯一样，他也梦想有一份“独立”杂志——政治上左倾，不屈从于任何组织机构或商业动机。

玛丽·麦卡锡加入《党派评论》圈子纯属偶然。在1936年11月托洛茨基辩护委员会的集会上，法雷尔问她是否认为托洛茨基“有权出席听证会”以及“有权寻求避难”。对莫斯科审判并不关心的玛丽给予了肯定回答，认为这明显是个民主程序。四天后，玛丽·麦卡锡吃惊地发现自己的姓名出现在辩护委员会名单上。她还没来得及要求撤回，就有朋友打电话要求她离开那个委员会，这激起了倔强的玛丽的好奇心，她决定加入以进一步了解情况。之后，她高兴地说她站在了“正义的一边”，因为莫斯科审判是“可怕的诬陷”。那次集会使玛丽·麦卡锡结识了拉夫与菲利普斯，后来她成为拉夫的爱人以及《党派评论》的编辑。

约翰·杜威是美国杰出的自由主义者。1937年春，已七十八岁高龄的杜威担任托洛茨基辩护委员会主席。由于共产党以及八十八位著名作家与自由主义者的联名反对，杜威决定亲自去墨西哥调查托洛茨基事件。

捍卫托洛茨基运动有着重大意义，它使上述不同背景的知识分子走到一起，在反斯大林主义的阵营里一起探索新的激进道路，计划新的交流渠道，并且决心恢复停刊的《党派评论》。但捍卫托洛茨基并不表示他们就是托派分子，事实上，1937年初，他们并未准备在广泛的政治基础上反对共产党或拥戴托洛茨基，因为大多数人对托洛茨基的思想并不熟悉。

1937年4月，拉夫与菲利普斯、麦克唐纳开始讨论《党派评论》的复刊计划。经过“几个漫漫长夜”的讨论研究之后，5月初，复刊计划基本成形。麦克唐纳认为，他们当时的目标既不是支持托洛茨基也不是与共产党对抗。“我们的想法是要使《党派评论》成为非政治的马克思主义批评的场所和具有广泛文化兴趣的杂志。…… 没有派别，不登载直接关涉政治与斗争的辩论及文章。”[22]这种想法的最终实现还依赖了一个重要人物——画家乔治·L.K.莫里斯。莫里斯是麦克唐纳与杜皮在耶鲁的朋友，此人不关心政治，但愿意资助《党派评论》复刊。可以说，莫里斯是《党派评论》的第一位“天使”。

在准备复刊的这段时间内，拉夫尽量避免对共产党进行直接批评，但1937年3月，一篇对约翰·斯坦贝克的《人鼠之间》的书评却引发了他与《新群众》的冲突。拉夫在文中宣称人民阵线的立场是“颠倒过来的‘早期左派’”，为此他的文章遭到了封杀。[23]从5月开始，拉夫转而在《民族》上发表书评，发表了如《革命的良知》、《春天的洪流》等文章。

在这些评论中，拉夫将作家的技术、道德价值、正直作风与屈从于权宜之计的政治进行了对照，显然意在谴责共产主义的批评实践。8月，拉夫撰文肯定了安德雷·纪德对苏联的批评，随后还撰文批评了有关人民阵线的几篇文章，讽刺它们为同一条“传送带”上的产品，认为沃尔特·杜兰蒂对苏联的描述虚假得就像是好莱坞电影。[24]毫无疑问，拉夫的这些文章引起了共产党的极大不安。

尽管此时左派中反斯大林主义派占极少数，但共产党还是认为他们是一股不可忽视的力量。因此在《党派评论》复刊之前，共产党就开始攻击拉夫与《党派评论》。迈克尔·戈尔德在《工人日报》上发表《一条文学之蛇为托洛茨基蜕皮》一文，指责拉夫的思想转变。《新群众》谴责《党派评论》立场的变化，声称《党派评论》以往的政治原则是与《新群众》一致的，如今却“遭到了托派编辑的攻击”；《党派评论》被“偷走了”。为了将《党派评论》扼杀在摇篮里，《新群众》还特地增设文学副刊，由党著名的批评家格兰维尔·希克斯与迈克尔·戈尔德主笔，批评《党派评论》的编辑及支持者，以达到诋毁、孤立《党派评论》的目的。《党派评论》复刊后第一期出版时，共产党还到处布营，试图阻止报摊销售《党派评论》。玛丽回忆道：“整个地区都是共产党的地盘，到处都是他们的人——街上、咖啡店，几乎每个大楼都有他们的前沿组织、学校或出版物。后来，《党派评论》搬到位于阿斯特的旧楼时，《新群众》也过来了，在同一层楼……”[25]面对这种紧张的对峙气氛，拉夫与菲利普斯无法不感到压力，“他们似乎有点担心害怕，因为斯大林分子的攻击来得如此凶猛”。[26]但最终他们还是克服了困难与个人的弱点，新《党派评论》作为一份具有强烈激进责任的文学期刊，终于于1937年12月正式出版。

新《党派评论》的编委会由拉夫、菲利普斯、弗雷德里克·杜皮、玛丽·麦卡锡以及资助人乔治·莫里斯组成。这是群“活泼、喧闹、喜欢争吵、凡事总有自己的看法”的知识分子，也是个“进攻性强，每个成员各具特色、背景不同”的班子。[27]共同的目标使他们走到一块儿，他们在反击诋毁的斗争中，开始了《党派评论》的新航程。在编委会成立之前，各个成员就分头行动，利用各自的关系，寻觅作家，建立一个《党派评论》作家网。他们明白，在目前的不利情况下，必须首先找到合适的撰稿人，赢得普遍支持。在大家的努力下，《党派评论》知识分子网很快建成了，其中有詹姆斯·伯纳姆、西德尼·胡克、肯尼斯·伯克、阿瑟·迈兹纳、亨利·莱文、F.O.马西森、威廉·特罗伊、R.P.布莱克默、迈耶·夏皮罗、埃德蒙·威尔逊等著名人物，有些人还成了《党派评论》的定期撰稿人。

新《党派评论》开篇社论明确宣告《党派评论》的首要关注仍是文化，只是对象从无产阶级文学转向了革命的现代主义；《党派评论》的文化讨论将继续担负一个政治框架，就像知识分子的新作用要求他们在不与学术脱离的同时还要有政治意识并对政治表示关注一样；老《党派评论》的激进主义将在新《党派评论》中得到延伸，但新《党派评论》将与所有政党脱离关系。

由于《党派评论》宣布政治上“明确独立”，拉夫作为编委会的主帅，一直非常谨慎。他尽量避免《党派评论》发表任何激进的政治宣言。自从作家威廉·卡洛斯·威廉斯遭受压力，拒绝在《党派评论》上发表作品之后，《党派评论》不再愿意刊登任何过于公开敌视苏联的言论。① 这种谨慎的编辑政策，典型地体现在关于刊登安德雷·纪德《对苏联的再思》这篇文章的争议中。拉夫出于对共产党孤立《党派评论》、对知识分子施加影响的担忧，于1937年11月致信安德雷·纪德，就撤回他的文章表示遗憾。此举引起了编委会其他成员的异议。到《党派评论》第二期，编委会大多数成员坚持要刊登纪德的文章，于是他们又致信纪德，

① 威廉·卡洛斯·威廉斯曾答应给《党派评论》投一首诗，但后来又收回承诺。威廉斯曾写信给《党派评论》解释原因，表示他本人对《党派评论》与《新群众》都没有特别大的兴趣，但他最终还是选择了《新群众》，“因为我发现《新群众》在政治上强烈反对你们，如果我还是《党派评论》撰稿人的话，他们将拒绝刊登我的作品”。见“William Carlos Williams to the Editor”，*Partisan Review*（Nov.,16,1937）。此事常被视为《新群众》孤立《党派评论》的典型例子。

向这位法国作家解释他们已重新考虑过他的立场以及作品的潜在影响，决定还是要刊登他的文章。事实上，纪德的文章流露出的仅是个人层面上对苏联的幻灭，而不是对苏联错误的系统分析。

由于拉夫的保守，《党派评论》早期的这种政治压制招致了多方不满：有来自非共产党的压力，有来自托派分子的批评，也有来自反斯大林主义强硬派的指责。早在《党派评论》复刊的前夜，弗雷德里克·杜皮就告诉麦克唐纳他们所面临的压力：

> 人们蜂拥而至。独立分子与准独立分子要求保证我们不是托派分子；而托派分子则要求保证我们不是斯大林主义分子或“中间派”。我们不免害怕那些臭名昭著的政治人士会吓走特罗伊、布莱克默、扎贝尔等独立批评家，他们可是我们绝对依赖的人物。[28]

除此之外，还有来自第四国际的压力。第四国际的美国成员在肯定《党派评论》与共产党脱离的同时，表示《党派评论》应该采取一种更加积极的反斯大林主义态度；他们认为《党派评论》的文学与政治分离应该仅是一种理论与策略立场而已。因此，当拉夫邀请托洛茨基参加“马克思主义中什么还存在，什么已不存在”的专题讨论时，托洛茨基婉言谢绝了。在1938年夏天给拉夫的信中，托洛茨基提到，必须具有那种必要的“狂热”才能与斯大林主义进行有效的斗争；托洛茨基希望《党派评论》能进一步积极地向他靠拢。马尔科姆·考利则指出《党派评论》的反斯大林主义政治与刊登的诗歌过于非政治化；认为《党派评论》编辑与共产党的斗争扰乱了他们的价值，《党派评论》编辑正在搬起石头砸自己的脚——他们现在犯的文学错误正是他们指控敌人犯的错误；言明政治对于《党派评论》来说，意味着从实际生活撤离到了“红色象牙塔”，那是个与“象征主义者的白色象牙塔”一样缺乏人间温暖的狭小的世界。[29]考利还对《党派评论》的方向表示怀疑。而《诗刊》杂志则直接批评《党派评论》不具革命性。对以上种种指责与非议，拉夫与菲利普斯的回答是：《党派评论》从未试图成为非政治的刊物，因为其复刊的部分基础是对文化中的共产主义影响的反驳。拉夫与菲利普斯还表示他们是致力于革命的，但认为革命过程中文学的作用已与过去的假定有所不同。①

3 《党派评论》内部的分歧

面对指责与攻击，《党派评论》编辑基本上能齐心协力、一致对外，但这并不说明编辑部内部没有分歧。事实上，编辑们自《党派评论》复刊之初就因各自的兴趣、风格差异彼此间存在着摩擦。随着时间的推移，德怀特·麦克唐纳热情地投身于托派的政治运动；而拉夫与菲利普斯则继续着他们对文学批评的热情。拉夫认为，革命的现代主义完全异于过去的现代主义，因为过去的现代主义仅仅是一种“有用的过去”，一种有价值的文化遗产，只有在过去的现代主义中注入马克思主义，现代主义才在真正意义上是激进的，才有可能在世界主义价值的基础上构建美国的新文学。

早在1937年初，拉夫就发现了某些欧洲作家的文学才华，其中，安德烈·马尔罗与伊格纳齐奥·西洛内尤其受到关注。在拉夫看来，马尔罗与西洛内属于那些能够在思想与经验、抽象与现实、激进艺术与政治间取得平衡的极少数优秀作家，作为激进文学领袖，他们可以被视为美国文学复兴的最佳榜样。但是拉夫又指出，美国即使有像马尔罗与西洛内那样的作家，美国激进文学的胜利也远未到来。后来拉夫注意到马尔罗

① 1938年，《党派评论》刊登了《走向一种自由的革命艺术宣言》，由安德雷·勃勒东、迭戈·里维拉与托洛茨基合写，内容是批评法西斯主义与苏联政治的堕落，要求推翻苏联官僚主义，号召艺术家争取完全自由并创立“独立革命艺术国际联盟”。勃勒东、托洛茨基等与《党派评论》的联合意味着《党派评论》不仅具有反斯大林主义的政治意义，而且还具有一定的文化意义——《党派评论》对勃勒东的兴趣已不同于十年前的文学传统，这表明《党派评论》开始重新发现20世纪20年代的先锋艺术。

与西洛内也存在缺陷。拉夫表示随着西洛内宗教信仰的增强，他陷入了“理想主义者的抽象”，所提出的解决知识分子困境的方法是狭隘的，囿于个人经验。而马尔罗从1938年初就走上斯大林人民阵线的政治歧路，从此他道德堕落，作品也缺乏文学价值。在这种情况下，拉夫将目光转向了20世纪伟大的现实主义实验作家，如陀思妥耶夫斯基、卡夫卡、亨利·詹姆斯、托马斯·曼、詹姆斯·乔伊斯、T.S.艾略特、普鲁斯特、叶芝等。在他们身上，拉夫发现了优秀的现代主义文学的普遍特征——复杂性、困难性、矛盾以及冲突。这些特征深深吸引着拉夫，并逐渐成为拉夫衡量文学作品的首要标准。除此之外，这些现代主义作家的吸引力还体现在他们所阐释的意识形态和对“现代人状况”的展现上。他们普遍的“疏离”① 成了拉夫探索现代主义的又一主要概念。在所有纽约知识分子中，拉夫是对陀思妥耶夫斯基最感兴趣的人，部分原因是他是俄国移民，但更主要的原因是陀思妥耶夫斯基展现了被知识分子运动所出卖的知识分子的虚无；卡夫卡的魅力在于他阐释了知识分子及现代人面临官僚和大众社会时的“疏离”；拉夫对托马斯·曼的兴趣在于曼是一位流放中的人文主义者，一位被希特勒逐出家园的知识分子；而詹姆斯在拉夫看来却是“复杂性”与镇静地“撤离”的典范。

对现代主义作家的关注离不开对知识分子的关注。其中的一个重要原因是拉夫在无产阶级运动中的失败经历。在他著名的《心灵的审判》一文中，拉夫痛苦地将自己（美国知识分子）比作在莫斯科遭受审判的俄国知识分子。拉夫试图体会他们的命运，曾激动地表示：“审判的不仅仅是老布尔什维克，我们，我们所有人都在监牢内。这是对心灵的审判、对人类精神的审判。”拉夫开始怀疑人能否真正掌握历史。资本主义的失败在意料之中，但共产主义的失败却令人震惊地剥夺了知识分子的希望及对进步的信念。拉夫表示，如今唯有自身以及自身的才华可以依赖；知识分子唯一的权利是做文化的精神卫士。“文化是他们的

① 英文是alienation，也译成“异化”。

唯一财产。他们是价值的卫士，价值的耕耘者，价值的推广者。”[30]拉夫最后提出知识分子了解世界现实的唯一办法是视它为悲剧，在这出悲剧中，战争、莫斯科审判以及革命运动的失败都表明知识分子的作用就是拯救文明。

同时，拉夫也在努力寻找一种将新的政治姿态与对先锋艺术的重新评价结合起来的批评基础。拉夫认为陀思妥耶夫斯基的《群魔》与知识分子在20世纪30年代的经历有重大关系，因为《群魔》谈到了斯大林主义提出的知识分子问题，这就是为什么拉夫认为“在所有陀思妥耶夫斯基的小说中，《群魔》……似乎离我们最近”。[31]小说中描写的革命者的动机与行动在拉夫看来体现了列宁去世后革命理想令人震惊的堕落。拉夫承认陀思妥耶夫斯基是位政治反动分子，但他对现代社会的洞察很具革命性。伊格纳齐奥·西洛内给拉夫留下的印象是他笔下的人物对现代思想与传统之间矛盾具有意识，而陀思妥耶夫斯基给拉夫的印象是这位俄国作家的这种意识极为深刻。拉夫认为，陀思妥耶夫斯基具有即使20世纪30年代末的人们也不具有的洞见。“他的艺术在情感上是激进的，在表现上具有颠覆作用。”[32]

拉夫用政治术语评论《群魔》决非偶然，因为拉夫反复强调文学，尤其是优秀文学是革命的。因此，在某种意义上，可以说拉夫回到了20世纪20年代超现实主义者对陀思妥耶夫斯基批评思想的赞美，他的批评结合了文学与政治，关注情感与表现，而非抽象的意识形态。根据这种批评，拉夫提出艾略特也是位激进人物，因为“出版严肃的创造性作品也是种革命行为”。[33]

有感于美国文学的状况，拉夫于1939年夏天在《党派评论》上展示了一次专题讨论，讨论20世纪30年代美国文学中存在的许多问题。拉夫认为，自20世纪30年代起，美国文学一直在走下坡。他在为《美国信使》撰写的《美国文学的下滑》一文中提到：如今既不存在给文学注入活力的新流派，又没有年轻的先锋作家向过去的成名作家发起挑战；过去十年，作家在政治化过程中养成了政治官僚与文化庸人的思维习惯，这反映了美国思想的分裂，如詹姆斯与惠特曼之间的分裂。然而，尽管以詹姆斯为代表的“苍白脸”与以惠特曼为代表的“红皮肤”间存在着严重的对立，两者还是有共同之处，即都致力于对经验的追求。在《美国文学对经验的崇拜》一文中，拉夫指出美国文学对经验的崇拜以及对行动和公共生活的热衷使美国内外生活之间的分裂持续下去，而知识分子由于疏离于有意义的社会参与，成了旁观者，因而对经验愈发渴望。拉夫认为美国小说中唯一缺失的重要人物就是知识分子，而知识分子也是唯一能弥合这种分裂的人物。与伊格纳齐奥·西洛内和安德烈·马尔罗相比，美国20世纪30年代的激进文学既缺乏深度又不能理解政治思想的意义。但拉夫预测，这种对经验的崇拜将要结束，因为国际知识分子力量终将在美国文化进程中起主导作用。拉夫的这种思想可以追溯到1937年拉夫与菲利普斯对左派文学的评论文章《政治十年中的文学》。在该文中，拉夫与菲利普斯指出美国作家遭受狭隘以及地方主义的危害。如今拉夫在分析中加入了知识分子的阶层分析与美国文学和欧洲文学的对比。拉夫根据欧洲标准认为美国文学既缺乏心理深度又缺乏“复杂性”。拉夫的这种批评逐渐发展成为他对美国文学传统的主要洞见。

如果说无产阶级文学因共产党的干预而遭到拉夫的唾弃，那么自然主义却一直是拉夫的心头之恨。他坚信自然主义在走向衰退，因为它反映的是个无法复制的世界。心理科学，尤其是心理分析的发展分离了自然主义致力于却一直无法复制的世界。拉夫从十年的经验中，将马克思主义与“疏离”的社会分析结合起来，形成了他独特的批评理论，即将知识分子置于中心，成为批评的素材，这种理论为拉夫阐释20世纪的先锋作家提供了一个理论框架。拉夫认为，在那些作家的作品中，知识分子是疏离的社会个体，他们是反对资产阶级及其喜爱的文学形式的革命者。在美国，知识分子难于发展并维护一种超然的、自给自足的知识分子传统，这是美国文化的特色，也是美国文化的失败。相反，欧洲知识分子是一个非常活跃并具有强烈自我意识的精英群体。拉夫指出，支持战争的美国民族主义作家笔下所流露的对美国的赞美再一次证明了美国知识分子传统的弱点。

如果说反斯大林主义的政治思想与对文学和政治分离的信仰最初使不同个性、背景的拉夫、菲利普斯、杜皮、麦克唐纳团结在一起的话，那么20世纪40年代，随着欧洲战争的爆发与进行，编辑间的分歧逐渐突现。最后，美国是否应加入战争这一议题引起了拉夫与菲利普斯和麦克唐纳与格林伯格两大派别之间的论争，论争至1943年麦克唐纳离任结束。

由于当初《党派评论》复刊时采取反人民阵线立场和激进立场，因此20世纪30年代末，《党派评论》编辑坚决反对参与欧洲政治事务。他们对战争问题采取了一个中立立场，事实上，他们反对那些支持参加战争的人。1938年，他们表示知识分子的作用是："当帝国主义战争来临时，将它理想化；当战争结束时，揭露它的实质。"[34]而拉夫也直接表示，激进知识分子没有权利加入"这场帝国主义国家之间的竞争。……一旦英法帝国主义将希特勒赶下台，谁将扑灭德国革命的暗火，如果不是英法帝国主义的话？"[35]重申他们纯粹的激进立场标志着他们的反无产阶级、反人民阵线立场。《党派评论》编辑一致认为知识分子一旦卷入资本主义的战争，将无法逃避。麦克唐纳警告："如果将自身与资产阶级战争机器连在一起，知识分子就放弃了他们批评阶级价值的特权与职责。"[36]

欧洲战争爆发后，大多数纽约知识分子的立场还与他们战前是一致的。文化自由与社会主义联盟当初成立时的目的是捍卫激进主义者的艺术独立，如今联盟又将不参与战争加入了政治纲领，并在《党派评论》上作了声明：

我们憎恨、厌恶法西斯主义，视之为所有文化、所有民主、所有

> 社会进步的主敌。但上场战争清楚地表明帝国主义战争不会给任何民族带来自由。在“阻止希特勒”的号召下加入战争会导致国家直接引入极权主义。只有德国人才能拯救自己免受法西斯的压迫。美国大众能给予的最大帮助是在国内努力维护自己的自由。[37]

1940年,《党派评论》的社论、文章都在反复强调文化自由与社会主义联盟声明中的内容。一方面,1939年9月德军入侵波兰、战争早期的“假战争”,以及1940年6月德军占领法国,这些事件坚定了麦克唐纳的反战立场和他对社会主义的信仰。他认为这场战争是两个不同社会体系之间的竞争,只有一个社会主义或法西斯国家才能赢得这场战争。知识分子或许只有在疏离中或在像托洛茨基那样的流放中才能发挥真正的作用。而另一方面,战争的变化使拉夫等中立人士开始倒向“帝国主义列强”的一边。对拉夫与菲利普斯来说,麦克唐纳的社会主义理论几乎不能运用于目前的战争局势。拉夫与菲利普斯一方面对布鲁克斯—麦克利什的民族主义深表反感,另一方面又不认同麦克唐纳对大众文化的热衷,也不认为战争可以与社会主义相提并论。面临战争的危险以及文化毁灭的可能性,拉夫觉得知识分子必须回到他的文化职责上。拉夫就那时的形势提出,来自美国的威胁并不像麦克唐纳所认为的那么大,更大的威胁来自德国、苏联以及共产主义影响。

1941年,麦克唐纳与格林伯格发表激进反战立场声明《战争的十点建议》,再一次强烈宣告美国加入战争会加强美国资本主义、导致法西斯的到来;战争必须由社会主义革命去结束,只有社会主义才能恢复人类价值。出人意料的是,回击麦克唐纳与格林伯格十点建议的不是自由主义分子,而是拉夫。作为《党派评论》编辑队伍中的第一号人物,拉夫以《十点建议与八个错误》一文公开明确表达了《党派评论》编辑间的意见分歧。文章一开始就反驳了麦克唐纳与格林伯格的“道德绝对主义”立场,指出那是他们“本该早已摈弃的革命主义学说”。拉夫以一种在政治文章中少见的谦让口吻，谴责他的同事似乎“确切认为自己知道所有答案”，似乎是有影响的知识分子团体的代言人。拉夫认为，尽管“资产阶级民主的胜利……不会带来社会主义”，但它“会使我们更接近‘真正的解决方法’”。有意思的是，三年前拉夫还争辩说参与“民族帝国主义间的竞争”不是激进分子的职责，如今拉夫却改变了自己的看法，提出“鉴于纳粹胜利会永远埋葬革命，纳粹的败北很有可能会重建进步行动的条件”。[38]

事实上，拉夫的这种立场的改变既是他对法西斯势力理性分析的结果，又是他担心激进主义精神衰退的结果。他认为，只有在全球范围内道德政治环境从上到下整个发生变化，激进主义精神才能得以恢复。面对与拉夫的意见分歧，麦克唐纳指责拉夫立场“模糊”。他质问拉夫：“如果‘这不是我们的战争’，那是谁的战争？”事后，麦克唐纳还表示，“当遇到具体情况时，我从未期望过拉夫或菲利普斯表现出英雄气概，甚至合理的勇气。一旦可能遇到危险，他们就很胆怯”。[39]麦克唐纳的言外之意是指责拉夫与菲利普斯在面临《党派评论》可能遭到政府关闭时表现懦弱。的确，公开反对别国的资本主义战争与公开反对自己国家相比，前者并不具实质性的危险。珍珠港事件之后，拉夫开始觉察到事情的微妙变化。1942年2月，拉夫还未从芝加哥回到纽约，他写信给朋友表示自己的忧虑：“战争的气氛越来越浓，我觉得我们就要经历一些不愉快的事。”[40]为此，《党派评论》编辑部还专门讨论过反战立场可能会使《党派评论》遭受政府关闭。考虑到他们能在美国社会中确立自己的地位，《党派评论》能在知识分子中树立威望实属不易，拉夫与菲利普斯以及大多数别的编辑都认为反战太冒险了。[41]

拉夫与麦克唐纳间的这次争执成了自脱离无产阶级文学运动以来《党派评论》编辑部内部的最严重分歧。随着矛盾的升级，为了不影响《党派评论》的总体路线，拉夫与麦克唐纳在《党派评论》上不得不声明他们的文章“只代表个人的观点”。最终的分离发生在1943年，格林伯格离开编委会，乔治·莫里斯提出停止资助，麦克唐纳向拉夫与菲利普斯下了最后通牒：如果拉夫与菲利普斯到秋季还找不到新的资金来源，《党派评论》将由他接管。到最后的关键时刻，正当拉夫与菲利普斯对资金感到绝望之际，奇迹出现了——有人愿意提供资助，因此麦克唐纳只好离任。

1943年《党派评论》第7—8月号上刊登了麦克唐纳的离职信。麦克唐纳在信中既对《党派评论》的现状进行了尖锐批评，又坦陈了离任原因。麦克唐纳表示，他喜爱一种不怎么排斥政治的“文学方法”，《党派评论》的政治特征总是有别于《南方评论》和《肯庸评论》那样的文学期刊；他指责战争“不仅使马克思主义立场变成了一小部分人的立场——我自己的，而且自珍珠港事件之后，有些编辑有种完全排斥政治的倾向”。对“完全排斥政治的倾向”的控告，拉夫与菲利普斯给予了同样尖锐的回复。他们表示，他们一直在捍卫《党派评论》最初的立场、它的马克思主义与政治责任；而麦克唐纳欲改变《党派评论》，使文化从属于政治，这种倾向也是导致他们脱离共产党的原因。“我们感到遗憾……麦克唐纳允许自己被政治热情冲昏头脑。他想放弃《党派评论》的文化政策，将《党派评论》变成一种用文学装饰的政治刊物。将文学用作诱饵是左翼政客的惯用伎俩。”[42]

麦克唐纳离任之后，《党派评论》越来越趋于将文学与政治分开。20世纪40年代中期，文学问题成了杂志的关注中心。同时，《党派评论》作家的文化与智识兴趣也大大地拓宽了。他们在原有的探寻欧洲文化的基础上表现出了对美国的新意识。拉夫继续研究陀思妥耶夫斯基，但对亨利·詹姆斯也表示出了极大的关注与欣赏。1944年，拉夫编辑出版了《詹姆斯短篇小说集》，引起了美国国内的“詹姆斯热”。[43]

4 个人感情生活

如果说20世纪30年代中期到40年代初的政治气候使拉夫在许多政治文化事件中备受瞩目的话，那么他的私人生活，尤其是他与玛丽·麦卡锡的关系，也与《党派评论》密切相关，成为知识分子圈闲谈的话题。

拉夫认识玛丽·麦卡锡是在左派小说家詹姆斯·法雷尔于格林威治的公寓举行的星期天聚会上，那是1936年，《党派评论》已停刊。尽管拉夫只有二十九岁，但他已经在美国激进政治舞台上崭露头角。拉夫身材高大、魁梧，有着拳击运动员那样的男性魅力。用戴安娜·特里林的话来说，拉夫身上散发着一种强大的性吸引力——“原始的，甚至是动物般的”。[44]拉夫才思敏捷、聪明好学，尽管带俄国口音，但说起话来滔滔不绝，极富个人感染力。拉夫还懂多国语言，而这正是最初吸引玛丽·麦卡锡之处。根据麦卡锡的回忆，那时她正在一家出版社从事图书出版工作，在考虑一本书是否要出英译本时，遇到了一段德文，于是就向拉夫请教。“我们在起居室谈了一会儿，他羞怯而声音柔和，大眼睛乌黑发亮，说话时表情丰富，神情犹如意大利圣画中的婴孩。我喜欢他。不久他就带我到格林威治村吃饭，走路时挽着我的胳膊，我们很快成了恋人。”[45]

事实上，在正式认识之前，玛丽·麦卡锡曾注意过拉夫。麦卡锡回忆道：“我记得我认识他是在20世纪30年代中期。那时他是位年轻的、决不妥协的、武断的马克思主义者，我读了他一篇《夜色温柔》的书评——书评的温和语气令我震惊，尽管不乏批评姿态。”[46]因此，最初令玛丽·麦卡锡“认识”拉夫的还不是拉夫通晓多国语言，也不是拉夫的外表，更不是拉夫在激进圈内的名声，而是拉夫的文学批评才能。

拉夫在认识玛丽·麦卡锡之时，已与妻子分居。玛丽的美貌与智慧对大多数人来说都是难以抵挡的，她的魅力是双重的。例如，在莱昂内尔·埃布尔心中，玛丽·麦卡锡是位“真正的美人”，如此美丽的女性竟然还聪明绝顶，这是埃布尔所谓的玛丽的“独特之处”。威廉·菲利普斯也觉得玛丽·麦卡锡确实令人迷醉："她言谈聪明机智，这大大增添了她的魅力。"[47]因此，可以说，相互的吸引，尽管他们魅力不同，使拉夫与玛丽走到一起。1937年春末，拉夫就住进了玛丽位于盖伊街的公寓。初夏，他们又搬进了一套位于比克曼地区的豪华公寓，那是他们认识的一对有钱夫妇借给他们的，离他们以前住的地方不远。但是，他们没享受几个月的豪华生活就从比克曼寓所搬出去了。秋天，他们搬进一座没有电梯的大楼，那是玛丽看中的，离格雷西大厦不远，但到玛丽上班的位于市中心的出版社却很不方便。

两人同居的事很快成了众人议论的中心。那时，《党派评论》无疑是知识分子政治文化思想的论坛，而《党派评论》的办公室则是那些个性迥异的知识分子"讲闲话、搞阴谋诡计，甚至下班后狂饮、做爱的场所"。菲利普斯曾坦言，"我们既不是绅士又不是淑女"。[48]他们普遍认为拉夫与玛丽·麦卡锡同居的做法过于大胆、过于前卫，也过于开放，尤其在戴尔默·施瓦茨与威廉·巴勒特两位比较保守的知识分子心中，这种反传统行为既令人震惊又令人侧目。其次，两人显得很不般配。无论在出身、脾性、信仰还是生活方式上，两人都相差甚远。玛丽出身中产阶级家庭，受过良好的高等教育，在进入激进圈子以前可以说是个斯大林主义分子；生活方式极为波希米亚：她"不刮腿毛，衣着单调，头发松散，言语尖刻，说起话来肆无忌惮"。[49]拉夫出身贫寒，没受过什么像样的教育，尽管说起话来也无所顾忌，但还没有玛丽那样肆无忌惮。移民身份使拉夫难于拥有玛丽那样的自信与安适，而且使拉夫身上存在许多矛盾，比如外表强悍，内心却很怯懦。据欧文·豪说，尽管《党派评论》极具争辩风格，但拉夫本人却谨小慎微，他不是位"真正的斗士"，身上"既有移民的不安，又有前共产主义者的焦虑"。[50]尽管拉夫会在辩论时急躁蛮横，大喊大叫，但他却从来不会使用武力。然而，拉夫又极具个性、目标与野心。戴尔默·施瓦茨的看法是："拉夫的确有顾虑，但他从不让那些顾虑妨碍他。"[51]

尽管玛丽·麦卡锡喜欢拉夫，两人同居也是“自由恋爱”的结果，但上述差异似乎早已决定他们并不是十分融洽的一对。夏天两人就开始争吵，菲利普斯的印象是他们“在一起并不十分快乐，也不是真的那么喜欢对方”。菲利普斯说他有这种印象倒不是因为他们经常吵架，而是因为他的直觉。[52]后来，玛丽·麦卡锡也承认拉夫并不十分适合她的口味，她觉得拉夫“过于粗野、过于斯拉夫化、过于马克思主义，而且又过于非美国化”；他们在一起的时候，“性与争执”是他们唯一“严肃的乐趣”；[53]两人的矛盾源于他们的背景与种族差异。玛丽还提到：“用拉夫的话说，我们间发生的是‘阶级之战’，我捍卫我的祖先，他捍卫他的祖先。他对犹太人在各个领域的优越性感到骄傲……他遵循的是他所谓的‘平民’价值，而我遵循的却是贵族价值。”[54]生活中拉夫会极力避免他认为不必要的花费；拉夫还会嘲讽玛丽的资产阶级偏见，指责她不愿意承认她的反犹太主义倾向；而玛丽则会嘲笑拉夫对《新约》的无知，甚至连一件合身的衣服都不会买等等。玛丽认为他们间的这种争执对拉夫来说已成了一种艺术形式，“我们这样吵吵闹闹，他觉得趣味无穷”。[55]

这种吵吵闹闹的关系持续到1937年年底。1938年年初，玛丽·麦卡锡突然告诉拉夫她要离开他，与埃德蒙·威尔逊结合。对于这一宣告，拉夫的反应出乎意料地平静，这似乎有异于拉夫的个性：他既没有发火又没有表示挽留，只问了一句：“玛丽，你要干什么？”之后，拉夫劝告玛丽不要急躁，不要冲动，还将她送到乡下纳撒莉·斯旺的母亲那儿，希望玛丽的头脑能在那儿清醒清醒。显然，平常的磕磕碰碰使拉夫并没有把玛丽所说的话当真，他以为玛丽是在跟他斗气。但是，一个星期之后，事情的发展表明玛丽并不是在跟他斗气，她决意要和拉夫分手，嫁给威尔逊。

玛丽·麦卡锡离去了，大多数人认为那是由玛丽的实际和势利所致。玛丽在认识拉夫之前离过婚，她对男性的“俘获”力在社交圈内是众所周知的，她四年的纽约生活充斥着罗曼史。人们普遍认为她能被拉夫“俘获”，固然是因为拉夫十分迷人，但更因为玛丽·麦卡锡十分实际。与拉夫在一起，玛丽成了令人瞩目的中心，而且还轻而易举地进入了《党派评论》圈。这在许多人眼中正是玛丽·麦卡锡所要的，离她梦想的“艺术的”“瓦萨女孩”不远。大家都认为玛丽成为《党派评论》戏剧栏目的编辑，纯粹是因为她与拉夫的关系。对此看法，玛丽·麦卡锡也早有意识，她曾经表示：“如果我犯错误，谁会在乎？至少名义上作为编辑，我得被允许做点事情……我不会看不到这一点，也不会认识不到人们对我作为批评家的能力没有信心。”[56]南希·麦克唐纳认为玛丽离开拉夫投入威尔逊的怀抱的一个重要原因是玛丽与威尔逊在一起“更安全”：尽管看起来她更爱拉夫，但拉夫钱不多，而威尔逊的名声很大。威廉·巴勒特也认为他们分手一方面是因为玛丽·麦卡锡有野心，另一方面是她那时经济拮据。[57]面对人们的种种非议与指责，玛丽·麦卡锡是这样解释的：

> 最终我同意嫁给威尔逊，作为我跟他上床的惩罚——这当然只是部分真相。作为一位现代女性，我不会认为那是种“罪行”。我是从逻辑方面而不是从宗教方面考虑的。与威尔逊上床的逻辑是婚姻，如果那是他的目的的话，否则我的行为没有一致性，换句话说，没有意义。我无法接受这一观点：我与这个肥胖骄傲的人睡觉仅仅是因为我喝醉了。不，事情得说得通。嫁给他，尽管违背我的意愿，就使整个事情说得通了。[58]

当然，除了已经与威尔逊上床这一“部分真相”及其逻辑以外，玛丽·麦卡锡还提供了别的解释。那时，她祖父刚刚去世，玛丽深受打击，此时同样有着盎格鲁—撒克逊长老会背景的威尔逊答应帮助玛丽走出困境，并且还表示要帮助她发展她在“想象性写作”方面的巨大才能。

玛丽·麦卡锡认为尽管威尔逊的承诺很具诱惑力，但那不是促使她最后下决心的主要因素。她提供了一个非常“马克思主义”的解释：与拉夫相比，威尔逊是上层阶级；她的决定与金钱无关，因为那时拉夫在工程进展管理局做得很好；与威尔逊在一起，她无需再因中产阶级的行为与习惯受批评；而且威尔逊答应婚后生孩子。然而，对玛丽的上述辩白，几乎没人相信。

尽管在共同生活中，拉夫给予了玛丽最大限度的自由，但对于玛丽·麦卡锡的突然离去，拉夫并不像他最初表现的那样“平静”。事实上，那是他一生中的重大打击。在那段时间，拉夫深爱着玛丽，玛丽·麦卡锡回忆道：“他的爱不同于威尔逊的，是发自内心的。他在乎的是我这个人，而不是我将来能成什么样子。不管我将来发展成什么样，他都不感兴趣。”[59]玛丽的离去对于拉夫来说无疑是刻骨铭心的痛，但拉夫极具克制力，他将这种痛苦压抑在心，拼命地工作。麦克唐纳回忆：“这对拉夫来说是个沉重打击。我记得拉夫说过，‘上帝，为什么我会把她介绍给那个家伙？’”[60]菲利普斯认为拉夫是为了政治、文学以及思想可以抛开一切，包括个人感情的人，尽管玛丽·麦卡锡使拉夫深受打击，感到痛苦，“但拉夫把痛苦埋在心底。……他比其他任何人都更具克制力，我可做不到”。[61]

拉夫全身心投入工作，随后进入了他政治、文学以及编辑生涯的主要时期。20世纪30年代末，一场接一场的政治风暴——莫斯科审判、希特勒法西斯势力的扩张、苏德盟约的签订、德国入侵波兰以及英法对德宣战——使拉夫进入了创作批评的全盛时期。拉夫创作了他一生中最重要的批评作品，如《无产阶级文学：一次政治解剖》、《苍白脸与红皮肤》、《30年代的黄昏》等。作为《党派评论》编辑，拉夫也引领《党派评论》进入了一个新的阶段。《党派评论》上出现了许多不曾有过的优秀作品，如伊丽莎白·毕晓普的诗歌与小说，莱昂内尔·特里林的文章，华莱士·史蒂文斯、约翰·多斯·帕索斯、艾伦·泰特、威廉·卡洛斯·威廉斯、贾雷尔·兰德尔等的新作。据欧文·豪回忆，“那些日子拉夫是位杰出的编辑，他不仅贡献了他的精力与智力，而且……购买他的杂志成为一种公共行为……他经营杂志就像领导一场运动”。[62]尽管在以后的岁月中，拉夫与菲利普斯就杂志的风格与内容分歧越来越明显，但在20世纪30年代末，他们的思想还一致。两人在性格上互相补充，使《党派评论》成为第二次世界大战前后最具“权威”性的刊物。

玛丽·麦卡锡于1938年2月与威尔逊结婚，同时也离开了《党派评论》，但她与威尔逊继续在《党派评论》上发表文章，他们与拉夫的关系也还融洽。据玛丽·麦卡锡说，威尔逊在拉夫申请古根海姆项目时还给过推荐意见。然而1940年，玛丽、威尔逊与《党派评论》的关系开始有点紧张。威尔逊曾写信给弗雷德里克·杜皮，抱怨《党派评论》对他们不公。他提出：“自你们拒绝刊登玛丽的那篇短篇小说开始，你们的工作就错了。你们应该给她发展机会，因为她是你们创始成员中的一位。”威尔逊对他自己所受的待遇也感到非常生气。麦克唐纳几个月来一直要威尔逊写一篇有关列宁的文章，不料文章终于写成之后却被退回，附言要求他“给年轻小说家写点什么”。对此，威尔逊在信中指责：“你们正在变得与《新共和》杂志一样糟糕。你们犯了编辑所有的职业病，其中之一就是一味无知地索要你们想要的文章，而不是刊登作家想写的文章。”[63]

同时，拉夫的感情生活中出现了另一位女性——纳撒莉·斯旺。纳撒莉·斯旺是玛丽·麦卡锡在瓦萨学院的同学，出身纽约名门，是位建筑师。拉夫与斯旺早在几年前就认识，于1940年春天结婚。《党派评论》圈内有传言说他们的婚姻是玛丽·麦卡锡背叛的结果，也有传言说是由于拉夫经济窘迫所致。威廉·巴勒特曾戏言：“在斯旺身上，拉夫找到了永久的古根海姆项目。”[64]更有传言说这是拉夫天性使然，说在马克思主义思想的背后，拉夫有懒散、贪图享受的一面，他对富有女性情有独钟。但不管怎样，婚后的拉夫变得“安静”了，他甚至不想加入《党派评论》内部的纷争，还考虑是否离开《党派评论》。1941年春，拉夫与纳撒莉·斯旺离开纽约前往芝加哥，因为纳撒莉在芝加哥有份工作。

拉夫的离开，正好给麦克唐纳提供了一个控制《党派评论》的机会。1940年夏，麦克唐纳就曾酝酿过调整《党派评论》编辑人员的计划。法雷尔在日记中曾提到，“《党派评论》如今完全掌握在麦克唐纳手中”。菲利普斯也回忆说，拉夫走后，他感到非常茫然，他不知道“他们是否会留在那儿，拉夫是否会离开杂志”。但不久，编辑部就收到了拉夫自芝加哥的来信，信中写道：“你们或许已经听说我们计划10月份回东部……把我的名字留在编者栏。”[65]的确，正如许多人所认为的那样，《党派评论》是拉夫自身的延伸，拉夫是离不开他一手创建的《党派评论》的。之后，拉夫不断写信了解《党派评论》的情况和纽约发生的事情。他发觉他与麦克唐纳就战争问题的分歧越来越大，非常担心《党派评论》未来可能采取麦克唐纳的反战立场。因此，离开芝加哥回到纽约之后，拉夫很快全心投入了《党派评论》的工作。

5 20世纪50年代逐渐“进入”美国

20世纪40年代对大多数知识分子而言是文学与政治的转折时期。价值、目标、信念乃至一切都经历了巨大的变化。文坛上出现了许多新的面孔，带来了许多新的观念与目标。他们似乎更能适应变化的文化政治形势。20世纪30年代的激进主义大大消退。即使那些仍视自己为激进主义者或社会主义者的知识分子也放弃了改变制度的初衷，转而致力于对左派学说及其组织形式的重新认识与重新评估。批评的中心从社会批评转移到新批评，研究方法从历史语境转变为文本分析。《党派评论》在继续致力于现代主义与实验性写作，强调历史性与理性的同时，将目光落在并不出名，但在形式与语言上更开放、更具公众性的小说与散文上，刊登了索尔·贝娄、伯纳德·马拉默德、玛丽·麦卡锡、伊丽莎白·哈德维克、詹姆斯·法雷尔、让·保罗·萨特、弗兰纳里·奥康纳、戴尔默·施瓦茨、伊萨克·罗森菲尔德、保罗·鲍尔斯、保罗·古德曼、埃利诺·克拉克、伊格纳齐奥·西洛内等作家的作品。自20世纪40年代起，《党派评论》逐渐摆脱20年代和30年代初的先锋风格，缺少了先前的那种战斗姿态，更多地进行探索与思考。尽管自麦克唐纳离任之后《党派评论》很少涉及政治问题，但战争结束后，政治问题又出现在《党派评论》上。

战后，苏联与人民阵线继续是《党派评论》关注的中心，因此在20世纪40年代领导知识分子消灭人民阵线残余的斗争中，《党派评论》被看做“知识分子的良知与卫士”。[66]除了共产主义之外，《党派评论》的批评对象还有“极权主义的自由分子”、《新共和》与《民族》杂志，甚至还有总统夫人埃利诺·罗斯福和美国国务院等。《党派评论》从对自由主义作为反革命、作为民族主义的批评转移到对它作为亲斯大林主义的批评。1947年的专题讨论“社会主义的未来”在很大程度上表明了《党派评论》政治方向的转变——社会主义再也不是美国实用的社会目标。那次专题讨论回答了长期萦绕在拉夫等编辑头脑中的问题——马克思主义中什么还存在？什么已不存在？在社论中，拉夫与菲利普斯指出，“自1917年以来，历史经验已使整个社会主义前景陷入疑问；对于科学与理性的信仰没有取得有益的效果；工人阶级没有完成历史使命；苏联堕落成了极权主义国家——所有这些令人震惊的事实使社会主义的未来一片迷雾”。[67]一年后，拉夫在一篇文章中进一步阐明了自己对社会主义的认识。他对那时出现的两个思想转变提出了尖锐批评，其中之一是约翰·多斯·帕索斯所代表的由社会主义转向“自由企业”的思想。

在文学方面，拉夫基本上走的是审美与政治的中间道路——在新的知识分子气氛中继续现代主义传统的立场，力求避免走向学术主义或商业主义两个文化极端。在文学批评方面，拉夫强调社会问题与文本之间的关系，他对新批评只强调文本，割裂文本与社会之间的关系进行了有力的批判。与时代潮流不同的是，拉夫与菲利普斯还是追求一种有价值的马克思主义方法与思想，并努力使它成为批评传统的有机部分。一方面，拉夫放弃了20世纪30年代教条狭隘的马克思主义；另一方面，在对艾略特等保守的现代主义作家的批评中增添了一种历史方法，即拉夫所谓的“第六感”。这种“第六感”几乎一直伴随着拉夫的文学生活，是他理解过去文化与现代情感的工具。在拉夫对无产阶级文学的解剖，对美国文学中意识与经验的对立、对经验崇拜的批评，对欧洲现代主义大师的赞美，以及对美国知识分子现状的哀叹中，这种历史方法一直是主线，贯穿拉夫的思想。

拉夫对美国态度的转变始于欧洲战争。战争的爆发和随后拉夫与麦克唐纳的论争使《党派评论》知识分子的文化兴趣经历了一次地理上的调整。尽管他们没有完全放弃欧洲文学，但却开始给予“自己的”国家——美国更多关注。无论他们对战争和美国的参战抱有何种态度，他们确实在意战争的结果。而对拉夫和许多支持战争的知识分子来说，美国的胜利标志着他们所维护的思想的正确性。如果说大萧条激发了知识分子对美国体制的批评与要求重建社会的激进思想，那么战争则使许多知识分子，尤其是年轻的知识分子聚集在一起，为曾经是他们激进批评的对象的美国政府服务。他们放弃批评美国，而理性接受美国体制。作为知识分子，他们发现他们的思想与作品逐渐被接受；而作为个人，他们发现他们的疏离感基本上被克服了——曾经与美国社会的疏离变得陌生，成为过去。

知识分子的这种心理变化与他们在美国社会中日益“成功”有着直接的关系。20世纪40年代，尤其是在战后，知识分子开始得到广泛的社会承认。随着经济的发展和教育规模的扩大，学术工作，尤其是大学职位变得唾手可得。美国社会在朝更适合知识分子的方向发展，美国的民族文化也逐渐改善。20世纪30年代，知识分子批评美国文化中受乡农思维限制、敌视思想的“强烈的本土主义”，而现在美国正在朝着“世界主义”迈进。

拉夫在《战后局势中的美国知识分子》一文中详细阐释了艺术家与美国现实妥协以及他们的态度从反对走向接受的原因。他认为美国知识分子的思想转变是他们“揭露苏联神话并随后下决心要结束乌托邦幻想与轻率期望”的结果。他还认为知识分子无论对美国的民主有何看法，都认为美国“的确存在”民主，正是这一点在很大程度上使知识分子对美国生活产生了认同：知识分子从此对美国产生了一种“属于我们”的感觉。[68]拉夫还指出了这种思想转变的另一原因：美国艺术的发展。他表示，旧时詹姆斯式的对“美国荒凉景致的抱怨”已消失；自1929年起，商人不再被看做唯一的民族英雄；美国文化已积聚一定传统，而且由于动荡、革命以及第二次世界大战，作为旧世界的欧洲开始衰落，而作为新世界的美国则开始繁荣。美国的开放使美国知识分子有异于欧洲知识分子——他们参与国家机构生活。作家、艺术家成功冲破学术阻碍，任教于各所高校；经济学家、社会学家开始在政府部门任职。[69]

作家、艺术家加入教授队伍不单单是为了安稳的工作、可靠的薪水以及固定的假期，更重要的是，大学已不像以前“来自学院的报道”栏目中所描述的那样：枯燥死板、与现实脱节、思想保守、缺乏想象力等等，也不像拉夫与菲利普斯在早期《党派评论》上所批评的那样：学院写作的“质量不高，内容不以重要的文学问题为中心，而是迂腐地处理不重要的思想，而且将重点放在数据而非分析上”。[70]

但在知识分子普遍接受美国的同时，有一点需要指出的是：他们并没有放弃对知识分子的作用的考虑，也没有放弃他们的基本价值。金钱很少是他们成功的直接标志。尽管拉夫在1940年娶了纳撒莉·斯旺这位富有的妻子，但他没有放弃申请古根海姆项目，而且还非常高兴地继续为《美国信使》撰写专栏，尽管每月收入只有125美元。对像拉夫那样的知识分子来说，履行知识分子的文化职责并维护知识分子的思想与价值远比金钱重要。拉夫没有忘记提醒人们不要因为社会本身使知识分子易于为人们接受，而忽略了在美国知识分子中普遍存在的资产阶级化现象。事实上，拉夫指出有些急躁的反斯大林主义知识分子在20世纪50年代就已经全然接受了美国；他们容忍参议员麦卡锡极端的反共主义行为，成为麦卡锡迫害无辜的支持者。拉夫表示他自己并不拒绝反共，但他坚持反对麦卡锡对共产主义者不加区分的政治迫害，因此在20世纪50年代拉夫属于能直接指责麦卡锡暴行的少数知识分子之一。那时，大多数知识分子对麦卡锡的政治迫害采取了沉默的立场。

1952年，菲利普斯曾气愤地指出左派的反共斗争事实上已遭到右派的阻挠。在美国文化自由委员会4月23日召开的会议上，麦克唐纳提议批评麦卡锡主义，但他的提议却遭到了埃利奥特·科恩的反对，原因是科恩害怕这会分散反共运动的注意力。菲利普斯、欧文·克里斯托尔、罗伯特·沃肖、内森·格兰泽、西德尼·胡克、赫伯特·索洛、索尔·莱维塔斯等许多知识分子表示支持埃利奥特·科恩。只有少数知识分子，如麦克唐纳、理查德·罗维尔、玛丽·麦卡锡、詹姆斯·韦克斯勒、小阿瑟·施莱辛格、戴安娜·特里林，当然还有拉夫坚决反对麦卡锡的政治迫害。詹姆斯·伯纳姆，时为《党派评论》顾问委员会成员，因无法接受《党派评论》反对麦卡锡的立场，于1953年主动提出辞职。在对詹姆斯·伯纳姆辞职信的回复中，拉夫申明了他们对麦卡锡及其政治问题的立场，表示："我们一直反对国内某些知识分子的反对反共的态度，我们也同样反对由伯纳姆提出的新的反对反麦卡锡的态度。在我们看来，直接反对麦卡锡及其方法是在加强而不是削弱反共运动。"[71]

除了詹姆斯·伯纳姆，还有许多知识分子在麦卡锡主义时期表现出"勇气的失败"，他们成为反共主义者，或麦卡锡主义者，有的还积极参与了肃清校园共产党的活动。例如，马克斯·伊斯曼提出反激进的政治迫害并不存在，认为任何"不幸事件"的发生都是因为自由主义分子没能"认识到主要工作（即反共）的必要性"。丹尼尔·贝尔与欧文·克里斯托尔也反对谴责麦卡锡，他们提议对麦卡锡的批评应指向麦卡锡对威尔逊作品“黄色与亲共”的指涉上。只有拉夫和极少数以麦克唐纳为首的知识分子表示坚决反对麦卡锡的政治迫害。拉夫向美国文化自由委员会的右翼乃至中间分子呼吁，不要“忍受麦卡锡参议员那样的政治骗子的凶恶行径”。[72]拉夫还提出，尽管“共产主义对美国构成重大危险”，但“美国的共产主义带来的危险却没有那么严重”，问题在于僵固的反斯大林主义者无法区分作为内在危险与作为外在危险的共产主义。拉夫在反对麦卡锡的反共主义的同时也反对某些自由的共产主义分子。尽管拉夫从未表示过反对共产主义，但他认为一些前激进分子与前马克思主义分子已走得太远，已与“普通市侩并无差别”，他们的反斯大林主义已变成一种“职业姿态”、“整个人生观，甚至一种历史哲学”。[73]

尽管这样，与20世纪30年代的激进热情相比，拉夫50年代的政治思想还是保守的。他比较沉默，基本上放弃了以往的政治斗争精神，正如他对美国和大众文化的态度所表现的那样：“就目前形势而言，虽然我们不能完全接受美国，但我们必须放弃过去试图改变美国的斗争……如果在目前情况下，我们不能阻止大众文化无情的扩张，那么我们只能远离它，拒绝它的善意。”[74]但是这并不是说拉夫的政治思想是隐蔽的，他的思想还是表现出了别样的偏离。例如，尽管拉夫没有像别的知识分子，如欧文·豪那样著文立言，但他是豪在《党派评论》上那篇掷地有声的《这个从众的年代》的最初鼓动者。豪回忆：“是菲利普促成了这篇文章。他并不十分勇敢，他不会主动出击。他想要这样一篇文章，但他自己不写，而是委托我写……拉夫很谨慎，他聪明过头了……我得到了别人的关注，而他却没有。”[75]

欧文·豪这篇文章是有感于同时代知识分子的选择而写的，刊出之后激起了巨大的反响。豪在文章中指出，资本主义“已为知识分子找到了一个令人尊敬的地方”，他们“正在享受回归国家中心的满足”。豪的批评直接指向那些丧失特立独行这一知识分子特征的知识分子。他坦言，即使那些像他那样力求保持批评姿态的知识分子也变得“温和、驯服”。豪明确表示，“从众经常是一种出卖的形式，而出卖可能构成一连串小的让步”；由于社会已将智性与权力连在一起，这一趋势着实令人担忧。豪还指出，“每当知识分子被吸纳进社会机构，他们就不仅失去了传统的反叛力，而且在某种程度上失去了知识分子的作用”。当时美国的情况是：“知识分子最趋于认同时代潮流”，而且“无人能幸免”。豪表示这种现象是过去不曾有的。过去20世纪30年代的知识分子能勇敢地脱离斯大林主义、脱离《新群众》以及美国作家联盟，而且《党派评论》能在逆境中复刊，这些事实表明知识分子在没有放弃基本思想的情况下能抗拒潮流，如今，在广大知识分子中间却出现了一种普遍的“疲惫感”。[76]

豪基本上说出了拉夫的想法。对于拉夫的“低调”与沉默，戴安娜·特里林认为一方面是因为他“对从众——当代知识分子生活中的可怕之事——的恐惧”，正是这种恐惧使拉夫在20世纪50年代偏离他战后的立场；另一方面是因为拉夫“对反美主义的谨慎与容忍”。[77]欧文·豪认为20世纪50年代拉夫失去往日的“风采”或者“勇气”，逐渐“隐入地下”，只是作为编辑还偶尔动动笔，他觉得原因之一是拉夫认为那段时间是危险时期，公开发声会给他带来很大危险。豪相信拉夫是在用他马克思主义的智慧，采取在危机中暂时忍让的策略，“或许在他的想象中，他从列宁那儿学到了在暴风雨中要寻求避难的观点”。原因之二在于拉夫“估计这不是他碰运气的时候”。豪指出，“这个估计在政治上是错误的，在道德上是懦弱的，正因为这样，他的活力消失，他的声音失去了力量”。[78]威廉·巴勒特则认为拉夫偏离他往日强硬的反共主义路线，原因在于他对斯大林过于关注。巴勒特指出，随着斯大林的离世，拉夫希望革命的纯洁性得到恢复，苏联政权也能得到解放。[79]拉夫的反共主义本质上还是反斯大林主义。

然而，事实是尽管害怕“从众”，拉夫还是与大多数知识分子一样没能拒绝“从众”。人们发现在20世纪50年代，进入大学，成为学者再也不像在20世纪30年代那样难以实现。许多没有高学历的知识分子，如豪、卡津都成了教授；丹尼尔·贝尔与内森·格兰泽因为出版专著被哥伦比亚大学授予博士学位，成为哥大教授。拉夫在去布兰迪斯大学之前，1950年就开始在纽约大学授课，那时他曾表示过对知识分子普遍学院化的担忧："《党派评论》的每一个人都在教书，这说明情况多么严重。"[80]1957年，拉夫决定去布兰迪斯大学之时，他也表示过类似的担忧："我已经接受了布兰迪斯大学两年的聘任，如果两年后我还留在那儿，说明一切都令人惬意——但我对此表示怀疑。"直到1973年去世之前，拉夫一直都在布兰迪斯。无论事情是否如拉夫所言"令人惬意"，拉夫都无法否认大学已变得令人无法抗拒。他曾无奈地表示："开始学术生涯对我来说太晚了，但我还是去了那儿。时代潮流把我打垮了。我无法逃脱。"[81]具有讽刺意义的是，正是豪在《这个从众的年代》中极力反对的，也是拉夫一直要回避的"时代潮流"将他们两人先后冲进了布兰迪斯大学。

对于大学的普遍吸引力，许多人表达了自己的看法。艾尔弗雷德·卡津是这样认识的：大学"开始发挥保护者的主动作用：支持文学创作，将作家引入学术社团。这表明大学视知识分子为同化、和谐，以及必须的。……这代表了一种巨大的变化"。当然卡津也意识到知识分子"进入大学，因为他们想要在那里"，因为与大学的联系的确能使他们履行之前一直在学术界以外寻求的角色："它（大学）使他们能够扮演道德家、哲学家、文学导师的角色——这是美国作家一直喜欢扮演的，也是国家要求他们扮演的角色；在一个像我国这样致力于自我完善的文化中，大学是发挥他们作用的最佳地方。"[82]

艾尔弗雷德·卡津认识到的吸引力拉夫无疑也看到了。但拉夫进入布兰迪斯还有个人的原因。20世纪50年代知识分子的"成功"使他们在地理上变得分散。在一起吵吵闹闹的日子已一去不复返，他们中有一些接受了纽约附近大学的聘任，也有一些去了波士顿、芝加哥、加利福尼亚等地。拉夫在1953年给艾伦·泰特的信中写道："今年冬天，（我）在纽约无事可干。一方面由于欧洲的诱惑；另一方面由于教书的必需，留在这儿的作家没剩几个了。”拉夫深深感叹：“旧有的文学生活——我们为之骄傲的自治、引人入胜的私聊以及强烈的个性表达——已成为过去。”而更使拉夫感到落寞的是：他不喜欢纽约的新人，他感到新一代与老一代的知识分子在思想上有太多的差异。拉夫曾感叹：“年轻作家过于高雅、精明。他们结婚早，生活安定，只梦想入选每月排行榜或获得商业成功奖。”[83]然而，尽管对现实有很多的不满与无奈，拉夫没有沉溺在对过去的缅怀或者浪漫化想象之中。拉夫还非常清醒地认识到，“知识分子已从游民无产者变成了游民资产者”。[84]显而易见，与其他纽约知识分子一样，拉夫在20世纪50年代的学院化不仅是形势所致——在某种意义上，时代潮流强大得实在无法令人抗拒——也是自愿的。

6 20世纪60年代的沉默与“再生”

随着知识分子学院化的推进，人们普遍认识到知识分子是一种职业而非一种生活方式。20世纪60年代，知识分子的生活发生了更大的变化。他们再也不是无名之辈，而成了享有盛誉的名流。政府与知识分子之间也建立了一种从未有过的亲密关系，甚至有一部分知识分子进入了政府部门。知识分子取得这种地位在很大程度上归功于肯尼迪总统对知识分子的重视。诺曼·波德霍雷茨认为，“肯尼迪主要是给予了知识分子一种权力感，这在我们大多数人的经历中是前所未有的”，肯尼迪“开始吹捧知识分子，还邀请他们到他府上共进晚餐”。[85]在波德霍雷茨的记忆中，肯尼迪是位“后弗洛伊德主义者、后马克思主义者以及后爱因斯坦主义者；他是个生活在20世纪的人”。的确，大多数知识分子敬爱肯尼迪。在肯尼迪的“关怀”下，20世纪60年代初，知识分子很快成为“时代风云人物”：他们的受众增加了，影响力加强了；他们在新创刊的《纽约书评》上表达他们的思想，并且很快成为一种“时尚”。尽管这样，还是有人不无遗憾地指出：20世纪60年代的知识分子与以往相比，既失去了先锋作用，又不具颠覆社会秩序的作用。例如，特里林在感受普遍成功的同时，对知识分子“强烈批评功能的丧失”曾表示过担忧，他提醒知识分子应该留神“那么容易地被接受”这一事实。[86]

然而，大多数知识分子却没有特里林那样清醒，他们沉浸在空前成功的喜悦中。20世纪50年代末的核裁军运动、20世纪60年代初的新左派和民权运动、越南战争以及1964年秋的伯克利校园事件，这一系列事件都没能激起大多数知识分子的应有反应。事实是，1964年前大多数人对越战基本上无动于衷，仅有极少数知识分子，如诺曼·波德霍雷茨，曾表示过温和的反对。1964年之后，由于公众对越南战争的关注，大多数知识分子不得不关注越南形势。可以说，这种态度的转变在很大程度上是被迫的，而且这次的参与与以往也存在着本质的区别。过去知识分子参与国家政治事务的辩论是出于他们作为知识分子的良知，如今则完全是迫于他们在人们心目中的地位与名声——公众对名人的期待使他们不得不站出来说点什么。出于这种原因，大多数知识分子表示了温和的反越战立场，如欧文·豪，但豪在表示反对战争的同时还表示了对反战抗议的担心。而另外一些知识分子，如欧文·克里斯托尔，则公开表示支持美国政策。还有一些人，如索尔·贝娄，则不发表任何意见，他们就战争问题保持沉默。拉夫基本上属于沉默派。据玛丽·麦卡锡说，“就越南问题，拉夫最终没有说什么”。[87]

1967年，《评论》杂志举办了一次“再论自由的反共”专题讨论。波德霍雷茨提出了一个问题：“作为与反共左派相关的人士，您是否认为您对美国在越南的政策负有责任？”对这一问题的回答使知识分子自然分成了两大阵营——认为负有责任的左派和认为不负有责任的右派。前者大多是《纽约书评》周围的《党派评论》知识分子，如麦克唐纳、玛丽·麦卡锡、弗雷德里克·杜皮以及拉夫等老一代。他们似乎回到了早期的激进主义，对战争表示绝望，并且强烈呼吁将约翰逊逐出白宫。后者是《评论》周围的右倾知识分子，有丹尼尔·贝尔、欧文·克里斯托尔、诺曼·波德霍雷茨、欧文·豪等。他们并不认为20世纪50年代的反共运动与美国联邦调查局的资助是错误的；他们捍卫美国的外交政策及国内政策，反对左派知识分子流露出来的反美情绪，这些人后来成为新保守主义的干将。

这场论争的辩论范围从越南战争扩展到美国及其行动，并且还掺杂着许多与越战和新左派的兴趣关系不大乃至没有关系的其他考虑，例如对现代主义的看法、对文学作为武装知识分子头脑和对付世界的方式的思考、对以色列局势和美国犹太性的看法等等。对这些问题的不同看法确立了知识分子的不同的阵营归属，但在所有这些问题中，最主要也是最重要的，还是对美国的看法。这事实上构成论定他们知识分子身份的标准。1971年，辩论中心完全转移到了反战程度和美国权力上；对战争的责任及意义的讨论也不亚于对战争本身的讨论。

新左派的兴起似乎重新燃起了旧的激进主义热情。新左派抨击美国社会和美国政策，他们遭到保守主义者攻击后，20世纪30年代老激进主义者，如拉夫、玛丽·麦卡锡、杜皮等的激进热情被激发了。但老激进主义者与新左派还有许多差别。就拉夫而言，他既不喜欢校园事件中的那些学生——他称他们为“中产阶级浅薄分子”，也不喜欢反主流文化运动。但对新左派面临的多方仇视与批评，拉夫马上作出了反应，并为新左派进行了强有力的辩护。在《新左派何在，新左派是什么》一文的开始，拉夫就对新左派的现实与现状进行了一番描述。他指出，事实上新左派并不具许多批评所揭示的威胁性：

> 新左派是个难于理解的术语。从大量媒体宣传以及负有盛名的知识分子杂志《异议》与《评论》对它的敌视和批评来判断，它似乎代表一个真正的组织，装备着美国社会的一整套系统理论和使该套

> 理论付诸实践的方法。事实上，这种观念是错的。新左派在政治舞台上已出现了五年多，但它还是刚刚诞生时的那个样子——羽毛未丰，处于激进主义的不稳定状态，仅表达左派话语而已，还不是股真正的力量。事实是，新左派还缺乏相关的革命理论和行动策略。[88]

拉夫还指出新左派既没有组织形式，也没有可以立足的意识形态和政治平台；既没有获得广泛承认的领袖，也没有合法的杂志；既没有根据地，也没有可以权威地表达其立场的代言人。新左派充其量是由"流动的个体支持者与零散的新组织[其中大学生争取民主社会联盟（SDS）最为出名]结合"而成，表达的基本上是"美国中产阶级大学生较为广泛的不安情绪"，在极端意义上也仅是种"中产阶级反抗中产阶级"的现象。拉夫指出，大学生争取民主社会联盟的付费成员估计从未超过6,000人，并且如今联盟已经分裂成各个小的派别，在学生中的影响也已明显减弱。至于零散的新组织，成员就更少了，如西雅图解放战线仅有十到二十人。拉夫认为，"这种令人遗憾的情况"使人觉得"在组织意义上，新左派几乎不存在"。拉夫指出，之所以这样，一个很重要的原因是新左派领袖的过失："他们不懂得革命策略的首要法则，即领导人物的培训、组织的建设以及维护。大学生争取民主社会联盟的韦瑟曼支部急于将自己埋在地下，切断与校园里参与鼓动与宣传的学生的任何联系。"拉夫还批评了他们不成熟的、脱离群众运动的武装斗争。他指出，黑豹党人的持枪行动使他们付出了失去领袖的惨重代价，因为在美国还不具备列宁所说的真正革命的条件。拉夫总结新左派的主要弱点在于，"它没能从内部产生一个指导组织，以从事平常的实际活动，在意识形态层面上保持足够的警觉，以备当历史机遇出现时抓住它"。拉夫不提倡任何恐怖主义行为，他赞同托洛茨基"炸药的化学作用替代不了群众运动"的观点。[89]

显而易见，拉夫这样指出新左派的弱点，并不是回到了20世纪30年代的斯大林主义时期，而是针对新左派的现状提出自己的看法而已。但是有人认为这是一种政治极左态度。例如，在诺曼·波德霍雷茨眼中，拉夫是一位“再生”的激进分子。尽管与20世纪30年代反共、50年代反自由主义一样，拉夫还在反抗着时代潮流，但60年代的拉夫在许多方面已与以前不同：首先，他不再引领新的激进潮流；其次，他又不完全与新左派同步。在很大程度上，他只是位“无家可归的激进分子”——他的激进主义既不依附哪种运动，又不具革命的坚决的彻底性。

1967年秋，拉夫与欧文·豪在《纽约书评》上展开了一场论战，导火线是拉夫就豪与迈克尔·哈林顿合编的《激进的想象》所写的一篇评论。在书评中，拉夫在批评大学生争取民主社会联盟创始人卡尔·奥格尔斯比的政治理论的基础上，指出欧文·豪与哈林顿所代表的老的左派政治不适合新左派；拉夫指责豪寻求扩展福利资本主义，且视之为民主社会主义。[90]欧文·豪对此表现出了强烈的反应。他首先对新左派进行了批驳，声称他们当前的政治活动并不代表真正的激进主义，“那是种替代的，因而也是堕落的启示式幻想的激进主义”；继而豪指责拉夫“追逐时尚”，讽刺他“像旅鼠那样（吱吱叫）”，嘲笑他“如今在近二十年有计划的慎思之后，给我和迈克尔·哈林顿上列宁主义课”。[91]豪还引用了拉夫在1948年对斯大林苏联局势的看法，向拉夫提出质疑：“亲爱的菲利普，苏联在什么时候不再是个‘国家农奴制’社会？农奴们是什么时候被解放的——我指的是第二次？”[92]

面对豪这浓浓的火药味，拉夫的反击也十分辛辣。他一针见血地指出，豪“自称是左派领袖以及现成策略与理论方面的专家，但他显然无法接受对这一点的挑战，不然怎么解释他对左派年轻人耿耿于怀的轰击呢？他怒气冲天是不是因为他们拒绝视他为美国激进主义的‘灰色名人’呢？在他们看来，他身上几乎不存在激进主义”。豪给拉夫戴上列宁主义的帽子，拉夫也以牙还牙，称豪为“具有自由倾向的赤色分子”。对豪引用他1948年的文章的做法，拉夫反击：“我可以引用豪写于20世纪40年代末的一些文章，包括那篇赞美《党派评论》编辑‘支持国务院反对斯大林苏联’的文章……但我不会那样做。”[93]最后，拉夫直接指出豪在政治领域内的影响力极其有限，认为尽管豪提出了“民主社会主义”可能适合德国威利·布兰特那样的欧洲内阁成员，因为布兰特的政党确实在民意调查中代表了相当大的权力，但是“对于一个无关紧要的具有政治思想但决非是政治活跃分子的知识分子团体——《异议》团体——来说，视自身为整个左派的导师以及领袖纯粹是幻想”。[94]

拉夫与豪之争实际上已超出了他们讨论的问题，尽管过去他们之间有友谊也有摩擦（十五年前还是拉夫促成豪写了那篇著名的《这个从众的时代》），但裂痕从未像这次这样难于修复。此后十年，欧文·豪从未向《纽约书评》投过稿，两人的怨仇一直持续到1973年拉夫去世。豪认为，20世纪60年代他与拉夫的根本区别在于：拉夫“就像一位老将军，看到军队走错方向就急于跑到队伍前面，将之带回正道”，而他自己却宁愿站在原地，等待队伍被击败或自己转回来。[95]然而，拉夫却不这样认为。他指出，豪指责他想要“跑到队伍前面”，是因为豪自己不被允许“跑到队伍前面”而深感恼怒。豪表示，“我们都对文学感兴趣，但在某种意义上，政治更为重要”；他与拉夫“在文学问题上可以持不同意见而保持友谊，但在政治问题上却不行”。[96]

拉夫与豪的矛盾或许正如豪所言，主要是政治的，但事实上，两人的关系与他们和纽约知识分子群体中其他成员的关系一样，既微妙又复杂。那些个性迥异、背景不同的知识分子能够自20世纪30年代起聚集在《党派评论》周围，并发展成为一支强有力的知识分子队伍，在很大程度上是因为他们的思想，尤其是政治思想具有一致性——从最初信仰共产主义，到反共主义；从讨论美国参战，到战后普遍接受美国；从战后反共产主义，到批评越南战争。尽管这些纽约知识分子之间矛盾不断，但他们基本上还是一个群体。批评越战可以说是他们最后一次作为一个群体对外说话，之后这个群体就开始分崩离析。而作为这个群体的喉舌,《党派评论》的象征性作用也减弱了。以前《党派评论》在知识分子中的作用如莱斯利·菲德勒所言,“我代表《党派评论》,《党派评论》也代表我”[97],但自1956年始,《党派评论》的这种作用明显削弱,而且原本就比较微弱的凝聚力也因财政问题、时局变化以及主要编辑间的冲突,尤其是拉夫与菲利普斯间的冲突,变得更弱。

作为《党派评论》的创始者,拉夫与菲利普斯同舟共济,走过了将近四分之一世纪的时光,经过风风雨雨,他们共同谱写了《党派评论》辉煌的历史。其间尽管矛盾不断,但他们基本上能够顾全大局,化解矛盾。菲利普斯是这样描述他们的关系的:

> 自一开始,和拉夫共事就不容易。他好胜心强、过于武断、盛气凌人。他具备用智慧支配他人的本能。然而,刚开始我们的关系的确比较融洽,至少足以合作,我是这样想的。我们不断地争执,有时甚至非常激烈,但仍有平息争执的办法——通过说服对方、向对方妥协或交换条件等,在这方面,拉夫是个专家。[98]

菲利普斯认为拉夫权力欲强,具有“政治家的本能”。拉夫会把《党派评论》的大多数成就,如找到新的作家,归功于自己。在编辑工作的具体分工方面,拉夫安排自己处理一些“更重要的事情”,如联系出版商与作家,而将一些不怎么重要的或者他本人无能为力的事情,如财务问题,交给菲利普斯。显然,菲利普斯对这种安排极有意见,但他还是接受了:

> 说真话,我既感到恼火又有点满不在乎,这种矛盾心理无助于问题的解决。但总的来说,我不喜欢他那种爱出风头和不断追求权力的样子。但我感到使杂志正常运行比进行权力斗争更为重要。拉夫在想什么,我甚至无法去猜,因为他对他自己的生活总是闭口不谈,而对

别人的事情倒是津津乐道，他会不断揣摩他们的动机，最终总会归结为物质因素。[99]

菲利普斯还指出了拉夫个性的弱点，如“不忠”、“无情”、“虚伪”等。他指出，在开列《党派评论》晚会客人名单时，拉夫经常与他发生口角，原因是那些无名、无权、无吸引力之辈常会被他拒之门外。除此之外，在菲利普斯眼中，拉夫还是个“两面派”：他一面“在背后辱骂与他相识或共事的作家”，一面又“当着他们的面”表现出“友谊与魅力”。因此，到20世纪70年代初，几乎所有的纽约知识分子都遭到过他的抨击——有的是出于“政治”原因，有的出于“文学”原因，当然还有的是出于“个人”原因，但菲利普斯认为，“总的来说，主要原因是竞争与坏脾气”。[100]菲利普斯还特别提到1946年与拉夫当面“对质”一事。事情的起因是他与其他几位知识分子——戴尔默·施瓦茨、克莱门特·格林伯格、威廉·巴勒特——都遭到了拉夫的强力攻击。为此，他们决定一起向拉夫讨个说法。根据菲利普斯的描述，当他们当面质问拉夫时，拉夫“身体僵硬，脸色苍白，双手发抖……说的第一句话是‘人们说得太多’，意思是如果他们不重复自己说过的话，就没问题了。之后，他又试图否认曾经说过的一些话，转移话题……事后拉夫收敛一点了，但最终还是老样子”。[101]20世纪50年代，拉夫与菲利普斯的关系，据诺曼·波德霍雷茨说，“像是为了孩子强扭在一起的不幸婚姻”。事实上，在拉夫与菲利普斯之间关系不断恶化的同时，其他纽约知识分子也因战后的成功开始各奔东西。

1957年，拉夫去波士顿布兰迪斯大学任教，因而许多具体的编辑工作就留给了菲利普斯。这使拉夫与菲利普斯的关系越发恶化。波德霍雷茨站在菲利普斯一边，认为“拉夫极具权力欲”，菲利普斯的领导“剥夺了拉夫与其他编辑合谋反对菲利普斯乃至其他作家的乐趣”。[102]菲利普斯也抱怨拉夫“做得越来越少”，但还想拥有权力：“他写过来的信骄傲自负，对坚持要送给他看的稿件发表的意见冗长，而对已被接受或拒绝的稿件所提的意见要么是无关紧要的，要么是妇孺皆知的。他会每隔几个月过来一天，向办公室文员问些问题，但大多数时间是在闲聊，之后就走了。”[103]最使菲利普斯感到生气的是，拉夫竟指责菲利普斯经营不善。显然，菲利普斯与拉夫的关系明显恶化。

拉夫离开纽约后，批评家理查德·波伊里尔加入了《党派评论》编辑部。众所周知，拉夫与理查德·波伊里尔是一对冤家，因为他们的文学观点大相径庭。1966年，拉夫写信告诉弗雷德里克·杜皮：《党派评论》即将刊登对杜皮的一本著作的否定性评论，而他将阻止菲利普斯刊登该评论。拉夫在信中表示："菲利普斯想逃避这一问题。我的印象是波伊里尔在强迫他刊登该评论……史蒂夫（《党派评论》助理编辑）在菲利普斯与波伊里尔的联合中无法坚持自己的观点。"[104]看来，理查德·波伊里尔的加入加深了拉夫与菲利普斯间的裂痕。

1963年，《党派评论》搬到拉特格斯大学，拉夫与菲利普斯的关系进一步恶化。拉夫不再参与杂志的日常工作，也很少参与编辑工作。但菲利普斯还是抱怨："拉夫做得越少，对地位、权力的考虑就越多……他甚至要求在拉特格斯大学《党派评论》办公室给他安排一张办公桌。事实上，在拉特格斯的那些年间，他只来看过一次。"[105]其实，事情并不如菲利普斯所说的那么严重，尽管拉夫不去拉特格斯（拉夫曾极力反对《党派评论》搬到拉特格斯），但他还是每隔一两个月就与马库斯和波伊里尔在多塞特饭店见一次面，吃一顿午餐。据多萝西娅·斯特劳斯回忆，那段时间拉夫基本上对《党派评论》的事务持反对态度："现在他主要是在行使否决权……他的话变得越来越否定。他几乎对所有议题都表示'这不好——不好'。"[106]

1965年，为了使菲利普斯的身份与所做的工作保持一致，《党派评论》编委会投票决定任命他为总主编。这事毫无疑问激起了拉夫的强烈不满，并为此提起诉讼。经过几个月的争执、协商，最终编委会决定菲利普斯改任编委会主席，拉夫享有探访编辑部、阅读稿件的权利。这种情况一直持续到1969年秋天。那时，拉夫主动辞去在《党派评论》的职位，创立《现代时刻》。

菲利普斯总结，他与拉夫之间的矛盾不仅是工作方面的，也不纯粹是个性上或组织上的，还有对知识分子、政治、文学的看法的矛盾。菲利普斯认为，拉夫脾气越来越坏，他既指责成名作家高估自己的能力、出卖自己，又谴责年轻人势利、虚伪；拉夫的原则也从先前的互相团结变成互相攻击。但使菲利普斯感到最难于接受的还是拉夫思想的变化。他认为拉夫身上的马克思主义复活了，而且20世纪60年代的马克思主义比30年代的更狭隘、也更僵化。菲利普斯认为那是一种没有目标、没有运动、没有政策，事实上也没有政治的激进主义。除此以外，拉夫的文学观日渐保守。

“日渐保守”主要体现在拉夫对反文化运动、“新情感”以及老朋友的一系列攻击上。尽管拉夫似乎在新左派的政治激进主义中找到了希望，但他并不欣赏新左派的文学。他认为，新左派的迷幻药、摇滚乐、色情、科幻、马歇尔·麦克卢汉等是“堕落的……以最大胆、最勇敢的试验与自由精神作伪装”。由于理查德·波伊里尔对反文化的极大兴趣与欣赏，拉夫批评《党派评论》读起来就像通俗杂志，“没有中心、没有重点、没有责任”。[107]

此时，拉夫对美国文学的态度是悲观的。他认为美国文学的总特征“令人迷惑和混乱”，过多地关注那些打着先锋旗号、试图“一炮走红”的“颓废派、同性恋、色情作家”。[108]他也不认同其他纽约知识分子，指责莱斯利·菲德勒是位“肆无忌惮的批评家”，自那篇展示才华的《哈克宝贝，再次回到木筏》之后，就一直在走下坡路；批评诺曼·梅勒既自以为是又缺乏道德责任，他的《美国梦》“怪异”、推崇“暴力”与“兽性”、缺乏正确的思想意识；[109]当然还对丹尼尔·贝尔与诺曼·波德霍雷茨的右倾表示过愤怒。

可以说，正是菲利普斯所谓的拉夫的文学保守主义与政治激进主义使拉夫对《党派评论》极为失望。自从进入布兰迪斯之后，无论在地域还是在思想上，拉夫都离他一手创建的杂志越来越远。最终，拉夫决定辞去编辑职务，成立自己的杂志，以恢复1937年复刊时的《党派评论》精神。有了新的目标之后，拉夫即刻投入了工作。根据《现代时刻》副主编马克·克拉普尼克的回忆，1970年的整个夏天，拉夫就在新罕布什尔州与克拉普尼克、菲利普·罗思、艾伦·莱查克以及几位非犹太女性组织筹备《现代时刻》。那些筹备会议对拉夫来说并不亚于20世纪30年代的《党派评论》会议。那是拉夫的忙碌时期，也是拉夫久违了的一段美好时光。他们还得到了菲利普·罗思的主动帮助，对于罗思的热情，拉夫感到惊喜。后来，《现代时刻》发表了罗思的多篇作品。

1970年秋，《现代时刻》正式出版，杂志在许多人眼中是"拉夫的政治激进主义、文化保守主义和对老朋友的否定主义"的结合。[110]第一期刊登了诺曼·乔姆斯基表扬新左派的文章——《学院中的反叛》，还有时为耶鲁大学戏剧系主任的罗伯特·布鲁斯特对学生的批评——《职业主义的衰败》，《艺术纪事》栏目中刊登了对克莱门特·格林伯格的批评文章。第二期出版了马克·克拉普尼克对莱昂内尔·特里林的批评，以及索尔·贝娄对老朋友莱斯利·菲德勒和菲利普斯的指责。拉夫在第四期赞美了索尔·贝娄的那篇批评文章，表扬贝娄"展示了目前美国文化生活中某些堕落表现"，说贝娄的文章"语言优美、智慧非凡"。[111]

然而，或许正是拉夫这种明显的"否定主义"使他开始遭受来自各方的攻击，甚至《现代时刻》同事们也表示不满。他们普遍认为拉夫过于极端。卡罗尔·施洛斯觉得拉夫"要求周围的人提出批评议题和批评对象"，而它们必须符合拉夫的思路与风格。[112]马克·克拉普尼克认为"拉夫想要的越来越不是文学批评，而是文学谋杀"[113]，例如拉夫甚至和美国第一号文化批评家约翰·西蒙签约，要求西蒙写一篇批评纳博科夫的文章。尽管西蒙没有履行诺言，但人们还是在《现代时刻》上读到了对列维·斯特劳斯、R.D.莱恩、克莱门特·格林伯格、莱斯利·菲德勒、威廉·菲利普斯、查尔斯·赖希等的批评。据马克·克拉普尼克回忆，拉夫也曾要求他去“做捣毁工作”，尤其是对诺曼·梅勒。为此，克拉普尼克也曾写信给拉夫，表达过自己的看法：

> 我不希望成为您憎恨的工具。……长期以来，您一直想要人们将利刃刺向梅勒。人们让您感到失望，不是因为人们胆怯（如你所想），而是因为将利刃用作伤害他人的工具是卑鄙的。您身上的亚哈的一面不曾使我敬仰。在这出剧中，我老了，无法扮演以实玛利或斯达巴克斯的角色。[114]

据克拉普尼克说，他最终与拉夫决裂，一个重要原因就是拉夫这种极端“憎恨”的态度。

然而，克拉普尼克所言拉夫亚哈的一面毕竟不是拉夫的全部，在《现代时刻》上，我们还可以看到拉夫肯定的一面。拉夫的保守主义及反中产阶级、反大众文化的信念造成了他比以往更不妥协、更坚决、更果断，乃至更咄咄逼人的编辑风格。这种编辑风格的魅力对具有类似思想的知识分子来说是不言而喻的。在短短的两年时间内，《现代时刻》不仅吸引了众多著名的诗人、小说家、批评家、散文家，如萨特、乔姆斯基、罗伯特·洛威尔、菲利普·罗思、索尔·贝娄、罗伯特·布鲁斯特、希尔顿·克拉默、康拉德·艾肯、伊丽莎白·哈德维克、玛丽·麦卡锡等，还吸引到了一批新的作家与批评家。更重要的是，《现代时刻》刊登了许多“试验性作品”。1966年，拉夫曾精选二十一位作家的试验性作品，将它们结集出版，取名为《现代时刻》。拉夫在序言中写道：

> 这本作品集……并不具有这个世纪前三十年意义上的试验性，即语言与结构上的试验性。显然，这个时期的试验性属于不同类型，

> 尤其在小说中。最明显的革新体现在论题领域，现在的文学精力主要用于以富有想象力的形式将各种经验类型与对经验的态度结合起来，而这些经验对于第二次世界大战前的作家来说是得不到的。[115]

可以说，《现代时刻》杂志在很大程度上是拉夫这种思想的延伸。或许正如小说家艾伦·莱查克所言，“在到处都是时尚、陈腐、浮华、廉价之物的气氛中，《现代时刻》还是个高质量作品之地”。令人遗憾的是，《现代时刻》“缺乏相宜的时代、相宜的局势、相宜的情感，甚至相宜的菲利普·拉夫，因而它无法具有《党派评论》那样的文学势力”。[116]在追逐时尚、虚假浮躁的时代气氛中，《现代时刻》显得很不协调，成了与时代格格不入的刺耳音符。再加上财政困难，在开办两年、刊出六期之后，《现代时刻》被迫停刊，时为1972年夏天。

7 波士顿的最后几年

1957年，拉夫去布兰迪斯大学英美文学系任教，从纽约搬到了波士顿。在大多数学生眼里，拉夫严肃严谨、认真执著，容忍不了任何异议。在这个意义上，拉夫不属于那种即刻能得到学生肯定的人物，更不属于那种能得到好几届学生称颂的传奇导师。尽管一般学生对拉夫的评价并不好，但在那些寻求思想深度、学术质量的学生心中，拉夫还是位极具影响力的人物。例如，安妮·塞克斯顿曾是拉夫现代文学课上的一名学生，她认为她决定写诗完全是受拉夫讲座和个性的影响。深受拉夫教诲，一直怀念他的学生还有南希·威纳、丹尼尔·克拉科沃、约翰·弗曼等。[117]

事实上，在波士顿得益于拉夫指点的人不仅仅局限于他的学生，还有他的同事和他周围的人，比如布兰迪斯大学的同事——小说家艾伦·莱查克。据莱查克回忆，拉夫“给我讲过左派政治和文学批评，还对我的写作给予了许多鼓励与指导。后来，拉夫对我的作品《美国恶作剧》发表过意见，提过许多极富价值的建议”。莱查克说一开始他能与拉夫走得很近，主要是因为他已故的父亲。莱查克的父亲与拉夫一样，也是位俄国移民，也曾有过共产主义的梦想。莱查克认为，正是这种极为相似的背景使他“在情感和个性上适合当拉夫的继子，填补了拉夫心中从未有过的儿子的空缺”。[118]

由于这层关系以及这种心态，莱查克常去拉夫位于波士顿巴克湾富人区的住宅做客。拉夫与他妻子西奥多拉也总像对待儿子那样热情友善地欢迎他。在饭桌上，拉夫与他几乎无所不谈——他们经常谈论文学、写作、左派政治，谈论《党派评论》、《现代时刻》，谈论学生、童年，甚至还谈女人、烧饭做菜，当然话题还涉及他的敌人，包括“为金钱而写作”的诺曼·梅勒与新学院派。莱查克认为拉夫对年轻一代，尤其是新左派，有着强烈的好奇心。他向莱查克打听摇滚歌星、大麻对性的作用，以及学生们在宿舍内做什么等等。他还买“披头士”乐队与鲍勃·迪伦的唱片，迪伦的那首《暴风雨即将来临》竟会使拉夫因歌的寓意——对核灾难的预示——流泪满面。但拉夫不会因为这首歌的意义而混淆文学与流行音乐间的界限。拉夫始终认为文学与流行音乐属于两个截然不同的领域，这就是为什么他对摇滚乐成为《党派评论》的主题之一深感不安。

近距离接触使莱查克了解了拉夫鲜为人知的一面。例如，拉夫四十五岁时还不会煮鸡蛋，但有感于纳博科夫的厨艺而悉心钻研，几年后烧得一手好菜；[119]拉夫是个体育盲，不会打球、骑自行车，也不会游泳；拉夫缺乏生活常识，不知道汽车的性能，不知道什么药治什么病。[120]

如果说拉夫具有与生俱来的斗争精神的话，那么这种斗争精神只体现在他与时代潮流的抗争中。拉夫能经得起社会与时代的风风雨雨，却无力处理个人生活。这是造成拉夫最后几年不幸生活的主要原因。几次重大打击使曾经自信、果断、独立、好胜、坚强的拉夫逐渐失去活力，成了一个充满恐惧、几近绝望，又极度依赖他人的羸弱老人。拉夫心里疲惫，身体每况愈下，肺气肿、高血压、胆囊炎，再加上大量的威士忌与安眠药使拉夫脆弱不堪。

第一次打击是1968年的一场大火。火灾的起因是拉夫的妻子西奥多拉睡觉前没熄灭烟头。那天晚上拉夫外出，西奥多拉独自在家。火势迅速蔓延，烧毁了拉夫的一切：房子、妻子，以及所有的藏书和书稿。对拉夫来说，突然被剥夺了一切，这无异于生活的终结。没有了家、亲人，乃至陪伴一生的书籍，拉夫感到孤独、绝望、恐惧、痛苦、无所适从。但值得庆幸的是，此时拉夫还有梦想，还有一个可以使他有家的感觉的事物，那就是《现代时刻》。这至少使暂时栖身于旅馆的拉夫心境明朗了许多。已经失去了一个家，《党派评论》也离他越来越远，拉夫再也不能失去另一个家了，那可是他理想、思想以及才能的全部寄托。

1969年，拉夫辞去在《党派评论》的职务，投入《现代时刻》的准备工作。据艾伦·莱查克回忆，他与拉夫在《现代时刻》共事的那两年时间，对他来说是“另一种教育，既令人激动又令人为难，无与伦比”。他非常高兴地看到拉夫“恢复了战斗精神，又开始创作优秀的辩论文章，抨击虚假的政治趋势与右倾”。尽管拉夫在组稿和批评方面有过于极端和固执的倾向，但《现代时刻》还是表现出了强大的吸引力。“诗人、小说家、批评家纷纷投搞，与其说他们是为了微薄的稿酬或名声，还不如说是为了得到登上拉夫的杂志的荣耀。”[121]在这点上，《现代时刻》似乎延续了《党派评论》的魅力。到第二年年底，《现代时刻》的发行量就达到了四千多份，这令拉夫十分振奋，与《党派评论》相比，这已经是不俗的成就（《党派评论》在二十年间最大的发行量是一万多份）。然而，不久拉夫就发现时代变迁，《现代时刻》既不能像《党派评论》那样成为左派知识分子的喉舌，也不可能像《党派评论》反斯大林主义那样有坚定明确的斗争对象，并且新的文学发展趋势也离拉夫所推崇的现代主义传统越来越远。两年之后，由于资金短缺，《现代时刻》被迫停刊。拉夫失去了他最后一个“家园”。

这是对拉夫的致命打击。从此，拉夫一蹶不振，再也无法拿起笔杆。对一个以文字为生的人来说，无异于被宣判死刑。拉夫彻底崩溃了。

雪上加霜的是，此时拉夫还经历着不幸的婚姻生活。1968年那次火灾带走了他的第三任妻子之后，渴望家庭生活的拉夫又娶了一位西弗吉尼亚农夫的女儿。这位结过婚，还带着个十四岁儿子的漂亮夫人属于拉夫所不熟悉的那类女性。无论在出身、文化、经济状况，还是在脾性上，她与拉夫的前妻们都大相径庭。婚后，这位妻子逐渐暴露出的粗鲁、暴躁与浅薄使拉夫无法忍受。他感到愤怒、痛苦、无助。具有讽刺意味的是，这位能以同情、客观心态去分析、评判小说中家庭矛盾的文学评论家却无法解决实际生活中的矛盾。尽管这场婚姻只持续了一年半，但它给拉夫带来的折磨与痛苦是无法平复的。从此，拉夫养成了将安眠药与威士忌混在一起喝的“恶习”。伊丽莎白·哈德维克认为这“完全是心情沮丧造成的”，将这一切归罪于拉夫的那场错误婚姻。[122]

从1968年的那场火灾，到《现代时刻》停刊后拉夫停止写作，再到第四段婚姻中身体状况恶化，前后不到三年时间。更不幸的是，拉夫无法从朋友那儿得到安慰。“尽管有许多朋友、熟人、学生，还有前妻前来探望，帮他打发时间、排遣孤独，但他的心，或者说他的头脑，已经关闭。”此时，拉夫已经完全失去了以往的“胆量、耐心、幽默以及平衡心态”。[123]

艾伦·莱查克深深为拉夫感到痛心。他想帮助拉夫。他曾经与朋友们讨论过用录音机让拉夫口述一本有关20世纪30和40年代文学生活的回忆录，但这种想法对拉夫来说犹如骑自行车或摩托车一样困难。因为拉夫有独特的写作习惯：他既不用打字机，也不用录音机，铅笔与稿纸是他的必需品；而且他还喜欢站着写作，旁边放着他的摘抄本；除此之外，拉夫只有在四壁都有木书架的书房内写作才感到安适自在。菲利普斯认为拉夫的这种写作习惯与他精力充沛、坐不住有关：

> 他甚至坐不住。我们在一起写稿子的时候会边谈边写，他做打字工作，因为他打字比我快。他不时中断，因为他无法将自己固定在打字机前，哪怕只有几分钟的时间。他会在房间里走来走去，手里挥动着铅笔，就像挥动武器一样。在不做笔记时，他会站在壁炉旁，在炉台上写作。[124]

然而，有一天，艾伦·莱查克喜出望外：拉夫最终同意莱查克的提议——用录音机记录口述。对此态度转变，莱查克的解释是：拉夫牵挂那本始终未能完成的有关陀思妥耶夫斯基的论著；另外，拉夫很久以前承诺过要写一本有关20世纪30和40年代文学生活的回忆录。莱查克说："这使他激动。他觉得他要讲述的许多名人轶事，像他以前曾告诉我们的，定会引起轩然大波。他嘲笑甚至威胁他们。他喜欢嘲弄自己和别人，认为总有一天他会克服个性和思想上的懦弱，成为淘气的说事人。"[125]但是，太晚了。计划还没开始，拉夫就离开了这个世界。那是1973年12月22日。

拉夫的离去使许多人——热爱他的人、仰慕他的人，以及他曾经的朋友、妻子、恋人——感到震惊、感到悲伤。菲利普斯的第一反应是："所有的争斗是那么没有必要。"[126]或许最能代表人们对拉夫离去的惋惜并寄托人们哀思的是玛丽·麦卡锡的那段著名悼词："他走了，那位亲爱、杰出、非凡的人物……"[127]的确，在许多人眼中，拉夫是一位富有创新精神、思想丰富的社会—文化批评家、优秀编辑、具有独立批评意识的知识分子。他的离去，加上威尔逊和W.H.奥登的离去，在很大程度上标志着一个时代的结束，即一个文化时代一个有质量的批评时代的结束。[128]没有人会否认拉夫及其杂志在美国文化中的重要作用。

然而，拉夫又是位极其多面、矛盾的人物。他个性强烈、意志坚定，但也易感情用事、轻信别人；他历经世事，但内心一直具有孩童般的天真与好奇。玛丽在悼词中说：

> 菲利普不断地感叹生活与世界不可思议。一旦对某一故事或报纸上的某一新闻感兴趣，他就会转动那双乌黑、凸出的大眼睛，不停地摇晃着脑袋，嘴里还发出阵阵笑声。如果你是位男士，他就会用胳膊肘推推你；如果你是位女士，他会捏一下你的手臂，好像你们正看着一个路经你们村庄的、由怪物与新奇动物组成的马戏团。[129]

对玛丽来说，印象最深的是：拉夫身上既有政治的一面，又有文学的一面——前者阳刚，富有挑衅；后者阴柔，隐含梦幻。其实，真正的拉夫比玛丽所描述的要复杂得多，拉夫不是具有两面性而是具有多面性。例如，拉夫在争辩时口若悬河、慷慨激昂、尖刻粗暴，甚至还有些傲慢、恃强凌弱，但这个"强悍"的拉夫背后是一个"怯懦"的拉夫。在豪与菲利普斯的眼中，拉夫"不是位真正意义上的斗士"：他害怕暴力，"做事谨慎小心"；身上既有移民的"不安"和"对权威的恐惧"，又有前马克思主义者的"忧虑"；一想到法律、警察，就会发抖。[130]但是，拉夫又具备一位移民的基本生存能力：很快认清现实世界，并融入美国生活，知道权力所在，且了解如何才能成功。在这一点上，拉夫是他们那一代知识分子的典型，"是位象征人物"：既无法藐视成功，又无法拒绝疏离；既是局内人，又是局外人。

拉夫一生都是忠实的马克思主义者，推崇社会主义理想，但他身上也有与马克思主义不符的一面，即个性中物质享乐的一面。莱查克是这样描述拉夫的：打着时尚的领带，穿着色彩柔和的衬衫和漂亮的运动装，抽着香烟；看上去更像一位外交官，而不是英文教授。他在"提出最激进思想的同时，却穿着最资产阶级的外衣；在这个意义上，拉夫更像列宁，而不是托洛茨基"。[131]

拉夫很早就离开父母，但内心对家庭一直有着强烈的渴望。拉夫没有自己的孩子，但在许多人眼中，他胜似真正的父亲，他对年轻人的影响比父亲还要强。拉夫在20世纪60年代对老朋友大动干戈，但对年轻人却爱护有加。

拉夫事实上得益于美国的资本主义制度，但他与其他知识分子一样，从不承认这一点；相反，拉夫总是以反时代潮流的精神批评他所处的那个制度。用巴勒特的话讲，“他越是成功，就越是抨击给他带来成功的那个制度”。[132]

拉夫一直是位拒绝“犹太性”的犹太人，因此，在人们的印象中，拉夫与犹太复国主义者是扯不上关系的。然而，最令人感到不解的是：拉夫把自己一百多万美元的遗产留给了以色列。但根据艾伦·莱查克对拉夫的了解，拉夫生前的确具有犹太复国主义的倾向：他对以色列的社会主义和人道主义现实深信不疑；他对犹太同胞、犹太性以及那块来之不易的土地充满感情。这或许是因为拉夫小时候在巴勒斯坦住过，曾学过希伯来文。拉夫将母亲安置在巴勒斯坦的疗养院，他本人则一直关注着以色列的发展。他为1967年以色列的胜利欢呼雀跃。在生命中最后的一两年，拉夫曾反复表示如果他能再活一次，他定会选择以色列，而不是美国。[133]因此可以说，在拉夫疏离自我、疏离犹太性的过程中，以色列其实是他潜在的“他者”或“丢失的自我”。在生命即将终结之时，这位马克思主义无神论者以及坚定的理性主义者以出人意料的方式告诉人们，那个流落他乡的“自我”是多么渴望回归故里。

二 拉夫与《党派评论》

《党派评论》曾是美国历史上最具影响力的文学、文化刊物，也是广大知识分子交流思想、展开论辩的中心园地。自1934年创刊来，《党派评论》一直站在重大思想、文化论争的前沿，经历了从20世纪30年代反斯大林主义到70年代反新保守主义的一系列困难又艰巨的斗争。第二次世界大战前后，《党派评论》将马克思主义与现代主义两种激进思想结合在一起，赋予了知识分子革命先锋与文学先锋的光荣历史使命。20世纪50年代，《党派评论》率先揭露了苏联共产主义的极权主义性质。然而，在众人心中，《党派评论》更为持久的影响却在于它发现、挖掘并成就了一批才华横溢的作家与批评家，他们在美国的文化、政治领域留下了不可磨灭的影响。其中的代表人物有莱昂内尔·特里林、玛丽·麦卡锡、欧文·豪、艾尔弗雷德·卡津、德怀特·麦克唐纳、克莱门特·格林伯格、哈罗德·罗森堡、弗雷德里克·杜皮、戴尔默·施瓦茨、迈耶·夏皮罗、诺曼·梅勒、索尔·贝娄、苏珊·桑塔格等。这些知识分子在开始为《党派评论》撰稿时都不怎么出名，但他们共同的努力使《党派评论》成为第二次世界大战前后美国最有影响的文化、文学刊物。

当然，《党派评论》能站在时代前沿，成为广大知识分子的喉舌，很大一部分功劳应归于两位创始人——菲利普·拉夫与威廉·菲利普斯。两者之中，拉夫的作用更大；而且作为编辑，拉夫的能力与影响力也是无与伦比的。在欧文·豪的记忆中，拉夫是《党派评论》的统帅，他“经营杂志就像党的领袖或议会领导”；而且拉夫赋予杂志的，“除了他的干劲与智慧之外，还有他的思想观念”。[1]拉夫将自己的理想、信念、勇气、智慧等贡献给了《党派评论》，而《党派评论》也成了“他的”杂志（非常巧合的是，拉夫的名字与《党派评论》的首字母缩写都是“PR”），成了“他的个性，或者可以说，自身的延伸”。而推动杂志发展的，据威廉·巴勒特认为，还有拉夫那种“决不退缩的强烈个性”。[2]菲利普斯在提到拉夫的个性时，认为拉夫精力充沛、意志坚定，对拉夫做精神分析没有意义：“在进行精神分析时，我们大多数人会垮下来，承认自己的弱点，菲利普也会垮下来，但他认为自己是位伟人。”菲利普斯曾戏称拉夫为“令人难忘的疯子”。[3]然而，正是拉夫的这种强烈个性使他迎难而上，勇往直前，最终使《党派评论》从停刊到复刊，从脱离共产党到成为独立文化刊物，渡过了一个又一个的难关。由于拉夫在《党派评论》中的强大作用，卡津认为，拉夫“本质上是位辩论家，而不是作家……是知识分子司仪与主帅……是他那群激进知识分子的约翰逊博士”。[4]

事实上，拉夫的确算得上一位天才的杂志编辑。他了解自己的思想，相信自己的信仰，具备对重大事件进行深刻分析、系统阐释的真正才能，拥有敏锐的眼光、大胆的谋略等众多编辑的优秀品质。更重要的是，拉夫具有对新思想、新潮流的罕见预见力，对矛盾、异议、差异的强大调和力，以及深远的影响力。除此之外，拉夫还具备作为一位知识分子和编辑的难得政治智慧——他懂得在逆境中如何生存，懂得从难于防守的局势中及时撤回。这些品质与才能使《党派评论》经历风风雨雨，经历二十多年的辉煌，使杂志能够拥有一支相对稳定的、极具洞察力与影响力的作家队伍，能够成为那个特定时期最重要的、最响亮的知识分子之音。

1 《党派评论》的编辑宗旨

自1934年2月第一期开始，《党派评论》就是历史的鲜活见证，发出了时代知识分子之音。《党派评论》建基于知识分子对大萧条的关注、对无产阶级文学的呼唤以及对建立一个社会主义美国的全新信念。20世纪30年代初是激进主义热情洋溢的几年，拉夫、菲利普斯和许多其他知识分子一样，深受没有阶级的乌托邦理想吸引。他们在理论上信仰马克思主义，在实践上相信共产党，并且将革命热情视为文学才能，认为知识分子的职责就是带头引路。他们团结在约翰·里德俱乐部周围，相信并期望这种组织形式能为革命的艺术服务。《党派评论》就是在这种“理想”状态下诞生的。作为“革命文学双月刊”,《党派评论》首刊社论声明,它不仅要“与剥削阶级的堕落文化作斗争”,而且还要与“作家身上令人衰弱的自由主义作斗争”;《党派评论》将“抗拒任何以狭隘宗派理论与实践破坏文学的企图”,并且视出版约翰·里德俱乐部成员的最优创新作品与具有同样“文学目的”的非成员作品为己任。[5]这种致力于革命的审美主义、马克思主义思想并对苏联保持友好态度的编辑理念在很大程度上代表了当时典型的共产主义立场,体现了那个时期激进运动的价值。就内容而言,首刊《党派评论》除了刊登具有强烈时代特色的无产阶级故事和具有高度革命热情的诗歌以外,还刊登阿奇博尔德·麦克利什的批评以及对四种马克思主义小型刊物的讨论。① 所有这些文章似乎都表明拉夫与菲利普斯对无产阶级文学所抱的信心:在美国,革命文学具有日益增长的活力。

然而,几个月之后,《党派评论》开始偏离创刊时的理想和对无产阶级文学所抱的乐观态度。有些文章,特别是拉夫的文章,具有一种独立的探询的语气,与那个时期占主导地位的所谓“无产阶级文学运动”的党性路线产生偏离。这一动向标志着《党派评论》开始远离党的严格控制,但并不表示《党派评论》放弃对革命文学的信念。对于这种新的基调,拉夫与菲利普斯是这样解释的:

> 与党的差异或许源于我们对官方将艺术视为政治宣传工具的思想的抗议。我们无法支持共产党企图垄断激进思想的做法。我们更愿

① 除了刊登无产阶级作家格雷斯·伦普金、艾尔弗雷德·海斯、约瑟夫·弗里曼的故事或诗歌、詹姆斯·法雷尔的《斯塔兹·朗尼根》的片断、菲利普斯的批评文章以及拉夫与格兰维尔·希克斯的书评之外,首刊还载有本·菲尔德、埃德温·罗尔夫、阿瑟·彭斯、奥贝德·布鲁克斯、沃尔多·特尔的作品。另外,首刊还刊登了《约翰·里德俱乐部笔记》。1943年的其他几期的撰稿人还包括伊西多·施奈德、卢卡契、吉纳维夫·塔格特、埃德温·纽豪斯、杰克·康罗伊、杰尔·曼戈里昂、纳尔逊·阿尔格伦、肯尼思·费林、小威廉·罗林斯、艾伦·卡尔默、梅里戴尔·勒·絮尔。1935年,许多著名作家,如安德烈·马尔罗、牛顿·阿尔文、霍勒思·格雷戈里、肯尼斯·帕琴、理查德·赖特、约翰·斯特雷奇、路易·阿拉贡等都在《党派评论》上发表文章。

意视马克思主义为一种分析方法而非组织压力与策略。我们无法认同《新群众》与其他共产主义刊物忽视作品质量，仅以政治和利益衡量作品，即仅以作品政治内容与党当前的路线是否一致为标准评价作品。那些文化委员的真正兴趣在于操纵知识分子的观点，从而给苏联与第三国际的政策添加色彩。如果我们站在他们的立场上，我们就会犯不可饶恕的罪行，将文学与革命精神搅在一起。[6]

从此，《党派评论》一方面继续反对反革命思想、对共产主义运动的歪曲以及宗派主义思想；另一方面则抵制写作质量的下降，拒绝那时被普遍誉为具有“进步成就”的文学作品。拉夫与菲利普斯大胆刊登当时在党内备受怀疑的作家，如伊格纳齐奥·西洛内、詹姆斯·法雷尔、约翰·多斯·帕索斯等的作品。

第二年，即1935年，由于拉夫与菲利普斯对无产阶级文学运动的疑虑，《党派评论》只出了四期，其中最后两期的页数从96页减少到了64页。第三年，《党派评论》与另一马克思主义杂志《铁砧》合并，合并后的第一期于1936年2月出版。《党派评论》在“继承传统”的基础上，更加大力批评共产党的路线，尽管这种批评仅局限在文化运作的层面上。拉夫与菲利普斯是这样描述他们当时的思想的：

总体上，我们越来越感到怀疑，但我们还是相信共产主义运动的政治完善性。我们逐渐意识到我们所反对的知识分子的粗俗源于斯大林主义本身的堕落及极权本质。莫斯科审判使人们震惊并最终看清斯大林主义的真面目。这场运动歪曲知识分子生活，就像它歪曲社会主义传统的自由意志理想一样。显而易见，斯大林主义不是民主社会主义的代言人，而是敌人。我们计划将《党派评论》变成激进主义的独立喉舌和严肃的试验性写作的园地。[7]

对莫斯科审判的震惊和对苏联共产主义的幻灭使拉夫与菲利普斯进一步对政治失去信心。同时，《党派评论》也遭到了多方的反对，其中就有美国作家联盟执行委员会停办《党派评论》的要求。时为共产党文化事务负责人的亚历山大·特拉亨伯格曾表示："我要告诉他们停办《党派评论》。"但特拉亨伯格的提议遭到了马尔科姆·考利的极力反对，考利说："特拉亨伯格，听着，'孩子们'干得很好。他们推出了一份富有活力的杂志，而且全靠他们自己。让他们继续下去。"然而，用不着"共产党扼杀《党派评论》"[8]，1936年春，拉夫与菲利普斯决定停办《党派评论》，一是因为他们与共产党不同的激进文学思想，二是由于日益加重的财政困难。1936年秋，《党派评论》停刊。

经过了一段时期的休整之后，1937年，拉夫与菲利普斯决定复刊《党派评论》，用他们自己的话说就是"准备承担一种更个体化的社会与文学责任"。[9]复刊编委会除了拉夫与菲利普斯以外，还有具有共同目标与价值的弗雷德里克·杜皮、德怀特·麦克唐纳、玛丽·麦卡锡以及资助人乔治·L.K.莫里斯。复刊社论在很大程度上是编辑的独立宣言。他们宣布，他们仍然具有革命的社会主义信仰，仍然相信任何"渴望在今日先锋文学中占一席之地的杂志应具革命倾向……且是明确独立的"，并且还是坚持认为革命文学"不是为了执行任何政策"。基于这种理念，《党派评论》的重点放在文化和更广阔的社会两个方面，而不放在党的政治上；杂志文学内容的选择"将基于更宽广、更完整的基础"，但并不排斥"具有中心政治议题的文章"；文学评判将采取更开放的姿态，"不要求我们的作家与某一既定的社会意识形态或规定的态度和技巧保持一致"。[10]在谈到那时的政治姿态时，拉夫与菲利普斯是这样说的：

> 我们视自己在马克思主义意义上是真正激进的，而过去的《党派评论》由于屈从于严格的劳动分工，没有直接开展政治讨论，仅通过文学手段论定自己的政治倾向。……我们的政治可以总结为一种独立

> 的批评性马克思主义：独立于所有政党的组织及纲领；“批评性”是因为我们倾向重新审视整个社会主义进程，以了解社会主义目前的困境。毫无疑问，我们是不妥协的反斯大林主义分子。尽管在有些方面我们被视为托洛茨基主义分子，但事实上，在所有编辑中，只有麦克唐纳曾有过短暂的托派经历。我们的编辑立场可以说曾是托派的：我们同意托洛茨基对苏联政权的批评；我们尊崇他为马克思主义学说的伟大阐释者。除此之外，我们不接受托派的任何特定理论以及实践活动。[11]

这种独立的反斯大林主义与批评性马克思主义政治立场使拉夫与菲利普斯将编辑重点放在对激进传统与现代主义文学传统的协调上。拉夫认为在一个语境中，可以既保持对想象性表述的兴趣又保持对政治思想的兴趣，两者之间并不存在矛盾，因为文学与政治间的关系不能被抽象地看待，也不能简单化成一种审美或社会学模式。任何这种做法都是墨守成规。拉夫坚持编辑必须从现实问题出发，并结合特定时期的政治形势和文学思想，例如，把对亨利·詹姆斯或W.B.叶芝的评论文章与对罗莎·莱克森伯格或斯大林作为历史人物的分析文章放在一起，就体现了《党派评论》独特的语调与品质。尽管拉夫的这种做法遭到了多方的阻力，但他协调文学与政治的努力还是影响了《党派评论》圈内的一大批人，例如，一些作家改变了他们以前对政治问题的傲慢冷漠态度，一些读者认识到想象性创作不能屈从于政治思想。

复刊后的第一期吸引了许多对无产阶级运动具有同样政治意识以及对现代主义文学具有同样兴趣的知识分子，刊登了德怀特·麦克唐纳、玛丽·麦卡锡的作品，拉夫、莫里斯、杜皮的书评，莱昂内尔·特里林、戴尔默·施瓦茨、莱昂内尔·埃布尔、胡克的文章，还有埃德蒙·威尔逊、华莱士·史蒂文斯、詹姆斯·T.法雷尔、詹姆斯·阿吉、威廉·特罗伊、阿瑟·迈兹纳、巴勃罗·毕加索等反斯大林主义知识分子的文章。但最受赞誉的却是那时还没有任何名声的戴尔默·施瓦茨。施瓦茨刚从纽约大学毕业，他那篇《责任始于梦幻》投给《党派评论》之后，即刻得到了拉夫的青睐。拉夫还邀请他共进午餐。麦克唐纳也记得编辑们普遍"感到它是一篇杰作"。[12]果然，《责任始于梦幻》刊出后，好评如潮。施瓦茨的这篇文章为他赢得了名声，成为他一生中最有名、最受赞誉的文章。20世纪30年代末，知识分子激进政治进行调整，《党派评论》以反斯大林主义和颂扬高级文化的编辑姿态，吸引到这么多有才能的重要知识分子①，无疑"填补了刚刚出现的知识分子的真空"。[13]

复刊后的《党派评论》作为文学月刊，一直持续到1938年9月。1938年9月到1939年秋《党派评论》是文学与马克思主义季刊。作为季刊的那段时间的编辑宗旨有二：一方面，维护杂志与共产党脱离的政治立场，坚持反斯大林主义性质，因为那时斯大林主义"再也不具革命倾向"，事实上，它"迅速变得反革命"；另一方面，保持政治敏感性，坚持艺术家与知识分子不能对时代、政治无动于衷。拉夫与菲利普斯要求知识分子必须参与时代与政治。因此，两个M（现代主义与马克思主义）是《党派评论》复刊之后的主要基调。

从1939年秋到1943年年末，《党派评论》为双月刊。杂志在保持对"反革命"的警惕的基础上，将知识分子的辩论引向两个方面：一是知识分子对马克思主义与革命事业的热情下降；二是美国知识分子对欧洲战争的态度。1940年夏，《党派评论》组织了"马克思主义中什么还存在，什么已不存在"的专题讨论，拉夫与菲利普斯提醒人们注意各国共产主义运动的灾难以及"在各地，包括美国，胜利的不是社会革命而是反革命"这一现象。[14]拉夫试图在马克思主义的修正派与死硬派之间走一条中间道路，因为马克思主义实践比马克思主义理论对拉夫更具吸

① 在《党派评论》复刊后的几年间，其他撰稿人包括：已有相当名声的伊格纳齐奥·西洛内、e.e.卡明斯、莱昂·托洛茨基、詹姆斯·阿吉、安德雷·勃勒东、迭戈·里维拉、安德雷·纪德、艾伦·泰特、W.H.奥登、亨利·米勒、舍伍德·安德森、约翰·多斯·帕索斯，重要批评家亨利·莱文、威廉·特罗伊、阿瑟·迈兹纳，以及诗人贾雷尔·兰德尔、朱利安·西蒙斯、西奥多·罗特科、理查德·埃伯哈特、卡尔·夏皮罗。

引力。拉夫的这种思想赋予了《党派评论》一定程度的灵活性——它既不会危害知识分子的独立，又能使他们的意识形态立场快速适应政治环境的变化。1942年春，《党派评论》设立了一个新栏目——“危险的思想”，提醒知识分子警惕对自由思想的压迫。

尽管《党派评论》的编辑一致同意独立探寻自由思想的必要性，但自1939年起编辑在革命的社会主义与美国参战问题上产生了第一次重大分歧。分歧自拉夫公开挑战麦克唐纳与格林伯格于1941年夏天刊出的《战争的十大建议》开始，至1943年麦克唐纳离开《党派评论》结束。（拉夫与麦克唐纳的辩论详见本书第一章第四节。）拉夫与菲利普斯在西德尼·胡克的影响下，对无产阶级革命的前途丧失信心，并切断了与激进主义的联系，转向文学与艺术。同时，随着激进主义逐渐冷却，拉夫与菲利普斯转而支持美国参战。相比之下，麦克唐纳对战争的态度却始终未变，即使在珍珠港事件之后，麦克唐纳还是固执己见，拒绝支持美国政府的战争行动。到1943年，编辑间的政治矛盾已发展到不可调和的地步。经过一段时间的争夺之后，麦克唐纳从编委会辞职。这使拉夫有机会再次表明《党派评论》的立场。拉夫表示和上次他们与斯大林主义脱离一样，他们这次还是坚持文学艺术“不能屈从于”政治利益，《党派评论》将继续维护社会主义思想与各种文化批评之间的协调。尽管政治与文学的关系不尽如人意，但拉夫坚持认为在文学评判中文学价值总是第一位的。

随着政治局势的变化，拉夫所坚持的那些文学标准价值日益突出。自从麦克唐纳离任之后，《党派评论》的文学色彩越来越浓，而政治色彩则越来越淡。这种变化其实早在1940年就已初见端倪。那年秋天，编辑们试图将《党派评论》的刊名改成政治色彩不怎么明显的“四十年代”。他们声明，“我们做这种调整是因为最近老刊名……导致了对杂志目的与特色的许多误解”。[15]最终由于读者反对，《党派评论》还是沿用旧名，但大多数读者表示他们理解刊物走向文学的趋势。1941年年初，

《党派评论》对读者进行了一次问卷调查。问卷结果表明：90%的读者期待《党派评论》刊登更多的文章，而这些读者中90%期待刊登更多有关作家与作品的评论文章，期待政治文章的人很少。读者意见是编辑决定偏向文学的一个原因，而更具决定性的因素是他们对当代文学局面的认识和担忧。在对《党派评论》的回顾中，拉夫与菲利普斯对他们在这方面的认识颇感骄傲：

> 早在批评家认识到当代创作的萎靡状态之前，我们就已在编辑文章的过程中多次注意到：与二十年前取得的文学高度相比，20世纪30和40年代的文学在原创性、完整性以及创造力方面大为下降。因此，在我们看来，在这一时期只致力于实验与革新是徒劳的，因为杂志赖以生存的素材贫乏，最终它会采用虚夸的标准。[16]

鉴于此，为了给当代文学注入新鲜血液，使当代创作走出萎靡状态，拉夫与菲利普斯决定《党派评论》在继续挖掘优秀的实验性作品的同时，将主要精力放在指出美国文学的不足、关注“普遍思想”以及推崇文学的现代主义上。拉夫与菲利普斯相信，文学的活力不仅表现在“新”的创造性作品之中，也表现在解读传统文学所用的新方法和对批评思想的抨击和审视中。

1945年前后，《党派评论》对现代美国文学的退步倾向以及美国中产阶级文化及其代言人进行了严厉批判。批判的对象主要是反现代主义的文化民族主义者，如范·怀克·布鲁克斯、阿奇博尔德·麦克利什、伯纳德·德沃托、斯大林主义批评家F.O.马西森，以及学院派学术、大众文化、媚俗事物等。麦克唐纳在政治层面上批评了布鲁克斯与麦克利什，指出他们的立场是政治倒退的表现。麦克唐纳认为，布鲁克斯的价值与方法是斯大林主义的文化价值与莫斯科审判的方法，而且布鲁克斯已成为“极权主义文化价值的主要传话筒”。[17]随后，艾伦·泰特从文化层面，约翰·克罗·兰色姆从科学层面批评了布鲁克斯—麦克利什议题。《党派评论》还开辟专栏“来自学院的报道”，指出教授缺乏创新、墨守成规，学术环境令人窒息。例如，哥伦比亚大学的理查德·蔡斯在讨论A.O.洛夫乔伊与“理想的历史”时，开篇就讽刺“美国研究生院文学系的主要目的是教未来的教师如何避免文学讨论”；[18]牛顿·阿尔文批评教授们是资本主义“经营管理革命”的一部分，认为教授们“蔑视思想，憎恨文学与艺术，害怕批评，怀疑学术本身，庸俗、愚昧、反智性；然而，这些恰恰是成功学人与成功企业家的真正标志”。[19]

在谈到批评与批评方法时，拉夫与菲利普斯认为他们的指导思想是“认识创作中固有的模糊及矛盾”。他们刊登艾略特、奥登、罗伯特·洛威尔等宗教诗人的新作，完全基于作品的艺术价值，而不是诗人的宗教信仰。

拉夫他们对现代主义的推崇与对知识分子及其处境的关注紧密关联。拉夫曾表示，现代主义“属于那个特定的社会阶层，即知识分子阶层”。[20]拉夫之所以这样说，不仅是因为现代主义文学包含他所珍视的最高文学价值与标准，如复杂性、困难性、现实与思想间的创造性矛盾与冲突等，而且在很大程度上是因为现代主义作家对他的意识形态阐释的重要作用。拉夫十分欣赏现代主义作家对“现代人生存状况”淋漓尽致的展现。他认为，陀思妥耶夫斯基的伟大在于他阐述了被知识分子运动出卖的知识分子的虚无；卡夫卡的成就在于他表现了知识分子和现代人在官僚、大众社会中的疏离；而托马斯·曼是位流放中的人文主义者，是位被希特勒逐出家园的知识分子，与拉夫的犹太知识分子、移民的身份非常相似。

除此之外，《党派评论》异于小型文学杂志的另一特色在于它还关注“普遍思想”。在那个时期，只有欧洲人对“普遍思想”感兴趣，大多数美国人对它并不热衷。美国人更热衷于文本事实或文本分析。在那些“普遍思想”中，最受《党派评论》关注的是“疏离”。拉夫与菲利普斯将马克思主义中“疏离”的概念与他们对心理学和存在主义的兴趣结合在一起，形成了独特的“疏离”理论。这种思想为在价值堕落时代《党派评论》知识分子的独立提供了理论基础。

战后时局的变化使《党派评论》又开始关注政治。除了继续反对斯大林主义之外，《党派评论》还反对极权主义自由分子。战后，经济逐渐繁荣，知识分子地位日益提高，《党派评论》的激进主义色彩日益暗淡，而《党派评论》作家与美国的关系却越来越近。1952年，专题讨论“我们的国家与我们的文化”含蓄地表达了《党派评论》知识分子对美国的认同。如果“我们的国家与我们的文化”代表知识分子的普遍心态，那么紧接着的麦卡锡主义却瓦解了《党派评论》作家间的一致性与凝聚力：菲利普斯支持美国文化自由委员会的领导，而拉夫则尽可能地使《党派评论》远离美国文化自由委员会的极端做法。但在许多人看来，拉夫的努力还不够，因为尽管《党派评论》曾刊登过暗示麦卡锡暴行的文章，但由于《党派评论》没能引导人们就麦卡锡威胁自由与公民价值的行为展开讨论，杂志受到了多方的批评。这些人绝大多数是赞赏《党派评论》批评尖锐性的知识分子，他们认为那是知识分子普遍的“勇气的失败”。

因此20世纪50年代后期，美国文化中的一股强大力量——《党派评论》——的影响力开始下降。拉夫于1957年去布兰迪斯大学任教，逐渐脱离编辑工作。1963年，《党派评论》不顾拉夫的反对搬迁到拉特格斯大学。在新编辑队伍的带领下，《党派评论》逐渐右倾，青睐反文化运动，这使拉夫最终于1969年完全脱离《党派评论》。然而，尽管20世纪50年代末《党派评论》没有过去那么重要了，但它仍引导着知识分子的辩论，并奠定美国文学、文化的基调。60年代，《党派评论》的作家逐渐分裂成两大阵营，一派是以《党派评论》为阵地的右倾新保守主义分子，另一派是以《纽约书评》为阵地的左倾分子。拉夫属于后者，他对《党派评论》感到失望，于1972年创立杂志《现代时刻》。

② 《党派评论》的编辑原则

如果说编辑宗旨是《党派评论》的灵魂，那么编辑原则与政策是影响其立足乃至生存的重要因素。对于一份作为知识分子思想论争园地的刊物来说，编辑工作的重要内容之一是吸引撰稿人，并将他们建设成为一支稳定的作家队伍，以及协调撰稿人之间、编辑与撰稿人之间的关系。众所周知，20世纪30和40年代的知识分子个个卓尔不群、个性鲜明、锋芒毕露，能否将他们纳入撰稿人队伍，使他们凝聚在《党派评论》周围，成为一股强有力的知识分子力量，关系着杂志的兴衰存亡。除此之外，撰稿人之间的关系会影响编辑工作，甚至会引起对《党派评论》性质的异议。

回顾《党派评论》的历史，我们看到，美国知识分子间的分歧、矛盾乃至冲突是固有的。原因在于：首先，那些被《党派评论》吸引的作家尽管有许多共同的观点、想法，但不同的文化背景乃至种族差异使他们各自的理想与抱负差异很大，而且这个群体又是非自发形成的；其次，这些知识分子间的冲突既有高深思想、理论方面的矛盾，又有纯粹个人意义上感情用事的人身攻击。个人矛盾与思想冲突的混合构成了那个时期独特的知识分子话语特征。这种话语特征一方面体现在他们的写作中，形成了那个时期知识分子所特有的小说形式——将真人真事与哲学思辨、恶意流言与公正辨析结合在一起；另一方面则体现在现实生活中，用他们自己的话说，那“与其说是克鲁泡特金的群居地，还不如说是霍布斯的丛林”，是一个以“互相挑唆，互相为食”为特征的世界。[21]据麦克唐纳说，1949年冬天“与以往相比，纽约文学圈内出现了更多的口角、抵触、不和与派别冲突”，知识分子间的争议已变得“特别难以调和”。[22]1952年，拉夫也表达了他对内部争执的极大担忧。他在给弗雷德里克·杜皮的信中提到：“我不知道《党派评论》能否在个人间的争吵中幸存下来。”[23]

其实，拉夫从《党派评论》诞生之日起就开始担忧，而且作为知识分子的一员，个性极强的拉夫是无法超越那个“互相挑唆，互相为食”的个人冲突网的。事实上，他本人就是那个“霍布斯的丛林”中的一员，尤其是在《党派评论》后期，在他确立了文化地位之后，拉夫因政治上的分歧而指责那些已分道扬镳的“老朋友”时丝毫不手软。[24]如果说政治的拉夫好战、强悍、刚烈、锋芒毕露，而文学的拉夫阴柔、细腻、谦和、友好，那么编辑的拉夫则是政治与文学的调和产物，一直周旋在“锋芒”与“谦和”之间，犹如《党派评论》一直周旋在政治与文学之间一样。因此，我们看到，拉夫对“敌人”冷酷无情、横眉冷对，对“朋友”却热情友好、提携爱护，这“敌人”、“朋友”之分纯粹基于思想，而非私人恩怨。这种编辑的个性特征在那个时期极具魅力。一方面，它吸引了许多具有同样价值观与同样个性的知识分子。他们中有具有影响力的名人，也有初出茅庐之辈；有在思想、价值、趣味上与编辑投合之士，也有相差甚大之人；有公开的朋友，也有私下的“仇敌”；有学院派人士，也有从事自由职业的知识分子；有国内的知识分子，也有国外的知识分子。所有这些人形成了被称为“《党派评论》作家”的投稿人团体，他们共同开创并确立了《党派评论》的文化政治地位。另一方面，这种个性使《党派评论》形成了典型的“争辩”、“尖刻”、“自信”的语言特征。

在最初的“《党派评论》作家”中，西德尼·胡克是位重要人物。胡克那时是纽约大学教授，是诺曼·波德霍雷茨后来称为经济萧条初现时的犹太知识分子群体的元老之一。1928年到1936年间，胡克参加了各种工作与活动，他为许多杂志撰稿、参加论战、发表评论、举行座谈会。他曾被共产党所吸引，1932年总统竞选期间，他在拥护福斯特和福特的公开信上签名。后来，胡克与共产党脱离，但在重新评价马克思主义方面，胡克的渊博学识和丰富经验几乎无人能比。他阅读了马克思的所有著作，对它们进行了合乎逻辑的重新阐释，还将马克思主义与美国现实联系起来，写成两本有关社会主义思想的专著：《为了理解卡尔·马克思》(1933)和《从黑格尔到马克思》(1936)。20世纪30年代末，胡克任《现代季刊》的编辑，并参与创立《马克思主义季刊》。作为一位激进作家、辩论家以及重要的知识分子，他对拉夫等其他激进知识分子的影响是巨大的，当然对《党派评论》的重要性也是不言而喻的。拉夫他们明白邀请胡克加入杂志一方面可以证明杂志政治文化方向的合理性，另一方面则有助于确立并巩固《党派评论》脱离共产党的新激进立场，培养《党派评论》的作者与读者队伍。对拉夫来说，与胡克同样重要的还有埃德蒙·威尔逊、詹姆斯·法雷尔、华莱士·史蒂文斯、迈耶·夏皮罗、詹姆斯·伯纳姆等激进知识分子，作家约翰·多斯·帕索斯，批评家威廉·特罗伊、R.P.布莱克默，学院派人士莱昂内尔·特里林、阿瑟·迈兹纳、亨利·莱文、F.O.马西森等。当然，不可否认，拉夫最初看重的是他们的名声、影响力以及号召力。在《党派评论》地位确立之初，拉夫认为他们写什么并不重要，重要的是他们是《党派评论》的投稿人这一事实。在这些人中最值得一提的是埃德蒙·威尔逊，他最能体现拉夫与投稿人之间的关系，也最能体现拉夫的编辑原则。

《党派评论》于1937年复刊时，威尔逊已在美国文坛活跃了二十多年。无论在戏剧、诗歌、书评，还是在社会批评领域，威尔逊都成就斐然，影响巨大。他是那时知识分子心中的楷模，是他们力求取得的最高成就的代表。就像欧文·豪所说的，尽管威尔逊比《党派评论》的编辑年龄大不了多少，但对许多年轻人来说，威尔逊却是备受敬仰、被人效仿的人物。威尔逊的《阿克塞尔的城堡》将他们“引入现代文学”，他们敬仰威尔逊“将先锋文化与社会激进主义结合”并“关注人类想象与人类困境”[25]。与拉夫一样，20世纪30年代末，威尔逊在政治上逐渐左倾，后与共产党脱离。尽管他的马克思主义道路与拉夫的不同，但他仅凭成就与影响就足以使《党派评论》感到骄傲。再加上他的批评结合了激进主义，威尔逊在《党派评论》编辑眼中是最合适的撰稿人。为此，那段时间，拉夫像是着了魔似的，千方百计地找威尔逊，设法让他同意为《党派评论》撰稿，但私下里拉夫对威尔逊评价并不高，甚至还有些蔑视。拉夫认为威尔逊算得上一位优秀作家，但缺乏“思想”。缺乏“思想”在拉夫看来是美国作家与评论家的不可饶恕之“罪”。在某些场合，拉夫甚至还嘲讽威尔逊为“笨蛋”。因此，就像威廉·巴勒特所说的，威尔逊对于拉夫来说，“像是长在脑袋上的疖”。[26]但为了《党派评论》，拉夫无论如何也要接近威尔逊。功夫不负有心人，拉夫终于得到了威尔逊的承诺。之后，《党派评论》一直刊登威尔逊的文章，甚至在玛丽·麦卡锡投入威尔逊的怀抱，拉夫后悔将玛丽介绍给他之后，仍不改变。

类似于威尔逊的还有其他知识分子，如艾尔弗雷德·卡津、莱昂内尔·特里林、哈罗德·罗森堡、保罗·古德曼、罗伯特·洛威尔、汉娜·阿伦特等。拉夫本人对他们并不十分赞赏，但为了《党派评论》，他还是以大局为重。自从艾尔弗雷德·卡津在1942年被任命为自由周刊《新共和》的书评编辑，开始拥有自己的基地之后，拉夫对卡津一直感到不满。为此，拉夫曾将那些像卡津那样避开《党派评论》或冒犯他的人蔑称为“空中之人”，意为没有机构基地之人。使拉夫对卡津不满的是：正当大多数纽约犹太知识分子忙于为《党派评论》准备现代主义批评文章之时，卡津却另辟蹊径，开始从事美国文学史的研究。他的《扎根本土》（1942）出版时，文化民族主义刚好出现。毫无疑问，卡津招致了对文化民族主义深恶痛绝的纽约知识分子的围攻。他们指责卡津抓住了“潮流的栏杆”；拉夫还嘲讽他有野心，甚至奚落他的文风。对此种种非议，卡津非常坦然。他告诉朋友：“我不喜欢那本杂志（《党派评论》），当然那些编辑也不喜欢我。曾在他们办公室工作过的一个人惊恐地告诉我，他们像谈论希特勒一样谈论我。我非常相信他所言确实，因为他们就是那样谈论别人的。”[27]然而，尽管《党派评论》与卡津思想不一，互相仇视，但还是定期刊登卡津的文章。拉夫他们无法否认卡津的文学才能，也无法忽视像卡津那样的文学杰出之士；卡津也极不愿意切断与《党派评论》的知识分子群体之间的联系。

莱昂内尔·特里林在许多方面是《党派评论》圈内的典型人物，例如出身犹太家庭、成长于纽约、爱好文学、热爱马克思主义与现代主义。然而特里林在一些方面又有异于大多数纽约知识分子（包括拉夫）：特里林有份全日制工作，自20世纪30年代以来他一直是哥伦比亚大学的教授，享有学者的名声；而且特里林无论在文学趣味、个人风格还是政治倾向方面都比其他纽约知识分子更与主流文化趋同。当《党派评论》编辑专注于如乔伊斯、陀思妥耶夫斯基、卡夫卡等现代主义大师时，特里林却敦促人们关注更为传统的小说家，如E.M.福斯特、简·奥斯汀等。如果说大多数纽约知识分子喜欢在简陋的编辑室聚会，大声喧哗、言语粗暴、自由散漫、无拘无束是他们的特征的话，那么特里林则喜欢在他的高级寓所里待客，言语温和、温文尔雅、礼貌得体，但又不乏讽刺性是他的特征。纽约知识分子个个自称激进主义者，而特里林却非常理智、世俗，具有古典自由主义者的气质。[28]尽管特里林与众人之间存在这么多的差异，而且《党派评论》编辑对特里林的傲慢也很有看法，但他们对特里林的态度即便算不上热情，至少也是友好的。一方面，对拉夫以及许多纽约知识分子而言，特里林是连结他们与哥伦比亚大学富有创造力与革新精神的人士的纽带；另一方面，他们也欣赏特里林的批评才能。而特里林也感到有必要与独立的犹太知识分子保持一定的联系。这样，特里林一直是《党派评论》的定期撰稿人，而且几乎与《党派评论》同时成名，1947年还成为《党派评论》顾问委员会的成员。

当然，也有一些有名望的知识分子很少在《党派评论》上出现。其中之一就是哈罗德·罗森堡。罗森堡喜欢独来独往，他很少给《党派评论》写稿，也尽量避免与《党派评论》的编辑们交往。但在《党派评论》复刊后的一年内，拉夫一直努力改善与罗森堡“不和谐的私下关系”，期望罗森堡能“与《党派评论》合作，而不是对着干”[29]，但最终罗森堡执拗的个性使拉夫不得不放弃。

如果说罗森堡是因为“傲慢”才很少在《党派评论》上发表文章，

那么保罗·古德曼则相反。古德曼多次向《党派评论》投稿，但常被退回。这可能与他不遵循有关主题与风格传统有关，也有可能与他的东正教生活方式，尤其是双性恋倾向有关。这些或许就是他与拉夫、戴尔默·施瓦茨等编辑产生摩擦的主要原因。[30]然而，私人间的摩擦并没有阻止古德曼于1943年加入编委会，古德曼曾提到过他在编委会如何像外星人那样不受欢迎："想到要与我在编委会共事，拉夫就毛骨悚然。"[31]

拉夫看重同代人的"思想"以及他们对《党派评论》的重要性，他对年轻人也是如此。伊萨克·罗森菲尔德、罗伯特·洛威尔、欧文·豪、莱斯利·菲德勒、理查德·蔡斯等这些在20世纪50年代成名的知识分子，在40年代都是《党派评论》的撰稿人。豪回忆初次给《党派评论》投稿，拉夫约他在办公室见面时，写道："尽管传闻拉夫与菲利普斯对年轻人比较粗暴，但他们给了我这初出茅庐之辈莫大的鼓励，也许是因为我们都有左翼背景。"[32]

在这种编辑政策下，《党派评论》在最初的几年间收到了几乎所有的第一代纽约知识分子的投稿，第二代中也有不少人为《党派评论》撰稿。当然，除了纽约知识分子以外，许多其他杰出的知识分子也投来稿件，例如约翰·多斯·帕索斯曾在投稿时告诉拉夫："很高兴你们又开始出版《党派评论》了……这是我从抽屉里翻出来的一篇故事。"[33]奥登在给弗雷德里克·杜皮寄文章时附言："万一这篇文章……使你感兴趣……我想你会付稿费的。"[34]毫无疑问，能吸引一支强有力的知识分子作家队伍是《党派评论》生存的基础。

3　《党派评论》的机构化建设

在美国知识分子的历史中，《党派评论》始终占据重要地位。许多人认定美国知识分子的历史始于1937年《党派评论》复刊，研究那时知识分子群体的学术著作都有对《党派评论》的描述。一位英国观察家则将纽约知识分子定义成“撰写、编辑、阅读《党派评论》的人士”。[35]在这个意义上，可以说《党派评论》不仅是知识分子的出版渠道，更是其代言人：它表达知识分子群体的思想与关注，是他们思想辩论的园地。有学者曾对《党派评论》的作用进行过非常精辟的概括，认为：“《党派评论》记录的是群体的关注，它代言他们的成就，为他们喝彩；规定加入的标准及成员的地位；吸纳新成员并关注新声音；为成员通往外部权力与创造力中心提供便利；通常又是广阔世界里集体地位的象征。”[36]毫无疑问，《党派评论》在很大程度上是知识分子的文化机构。

“记录群体的关注，代言他们的成就，为他们喝彩”主要体现在以下方面：《党派评论》不仅刊登知识分子的文章，还帮助他们确立独特的知识分子身份并实施已确立的纲领。在这方面，编辑的作用巨大。他们常常亲自撰文，确立知识分子辩论的方向，赞美知识分子的独立人格及其英雄主义，鞭挞他们所蔑视的人物。他们认为没有达到知识分子审美和政治标准的书常常遭到冷落或奚落，而那些达到标准的则被尊为经典。除了挖掘真正具有价值与原创性的书评之外，编辑还常引导知识分子的批评视角。例如，欧文·豪第一次在《党派评论》上刊登的对肖洛姆·阿莱彻的评论就是在拉夫的建议下写成的。据豪回忆，拉夫问他愿不愿为《党派评论》写书评时，豪看到编辑室桌上已经“放着一摞摞书评稿”。豪表示：“他偶尔还会引导我去适应他们严格的思辨要求。这种情况有过一两次——对于一位年轻作家来说，做到不服从是很难的。聪明的拉夫提议一些我能驾驭的体裁，比如书评，这使我渐渐从政治走向文学。”[37]除了影响个体话语，编辑还力图影响群体话语。他们以主持专题讨论或刊登不同意见文章的形式激励群体讨论。因此，在某种意义上，可以毫不夸张地说，所有《党派评论》的批评家与作家都得益于《党派评论》。《党派评论》既巩固了某些功成名就的知识分子的地位，又培养、造就了一批新秀，其中包括第三代纽约知识分子[①]。

许多人承认在自己的写作生涯中《党派评论》及其编辑所起的重要作用，例如戴尔默·施瓦茨、欧文·豪等，但也有人不承认这一点，例如索尔·贝娄。尽管这样，事实证明《党派评论》对贝娄给予过扶持，是编辑发现了贝娄，并率先在《党派评论》上刊登了贝娄的前四部作品，这是贝娄走入人们视野的第一步。贝娄的前四部小说分别是：《两个早晨的独白》（1941年5—6月刊）、《墨西哥将军》（1942年5—6月刊）、《西班牙信件》（1948年2月刊）、《佩普博士的训诫》（1949年5月刊）。对于贝娄拒绝承认《党派评论》使他成名这一事实，莱斯利·菲德勒是这样看的：“贝娄憎恨那种关系，但他真的多亏了他们，的确是他们将他带入了这个世界。拉夫视他为他们中的一员。”[38]除了刊登贝娄的作品之外，《党派评论》还刊登了许多肯定贝娄的文章，其中就有伊丽莎白·哈德维克和戴尔默·施瓦茨赞赏贝娄的文章。因此，索尔·贝娄成名，《党派评论》的作用是无法抹杀的。

“加入标准”使《党派评论》成了加入知识分子群体的一个门槛。要成为群体一员，得到杂志的承认至关重要。诗人卡尔·夏皮罗回忆道：“被《党派评论》接受是件值得庆贺之事，它赋予被接受者一种特殊的思想地位。”[39]第三代纽约知识分子诺曼·波德霍雷茨对此也深有感触。作为一位年轻的批评家，波德霍雷茨感叹“无论一个人在学院与否，他对自己都不会完全满意，除非他有幸获得拉夫与菲利普斯的邀请”，或者“能在《党派评论》上得到肯定的评论，或在《党派评论》上发表作品，否则他对自己的严肃作家的地位不会有安全感”。不仅如此，认识《党派评论》的编辑与作家对波德霍雷茨来说也是件十分荣耀之事：

① 第一代纽约知识分子有：特里林夫妇、菲利普·拉夫、艾尔弗雷德·卡津、戴尔默·施瓦茨、威廉·菲利普斯、克莱门特·格林伯格、哈罗德·罗森堡、德怀特·麦克唐纳、玛丽·麦卡锡、弗雷德里克·杜皮、保罗·古德曼、莱昂内尔·埃布尔等；第二代有：欧文·豪、索尔·贝娄、莱斯利·菲德勒、伊丽莎白·哈德维克、理查德·蔡斯、威廉·巴勒特、丹尼尔·贝尔、哈德威克·阿伦特、伊萨克·罗森菲尔德等；第三代有：苏珊·桑塔格、史蒂文·马库斯、诺曼·波德霍雷茨、希尔顿·克拉默等。

“得到‘家族’的注意是我梦寐以求的。……没什么比与沃肖、格林伯格坐在一起，聆听前辈的故事……直呼威廉、菲利普和德怀特的名字更加令人兴奋。”[40]

有两类人特别希望得到《党派评论》的接纳与认可。一类是当时纽约市立大学的学生，他们要么反斯大林主义，要么具有社会民主倾向。前者包括欧文·豪、欧文·克里斯托尔，后者包括丹尼尔·贝尔、内森·格兰泽、梅尔文·J.拉斯基、西蒙·马丁·利普塞特。贝尔回忆：“我们年轻时，《党派评论》是我们向往的出版之地。在《党派评论》上出现就是被接受的标志。”[41]豪也提到给《党派评论》投稿纯粹是因为荣誉，即使稿酬很低（每页2美元），严肃作家还要尽力跻身《党派评论》的作家队伍。那时豪对自己能在《党派评论》上发表文章“暗自感到骄傲”，觉得自己已经登上了美国最好的文学杂志：“我似乎进入‘另一个世界’，一个充满自由、荣耀、亲密交流的群体。拉夫一声赞许、莱昂内尔·特里林一句善意之辞胜过外面人的高度赞美。因为众所周知，《党派评论》的作家很少表扬他人，事实上他们更倾向攻击。”在豪看来，“《党派评论》代表某些东西”，尤其是在战后，其权威性是不容轻视的。[42]另一类是芝加哥的知识分子，其中包括伊萨克·罗森菲尔德、H.J.卡普兰、奥斯卡·塔克夫、索尔·贝娄。《党派评论》在芝加哥的影响主要是由拉夫带去的。拉夫在1941年到达芝加哥之后就开始物色新的撰稿人。他在给弗雷德里克·杜皮的信中曾非常欣喜地提到：“到目前为止，我们已经见到了许多新人，其中最优秀的是像贝娄与卡普兰那样的初出茅庐之辈。我对这两位年轻人很有热情，他们属于戴尔默·施瓦茨那种类型：才华横溢、井井有条、值得信赖。”[43]与纽约知识分子一样，这些中西部的芝加哥人同样对《党派评论》情有独钟。卡普兰是贝娄的同学，他在1941年写信给杜皮，称赞《党派评论》是“整个审美领域的一盏明灯，令人喜悦”，并发誓要忠于“像拉夫那样的审美领袖”。[44]莱斯利·菲德勒，也是芝加哥人，他回忆了“1937到1939年间，他与他朋友是怎样为《党派评论》争执不休的"。[45]

《党派评论》能有这么大的吸引力与它所走过的路程以及编辑路线是分不开的。小说家乔治·艾略特在20世纪60年代赞扬拉夫与菲利普斯是"引领知识分子时尚的迪奥与施亚帕雷利。你会发现他们今日所想的，正是你明日思考的"。[46]欧文·克里斯托尔也说他那时常带着敬意将《党派评论》的每篇文章读上至少两遍，纯粹是因为《党派评论》"风格优雅且思想深邃"。尽管克里斯托尔与豪一样暗示他对《党派评论》的敬仰带有年轻人的天真与幼稚，因为20世纪40年代以后他们才看到那时的局限，但克里斯托尔还是肯定他们对《党派评论》的敬仰是有道理的，因为《党派评论》在政治上与文化上为激进主义的追求"确立了挑战与反应间的一种辩证方法。……毫无疑问，《党派评论》是美国最优秀的刊物之一"。[46]豪对《党派评论》怀有敬意是因为"它作为那些脱离斯大林主义的知识分子的中心……为默默无闻的年轻作家提供了园地。《党派评论》的编辑表现出了对于左翼文学刊物来说最基本的广泛兴趣以及对革命与实验的支持。……它使文学和审美与革命政治接近了一步。"[47]

除了思想，还有别的因素吸引知识分子。一方面，早期的《党派评论》是年轻人的杂志。正如欧文·豪所言，《党派评论》向新思想开放并且欢迎新作家，这为许多有才华的年轻人提供了机会。另一方面，也是更重要的一点，《党派评论》坚信一套普遍价值、一系列共同经验以及这些经验的重要性。因此，《党派评论》在为知识分子的集体历史提供机构形式的同时，也为它留下了充实的记录。

《党派评论》的发行量与20世纪20年代小型杂志差别不大；并且它也只关心出版哪些作家的作品，而不关心杂志的读者是谁。《党派评论》的机构作用也使它尽可能广泛地刊登圈内知识分子的作品，鼓励撰稿人"对自己的同类说话，而无需关注外面人能否听懂"。[48]在这个意义上，《党派评论》读者是其群体的一员，是"内部人"。这种姿态在很大程度上将纽约知识分子群体的外层延伸到了读者。因此,《党派评论》的机构作用不仅针对撰稿人,还针对读者。对于这一点,威廉·菲利普斯在20世纪40年代明确表示:“在全国各地的读者努力调整自己的现代艺术方向并纠正政治矜持时,《党派评论》发挥着中心作用。于是,杂志逐渐具有了稳定的文化机构的意义及权威。”[49]

在读者问题上,拉夫的观点最鲜明,他“从不相信数量,他相信的是影响;不在乎杂志能有多少读者,而在乎读者是谁”。[50]因此,作为不相信读者数量的小型杂志,《党派评论》很少进行促销活动;即使偶尔搞些活动,也仅仅是通过教学或写作将《党派评论》传播给编辑认为“合适的”人。

所谓的“合适的”读者是哪些人呢?以商业标准来看,《党派评论》的读者数量微不足道,但与其他小型杂志相比,数量已经相当可观了。1945年前,《党派评论》发行量不足5,000份;50年代初,增加到10,000多份;之后又有下降的趋势。在读者地域分布及社会结构方面,《党派评论》也有异于其他杂志。1941年的调查结果表明:《党派评论》35%的读者集中在纽约市;56%的读者分散在东海岸各州;芝加哥读者占9%。在职业方面,《党派评论》的读者与其撰稿人一样,大多数从事教学或出版工作,其中教师占19%,学生占12%,作家占10%,工人阶级仅占4%,其余的分布在各行各业。在年龄层次方面,《党派评论》的读者大多很年轻:50%的读者在二十到三十岁之间;30%的读者在三十到四十岁之间;超过四十岁的只有17%。总体上,调查结果反映了《党派评论》具有一支特别密集、单一的读者队伍,他们大多数是居住在纽约与东海岸的年轻知识分子。[51]这说明纽约知识分子群体周围有一个关心知识分子、具有同样思想的“次”知识分子读者队伍。这支主要以教师、作家、学生为主的读者队伍实际或潜在地影响着纽约知识分子。例如,《党派评论》杂志中有许多反学术语调可能就是出于对“读者的年龄层”的考虑。对研究生和年轻教授来说,《党派评论》不仅为他们提供了参与独立的知识分子群体的机会，还为他们提供了文学发展、批评革新的最新信息，以及重新评价、重新形成学术价值与学术关注的最新视角。这对他们的教学与研究来说无疑起着极大的促进作用。难怪哥伦比亚大学的高年级学生看到《党派评论》时“欢呼雀跃”。作为教师的特里林是这样向弗雷德里克·杜皮解释的：“他们说这对他们来说意味着很多东西，当然对我也一样，（《党派评论》上）所写的是他们能读的东西。那些在学校对你我有帮助的东西，在他们眼中，既沉闷又令人生厌。”[52]

当然，也有读者对《党派评论》的精英主义和排斥圈外人士的做法提出过批评。在1941年的调查中，就有人抱怨杂志“势利”、“限于小圈子”。然而，在某种意义上，《党派评论》的不足就是其长处：正是《党派评论》的精英主义造就了由一批令人敬仰的作家与读者组成的知识分子团体。

为了拓宽视野，将文学与政治纳入一个更广的语境，《党派评论》的编辑还努力与其他杂志建立联系，拓宽纽约知识分子与别的文学群体的交流渠道。例如，《党派评论》与《肯庸评论》一直保持着良好的关系。它们不仅共享一批撰稿人，而且编辑间既有业务合作（拉夫在约翰·克罗·兰色姆的肯庸文学院授课），又有个人的交往（拉夫和艾伦·泰特是至交）。《党派评论》与欧洲知识分子间的关系总体上也比较和谐。尽管个人关系有点紧张，但《党派评论》的编辑还是乐意与法国、英国的文学杂志合作。[53]20世纪40年代后期，萨特应邀为《党派评论》撰写过几篇文章。他主编的《现代》杂志还帮助《党派评论》在1946年出版了一期法国专刊。西利尔·康诺利的月刊《视野》是《党派评论》最重要的欧洲盟友。除了互登对方编辑的作品之外，斯蒂芬·斯彭德还是《党派评论》的定期撰稿人；《视野》也曾帮助《党派评论》出版过一期英国专刊。为此，菲利普斯与巴勒特称《视野》为英国的《党派评论》。[54]

与国内外杂志的交流与合作对《党派评论》来说有重大的作用与意义。首先，它提高了美国知识分子，尤其是纽约知识分子的地位。其次，它为《党派评论》成员架设互相交流的桥梁的同时，也为他们创造了职业机会。更重要的是，这种交流与合作实践了拉夫与《党派评论》一直推崇的国际主义的世界观。拉夫等编辑曾明确表示，《党派评论》的目标不仅仅是成为某一特定知识分子群体的喉舌，更要加入现代思想以及艺术最有意义的思潮，无论这些思潮来自何方。《党派评论》的定期撰稿人中有美国精英大学的教师，如纽约大学的西德尼·胡克、詹姆斯·伯纳姆，哥伦比亚大学的莱昂内尔·特里林、弗雷德里克·杜皮、迈耶·夏皮罗、欧内斯特·内格尔、理查德·蔡斯、路易斯·哈克等，他们属于纽约知识分子群体；一些人与其他知识分子接触很少或几乎没有直接联系；一些人是非波希米亚、激进环境出身的美国诗人，如罗伯特·洛威尔、约翰·贝里曼、贾雷尔·兰德尔，他们的评论富有创见性；还有一些人是欧洲作家，如乔治·奥威尔、阿瑟·凯斯特勒、伊格纳齐奥·西洛内等。这些欧洲知识分子与纽约知识分子一样，对共产主义的感情从热情逐渐转为失望。《党派评论》除了出版这些“无家可归的激进分子”的作品之外（奥威尔与凯斯特勒定期为《党派评论》撰写“伦敦来信”），还与他们保持个人的友好关系。例如，这些作家访美时，《党派评论》的编辑亲自接待。拉夫与菲利普斯一直关注欧洲，他们热爱欧洲文学，视欧洲现代主义文学为文学的最高标准。他们不遗余力地将欧洲作品引入美国。

《党派评论》的这种世界主义编辑政策与它为纽约知识分子履行的机构化职能并不矛盾。事实上，在出版美国最优秀作品的同时，《党派评论》对欧洲文学的关注和欣赏使美国知识分子群体受益匪浅。一方面，通过引导“旧世界”知识分子与“新世界”知识分子进行沟通与交流，美国知识分子能有机会沐浴在“旧世界”杰出作家的荣光中。对欧洲现代主义作家的批评给美国知识分子在本国的批评为人们接受提供了一个机会。另一方面，也是更重要的一方面是，正是《党派评论》对现代主义的倡导和对现代知识分子现状的关注使《党派评论》知识分子成为高举现代主义先锋旗帜的最佳人选。这是《党派评论》机构化作用的一个极其重要的方面。

4 《党派评论》的经济来源

《党派评论》能够发挥文化先锋机构的作用，为纽约知识分子群体提供自由辩论的空间，在很大程度上是由于《党派评论》具有不受任何机构控制的“自由”。尽管1937年复刊社论强调《党派评论》将是“不依附任何政党”的独立刊物，但拉夫与菲利普斯明白《党派评论》要获得真正的独立，必须告别约翰·里德俱乐部那种机构组织。然而，对于非商业刊物而言，只有经济独立才能保证真正的思想独立。在这种情况下，《党派评论》的唯一出路是获得组织以外的个人资助。因此，在不遗余力地建设政治上反斯大林主义、文化上推崇现代主义这一知识分子文化先锋机构的同时，拉夫他们的另一个任务就是寻求不依附任何组织的资金。

1937年，《党派评论》复刊，这很大程度上要归功于乔治·L.K.莫里斯的鼎力相助。他是《党派评论》的第一位“天使”，答应每年资助3,000美元。尽管钱不多，但在1937年到1943年莫里斯给予资助期间，《党派评论》的活力与效率是令人瞩目的。那时，3,000美元只能支付印刷费与一间小小办公室的租金。他们雇不起秘书，付不起稿酬。拉夫只有微薄的每周十二美元的编辑薪水，他只有以为别的杂志撰文、为出版社提供咨询乃至在业余时间教书为生。事实上，在很大程度上，婚后的拉夫靠妻子的积蓄与薪水生活。而菲利普斯是没有编辑薪水的，据他回忆：“我们无以为生；东找西寻，午饭可能仅是一袋花生。”[55]尽管这样节俭，到第二年夏天，三千美元无法维持一份月刊还是成为不争的事实。秋天，编委会决定将《党派评论》改为季刊，并且将办公室搬到麦克唐纳的寓所。《党派评论》常有经济无着落，随时可能歇业的危机感，但拉夫与菲利普斯一直支撑着。1942年，在谈到杂志所面临的窘境时，拉夫告诉当时刚刚停刊的《南方评论》的编辑罗伯特·潘·沃伦："《党派评论》也在走下坡，除非有足够的读者捐助，否则难以生存。"[56]1943年，拉夫又告诉艾伦·泰特，他在努力防止"每年的经济危机"。除了继续寻求个人资助，拉夫还组织了一些活动，例如邮寄、年度聚会乃至请求熟人募捐，以期获得补贴。1943年，莫里斯提出停止资助，这直接导致了1938年以来编辑内部分歧的公开化。麦克唐纳表示，如果拉夫与菲利普斯找不到新的资金，他将接管《党派评论》。在拉夫与菲利普斯一筹莫展之时，又一位"天使"降临了。这对拉夫与菲利普斯来说的确是柳暗花明又一村。

琼·西蒙，时为《党派评论》助理，主动提出出资500美元，支付《党派评论》下一期的费用。同时，一位华盛顿特区高级军官的妻子答应资助拉夫一年，即2,500美元，因此玛丽·赫德·诺顿女士成了《党派评论》的第二位"天使"。拉夫是这样描绘这位新的资助人的："她情感极为细腻，但在政治上多少是位冷漠主义者。她最喜欢的是杂志与欧洲文学艺术思想间的联系。"[57]这样看来，《党派评论》吸引诺顿夫人的原因与吸引乔治·莫里斯的原因大致相同。莫里斯也是位政治冷漠主义者，仅仅对杂志的文化内容感兴趣。但诺顿夫人与莫里斯有一个重要区别，即莫里斯给予《党派评论》编辑表达激进观点的自由，而诺顿夫人则要求尽量避免刊登政治评论，尤其是关于战争的评论，以免使她做军官的丈夫尴尬。诺顿夫人的要求引发了有关《党派评论》在政治上遭到封口的议论。拉夫很快作出反应，他告诉麦克唐纳："尽管我们与诺顿夫人之间有协议，但还有许多方法可以悄悄地将政治讨论引入杂志，如采用书评、反驳等形式。我们不要太拘泥于字面意义。"莫里斯也同意拉夫的处理方式，他说："我并不认为在拿钱的同时，政治被禁止了。我认为只要不使用政治口吻就行——事情就是这样。"[58]事实上，《党派评论》还是一如既往地刊登结合了文化与政治的评论文章。麦克唐纳的离任以及诺顿夫人的出现并没有使政治从《党派评论》上消失，只是激进观点逐渐消失，而政治悲观主义色彩出现了。但在20世纪40年代，这种悲观主义论调绝非《党派评论》所独有，在前共产主义知识分子的话语中，包括纽约知识分子对旧敌斯大林主义分子的批判中，这种悲观主义到处可见。显而易见，拉夫与菲利普斯逐渐放弃激进主义并不是由于与诺顿夫人的约定；甚至连麦克唐纳也认识到，编辑自我节制与政治保守的部分原因是担心政府会将《党派评论》视为反战刊物而加以取缔。[59]

在得到诺顿夫人资助的一年间，《党派评论》的表现是令人满意的。拉夫曾表示："杂志目前出现了从未有过的好光景。我们开始刊登付费广告并得到不少新的资助。更重要的是，一些新的作家从持续多年的战时萎靡环境中脱颖而出。"[60]的确，1944年到1946年，《党派评论》的发行量成倍增长，达到了6,500份，销售收入足以使《党派评论》成为双月刊。另外，《党派评论》也成了战后在伦敦出版的两份美国期刊之一，另一份是《读者文摘》。1946年3月，西利尔·康诺利的《视野》杂志安排在英国印刷与销售了1,000本《党派评论》英国版。据布鲁姆斯伯格的一位书商回忆，他的顾客看到书架上放着《党派评论》时，"双目发亮，欣喜无比"。[61]然而，尽管《党派评论》的名声日高、地位渐稳，但由于没有新的资助，《党派评论》编辑们还是有种"心有余而钱不足"的感觉。《党派评论》离他们确立的目标还有一段距离。那时，广告收入是杂志的唯一经济来源，但只能支付杂志的一小部分费用。1945年，估计《党派评论》总支出达到了19,100美元，而广告收入仅有1,500美元，还不到总支出的十分之一。在资金严重短缺的情况下，编辑施瓦茨曾向R.P.布莱克默表示过担忧，他觉得《党派评论》的又一轮经济危机即将到来。

然而，就在编辑们又一次陷入财务困难之时，1947年9月编辑部收到一封署名艾伦·道林的信件。道林是位纽约房产商，平时喜欢动动笔，写写诗。他在信中表示他愿意提供足够的资金，使《党派评论》增加艺术内容，以月刊出版。道林后来表示他这样做是因为他相信《党派评论》是唯一能够延续《日晷》伟大传统的杂志。道林的信如雪中送炭，使编辑们无比欣慰，但在高兴之余，他们也不免心生疑虑。一方面，他们不清楚道林的动机是什么；另一方面，他们对《党派评论》的前景没有把握。拉夫起初怀疑道林想通过杂志结识波希米亚女性，之后又怀疑他想要影响他们的编辑政策，因为道林提议成立一个编辑顾问委员会，成员包括他本人和他的朋友——艺术评论家詹姆斯·约翰逊·斯维尼。这引起了编辑们的特别关注，因为《党派评论》已经有一位艺术评论家，就是克莱门特·格林伯格。格林伯格是菲利普斯的好友，而且众所周知，格林伯格与斯维尼对抽象画意见不一，甚至截然相反。菲利普斯担心斯维尼的加入会威胁格林伯格的地位。然而，拉夫的猜测和菲利普斯的担心都是多余的。事实上，道林是《党派评论》的第三位"天使"，他的动机是高尚的；对于杂志，道林的态度比莫里斯与诺顿夫人宽容。道林让他们自由选择其他顾问委员会成员。拉夫他们选择了三位有名望的反激进思潮的纽约知识分子，他们分别是：《经营管理革命》一书的作者詹姆斯·伯纳姆、非激进小说家和强硬的自由主义倡导者莱昂内尔·特里林，以及反共产主义理论家和文化冷战勇士西德尼·胡克。

艾伦·道林每年资助40,000美元，这笔数目不小的钱使《党派评论》能够采取一些商业行动，如雇用秘书、经理与助编，支付高稿酬，开展促销活动，开设文学奖，等等。《党派评论》的办公室也从格林威治村搬到了一幢位于第四十五大街与百老汇大街交会处的道林的大楼里。然而，新的环境却使《党派评论》及其编辑们感到"水土不服"。欧文·豪回忆，尽管"办公室非常舒适，也不太奢华，但我们与周围环境格格不入，我们总感觉自己不属于这里。最不适应的是戴尔默·施瓦茨，他茫然地坐在办公室里，看着窗外那个迪斯尼乐园般的陌生世界"。[62]

除此以外，与季刊相比，月刊对编辑来说，意味着更加忙碌和更多的稿件。菲利普斯回忆，那段时间，《党派评论》既保持着原有的小型文学杂志的活力和论辩精神，又开始具有商业杂志的特色：

> 月刊不仅在内容方面，而且在对于发行、销售、宣传以及广告的关注方面，更接近于商业出版。季刊的慢节奏使它能出版可能不流行的东西，依赖与杂志目标一致的一小部分忠实的作家、教师以及专业人士。我们正在无意识或有意识地进入这样一个阶段：作家与读者正在被一种更为普遍的文化同化。作家分为两大类别：学术的和市场的。

作为编辑，他们不仅学到了广告、宣传、发行等麦迪逊大街的商业手段，而且也认识到了“文学杂志与潜在读者之间的关系”。这使《党派评论》的发行量攀升到13,000至14,000份[63]，而且编辑还有雄心，计划在巴黎出版《党派评论》的法国版，由克莱门特·格林伯格负责。

然而，正当《党派评论》蒸蒸日上之时，有些人开始对《党派评论》的变化表示担心，他们害怕搬迁、新规模以及商业特色会使《党派评论》放弃它原有的“代表文化市场外群体”的宗旨。其中一位就是复刊以来一直在《党派评论》工作的凯瑟琳·卡弗。卡弗决定“在他们被成功冲昏头脑之前”离开拉夫与菲利普斯。她表示，“我不会与他们一同搬进城里，离开这儿”。[64]卡弗无法想象在格林威治村以外，拉夫与菲利普斯会是什么样子。

1951年，艾伦·道林经历了代价高昂的离婚，他不得不将资助降到每年12,000美元。资金的陡然削减使《党派评论》又回复到旧有的平民化形式，恢复了以前的边缘生存状态：《党派评论》又改为以往的季刊形式，搬离了道林的大楼，在西十二街底楼租了间又小又暗的办公室，并且还裁减了工作人员，只留下一位经理与一位秘书。

《党派评论》办公地址的迁移体现了编辑的矛盾心理：他们一方面希望有稳定的经济来源；另一方面又希望维护其先锋机构的地位。然而，事情的发展出乎他们的期望。20世纪50年代，广大知识分子经历普遍的机构化，《党派评论》也未能幸免。拉夫等编辑决心不违反独立的原则并且不改变《党派评论》先锋机构的地位，但个人资助已经难以获得。除此之外，知识分子无法忽视大量的就业机会；文学圈对《党派评论》作为文化先锋表示不满，一群年轻作家，包括“垮掉的一代”、“黑山派”以及“纽约派”诗人开始建立自己的先锋机构。拉夫于1957年进入布兰迪斯大学任教。最终《党派评论》放弃独立，于1963年加入拉特格斯大学。

《党派评论》能度过最艰难，同时也是最繁荣、最成功的阶段，并且能以独立的政治和文化先锋机构的身份引领20世纪30和40年代的知识分子潮流，在很大程度上要归功于杂志的经济独立，而编辑的努力和三位“天使”的资助的作用是无法否认，也是无可替代的。

拉夫的政治思想

与许多犹太移民或移民后代一样，拉夫的政治意识自20世纪20年代开始形成。生活的艰辛和犹太移民的身份使他们经历了被排斥、被孤立的痛苦。他们一方面因为处在美国生活之外而备感疏离、压抑，另一方面又不愿重复父辈的生活。对生活在纽约贫民区的移民后代来说，上大学似乎是进入美国社会，取得成功的最佳途径。然而，第一次世界大战之后，日益明显的种族歧视阻断了他们的成功梦。他们无奈地发觉，在20年代，想要在大学谋到一个职位已经是难上加难。拉夫面对的情况更糟：首先，拉夫与大多数纽约知识分子不同，他既不是移民后代，又不是从小生长在美国；其次，拉夫没有上大学的机会，他有时连温饱都难以解决。但是，大萧条将所有犹太移民放在了同一条水平线上：无论什么出身，无论受过高等教育与否，他们都面临着失业的威胁。因此，如何生存下去、如何实现梦想，成了犹太知识分子的共同关注。就在这时，激进主义，尤其是马克思主义，在美国出现并传播，这使他们激动不已，它犹如黑暗中的一盏明灯，指引着他们的探寻之路，并且给了他们走出困境的希望。他们普遍相信马克思主义能为他们撑起一片天空，在那里，他们将接受阳光的照耀和雨露的滋润。

1 激进主义的思想基础

20世纪30年代初是美国历史上非常独特的一段时期。大萧条与欧洲政治危机深深影响着美国社会和美国人的生活；美国文学出现新的发展态势；自由知识分子群体得到发展。对拉夫等遭遇挫折、渴望突破自身瓶颈并克服怯懦的犹太人来说，马克思主义确实是他们期待的解决问题的政治话语。他们认为马克思主义不仅具有普遍的社会吸引力，而且还能在多个层面上满足青年作家的需要。许多知识分子承认那个时期的确令人振奋。首先，马克思主义为他们提供了参与的机会，他们开始加入党派及其组织，体验到了前所未有的从属感。格兰维尔·希克斯回忆：加入共产党意味着某种冒险与牺牲，但他觉得非常值得，因为那让人有种"处于历史主流之中的沉醉感"，觉得自己"正在做些事情"。[1]而共产党也特别欢迎激进作家"加入其政治家庭"[2]，在那里，他们都是无产者，作为平等的人受到欢迎、受到尊敬。作家通过认同无产阶级观念，还能体会到"在阶级内部的和谐作用"和"读者与作家之间的亲密关系"。[3]其次，十月革命的胜利和犹太人的生活状况也加强了美国知识分子对马克思主义的信仰，并加深了认识。再次，马克思主义还给美国知识分子提供了他们一直渴望却被大萧条剥夺的获得成功与地位的机会。各种激进俱乐部、报刊、杂志纷纷出现，它们为青年作家提供通往成功的各种渠道。

1932年，拉夫在谈到激进主义早期青年作家所面临的选择时说："我们这些致力于文学、作品刚刚在杂志上出现的青年作家正面临着一个重大抉择，它无疑会决定我们的文学生活。我们是要染上资产阶级的颜色，损害自我、出卖自己的创造力，……还是要举起反叛的旗帜，做有阶级意识的无产阶级？"[4]显然，拉夫话语中流露出刚刚起步的青年作家面临重大决定时的犹豫，毕竟对他们来说，政治选择也是一种职业选择。拉夫最终走向了激进主义，部分原因是他相信选择成为资产阶级将会使他走入末途，而选择反叛、加入无产阶级却是走向胜利的好机会——无产阶级运动为他提供了一个前所未有的"家园"，还有一份职业。

由于受到马克思主义威力的震撼，在20世纪30年代初，拉夫就表现出了极大的激进热情。他很快成了一位"超级革命"分子，成了一名不折不扣的马克思主义宣传家。在《给年轻作家的一封公开信》（1932）中，拉夫撇开现代主义大师，认为他们"处于具体的历史进程的边缘"；他敦促"真诚的作家""在世界重大问题的炼炉内抓住伟大的机会，激活自己的才华"；他号召年轻人将文学作为改变世界的工具，"从理想主义鸦片的烟雾中走出来”；他呼吁年轻人“切断与资本主义的那种癫疯文明的所有联系”。[5]拉夫还以参与政治的明确姿态鼓励年轻作家：“我已经脱去资产阶级作家的虚伪精神外衣，为的是成为一名无产阶级知识分子。”[6]

马克思主义以其灵活性和普遍性吸引了不同类型的知识分子。这正是马克思主义的魅力所在。欧文·豪在马克思主义中发现了“一种对人类经历的惊人阐释”——“不可避免的冲突、启示性的高潮、末日时光以及光明未来”，认为“正是这种戏剧性的形式使我们每一时刻的参与看起来都如此富有历史意义”。哈罗德·罗森堡认为：“马克思主义既是犹太法典，又是神秘魔法。”他认为：“文人的作用应该是展现马克思主义学说的神秘的、魔法的一面。”莱昂内尔·埃布尔则认为：“马克思主义的一个伟大贡献在于它创造了一位马克思主义侦探，能够以唯物主义解决所有的罪恶。”[7]而对拉夫来说，马克思主义的政治吸引力似乎主要在于其阶级斗争理论。拉夫曾反复强调：“马克思主义的本质是阶级斗争，阶级斗争是其‘存在内核’。”[8]

然而，拉夫毕竟是文学出身，尽管当时他被政治所激励，但他的文学情结依然存在。即使在20世纪30年代初全心拥护马克思主义的阶级斗争之时，拉夫也没有忘记将对马克思主义的理解与文学结合。在《文学的阶级之战》（1932）一文中，拉夫对“宣泄”做了重新阐释，即将希腊的“宣泄”观念现代化，在亚里士多德的“同情与恐惧”中加入了第三个因素：“斗争”。他认为真正的“宣泄”是“通过行动释放”，只有“通过行动斗争，艺术才能成为参与改变世界的工具”。[9]拉夫指出，无产阶级文学就隐含着这种新的“宣泄”形式：无产阶级文学是对情感的净化与洗涤，尽管是“以火净化”。在这篇文章中，拉夫还高度赞扬了无产阶级艺术，他鼓励读者行动，进行斗争。其意义在于突破了文学与生活的界限。

拉夫认为，正是“马克思主义的巨大动力”使埃德蒙·威尔逊、牛顿·阿尔文、格兰维尔·希克斯等作家离弃了资产阶级。现实生活中的凄苦和经济混乱不是他们拥护马克思主义的主要原因，它们充其量是寻求出路的一个动力。拉夫与威尔逊、阿尔文以及希克斯一样，相信随着资本主义经济的崩溃，将会出现一种新的经济组织形式。由于文学必然体现经济组织中的巨大变化，因此文学革命会伴随政治革命出现的前景是马克思主义吸引拉夫这些知识分子的另一主要原因。

根据马克思主义学说，资产阶级文学是伴随资产阶级的兴起而出现的，因此伟大的无产阶级文学必然会伴随着工人阶级的兴起而出现。拉夫相信，“在一个阶级的上升时期，它能够创作出有思想的伟大艺术品；在下降时期，其精神产品的质量也会下降”，因此在他看来，目前资产阶级艺术家与作家只能创作出“没有结果的实验性作品和肤浅的自以为聪明之作”[10]，但创作不出伟大的艺术作品。相比之下，马克思主义者期待无产阶级兴起，认为他们将创作出伟大的文学作品。此外，苏联共产主义的成功例子也大大加强了拉夫等激进知识分子的信念，他们普遍相信意识形态可以成为现实，社会主义革命即将到来。

基于这种信念，《党派评论》的开篇社论就对“资本主义的政治经济危机”和“苏联社会主义的成功建立”进行了对比。[11]拉夫还撰文热情赞美“苏联五年计划顺利完成以及共产主义在国内外影响加强”。他在文中宣称，“在苏联，资产阶级对劳动者的压迫和处决成千上万工人的故事”已“成为历史”。[12]威尔逊在1935年苏联之行后现身说法，也深深地影响了其他知识分子。威尔逊说，在苏联他感到“位于世界的道德之巅，那儿的灯火永不熄灭”。格兰维尔·希克斯在谈到对苏联的认识时是这样说的：“我们知道苏联不是乌托邦，但是我们所看到的苏联文学与艺术使我们相信一些有趣的和重要的事情正在发生，我们希望革命顺利。”迈克尔·戈尔德则希望能将苏联的经验美国化，他认为美国作家与苏联革命英雄的写作之间具有重要的关联，例如：“列宁与海明威以及其他美国年轻作家在风格上就存在着极大的相似性。”[13]因此，苏联作为理想的经济文化体系以及激进理想的试验田，为美国激进知识分子探索美国文学的出路提供了可借鉴的例子。他们普遍相信成熟的美国文学即将到来。

范·怀克·布鲁克斯认为美国文化无法孕育出成熟的美国文学，因为美国生活中长久以来的分裂只有通过一场伟大的运动才能弥合。拉夫并不是有意识地追随布鲁克斯，但他对美国文化中各种分裂的关注以及对"综合"作为更高级文学的出路的思考，表明他继承了布鲁克斯的分析传统。拉夫在《党派评论》上发表文章，指出："资产阶级文学绝不是同质的，我们注意到资产阶级文学的中心分裂是商业艺术与知识分子艺术之间的分裂。"他还表示："只有在激烈的阶级斗争时期，这种现代艺术中的双重性才会分裂、分离。"[14]尽管拉夫没有使用布鲁克斯著名的"具有高度文化修养"与"缺乏文化修养"这两个词，但"知识分子的"与"商业的"这两个词同样表达了拉夫对这一问题的思考。拉夫认为，既然文学的最终目的是达到"综合"，那么20世纪30年代初作家面临的任务便是使艺术结合。拉夫相信成熟的美国文学终将于废墟上出现，而激进运动将成为助产士。因此，在这个意义上，马克思主义不仅是拉夫行动的指南，也是实现文学之梦的哲学框架。

当然，拉夫接受马克思主义并不是因为相信马克思主义与他的思想、价值观以及信仰一致，而是因为相信马克思主义体现了他的思想、价值观以及信仰，最主要的是它体现了拉夫完全信仰的一套价值观——世界主义。首先，世界主义价值观强调全面地理解经验，而个体的或者文化的差异将有助于人们具备更广的视野。其次，该价值观既不蔑视也不排斥个体或群体传统，更不狭隘地为某一传统喝彩。再次，该价值观能在融合与独特之间保持平衡。最后，该价值观还远离排他主义，崇尚综合主义。在生活层面上，世界主义哲学为拉夫提供了一个充满希望的世界，在那里，犹太人与别人没什么两样，他们可以和别人一样为生活、为地位、为成功奋斗。另外，他们也无需与父辈完全脱离，既可以与过去和传统保持联系，又可以发挥他们的特殊才能。在文学层面上，世界主义为拉夫追寻成熟的美国文学提供了理论基础和奋斗目标：美国文化应与欧洲文化匹敌，甚至超过欧洲文化。这也是拉夫渴望的“成熟革命文学”的最高标准。在科学层面上，马克思主义的世界主义所包含的世俗性、科学性以及理性传统对拉夫也具有巨大的吸引力。他认为，世界主义最好地体现了马克思主义。

除此之外，世界主义的开放性也具有吸引力。世界主义既没有特定的纲领，也没有具体的议程，追随者可以自由地接受相关认识，也可以自由地对其内含进行阐释。基于此，拉夫形成了他对文化发展的总体认识，那就是：文化应朝更高级、更有活力、更精细以及更深刻的方向发展。对“什么是精深的，什么不是”的讨论一度是《党派评论》20世纪30年代世界主义价值观的一个重要部分。①

最后，马克思主义的吸引力还在于其历史观和辩证的发展观。拉夫在马克思主义的历史观中发现了历史的意义以及历史与肯定性变化之间的关系。拉夫认为作家不应该抛弃过去，应该能够欣赏并借鉴过去的文化传统，因为过去具有不容作家忽视的丰富内涵。拉夫曾表示，自己“正处于吸收整个过去的革命作家之列”[15]，对文学的过去进行全面研究可以更好地了解现在与未来，还可以避免文学滑入极左标准。

拉夫追寻过去，是为了保持激进与传统之间的平衡。为此，他还特地指出了激进文学中“异阶级的”和“有用的”这两个概念之间的区别。拉夫认为“异阶级的”与“有用的”的精神刚好相反，前者是个纯政治概念，它排除所有根据政治标准判断为不合适的思想与事物；而后者则包

① 在拉夫的认识中，“精深”（sophistication）是文学发展的总目标。“精深”是城市的、肯定的、进步的，它包括对艺术质量的高度敏感以及对思想的严肃性、复杂性与困难性的高度认识；相反，“非精深”是农村的、否定的、落后的、危险的，也是“大众的”、“商业的”、“人民党的”。“精深”与“非精深”是截然相反的价值与观念。基于这种认识，在拉夫的批评实践中，他偏爱“世俗”、“科学”、“理性”、“城市”、“国际主义精神”、“理智精深”、“广阔深刻”等概念，蔑视且谴责与这些术语相对的概念，如“宗教”、“神话”、“农村”、“狭隘”、“民族性”、“流行”、“简单化”、“局限”等。在拉夫的思想中，世界主义代表肯定、进步与先进，而反世界主义则代表否定、退步与落后。见Terry A. Cooney, *The Rise of New York Intellectuals: Partisan Review and Its Circle*, The University of Wisconsin Press, 1986, 58—60。

括根据文学标准挑选出来的所有传统因素，这个“有用的”也是布鲁克斯所谓的“有用的过去”。

拉夫还指出，文学传统与激进政治策略之间没有直接关系，与文学传统相关的是马克思主义宽广的人文主义观念。尊重过去意味着文化保留与社会进步。拉夫关注“艺术在为人类经验提供形式、意义以及连续性时，赋予生活以意义的艺术功能”，他指出：

> 要不是人类价值观、希望以及动机的连续传播，即人类思想的连续传播，个体生活将会现实得令人绝望并脱离历史语境。如果人类经验没有被艺术那样的工具所社会化，那么人类的智慧和理性行为将还是个永恒的潜在。[16]

拉夫认为任何使激进文学脱离过去的企图都是在否定“综合”这一观念；对文学传统的盲目攻击就是对文学朝精深发展的威胁和对艺术进步的阻碍。

拉夫认为，变化必须是持续、开放的。在20世纪30年代初，拉夫就相信变化是马克思辩证唯物主义的最高体现，它为文学指出了一条在传统的基础上进行变化之路。发展并不是突然的跳跃，而是持续的前进、永久的再生以及经常存在的机会；庸俗马克思主义则限制了变化，妨碍了发展。具体到激进艺术，拉夫指出激进艺术的进步是在“诗歌传统内部的反叛，而不是对诗歌传统的反叛”的基础上取得的。[17]优秀的激进小说的出现证明了“马克思主义文化连续性原则的有效性”，而且激进小说家具有党性，“没犯丢弃文学传统的错误”。[18]因此，拉夫坚信正确理解马克思主义哲学与文学传统将会使作家在独特品质与社会观之间取得“全新平衡”。

当然，拉夫的激进思想除了大部分来自马克思主义之外，还有杜威与胡克思想的痕迹，尤其是他们批评思想中表现出的反宗教、反完美主义、反僵硬教条等倾向。这些批评倾向在很大程度上源于美国实用主义的哲学传统，而为知识分子提供这些具有实用色彩的激进思想者是胡克。胡克在1928到1936年主要是为杂志撰写文章，发表宣言、评论，举办座谈会等。他完成了两本有关社会主义思想的专著：《为了理解卡尔·马克思》(1933)和《从黑格尔到马克思》(1936)。胡克的著作反映了他那个时代的一些知识分子的特征。胡克的论述符合美国的实际情况。他建构的社会哲学与伊斯曼的大相径庭。例如，胡克不同意伊斯曼主张放弃辩证法的观点，他认为马克思主义既是传统的自由主义理想的另一种形式，也是其实践；辩证法是马克思用以说明物质世界如何影响人的思想和行为，而人类活动又如何必然改变世界的方法。胡克指出，"人类是受环境制约的"，但通过辩证法的机制，"人类可以改变环境"。胡克还继承了马克思认为人类文化的各个方面都相互关联、互为依存的思想。每一事件都必须从总的社会历史环境去理解，个人的思想与行为必然受阶级根源以及社会环境的影响。因此，胡克理解的马克思主义是：人们可以掌握自己的命运，但既不是把希望寄托在神话式的过去，也不是在真空中对许许多多的假设进行实验。结合美国现状，胡克相信在20世纪30年代社会主义对美国而言是个合乎实际的选择，因为马克思主义比自由主义更能正确处理美国目前的危机。但是，社会主义革命之后，社会的具体形式不会是一个乌托邦，困难依然存在，斗争和承担义务的需要也将继续存在，尽管是"在更高的层面上"，因为那时人类对付的"不是社会存在的问题，而是个人发展的更深的问题"。[19]

拉夫继承了胡克思想中的许多成分。他吸收了马克思主义是开放的而不是决定论的哲学思想；认为马克思主义的统一性不是体现在其特定的结论，而是体现在其分析方法的思想中；发展了马克思主义作为实用主义和实践主义的倾向；还对视马克思主义为一种乌托邦主义的观点进行了强烈的批判。例如，拉夫对塞奇·艾森斯坦的言论进行过严厉批判。塞奇·艾森斯坦认为在无产阶级社会，"由于完美的统治以及人们不再具有无法满足的愿望，艺术，基本上作为一种补偿，将会枯萎”。拉夫愤怒地反驳了这种思想，他指出艾森斯坦的这种思想与马克思主义的基本原则不符。

> 说无产阶级社会的特点是“完美”，这种思想极为荒谬。马克思主义者视变化为唯一的绝对，在无产阶级社会，将会有新的矛盾、新的斗争。但是，这些新的矛盾与斗争将会在无与伦比的更高层面上发展，因为那时，由于消灭了为个体而进行生存的奋斗，人类在历史上将首次真正进入人道领域。[20]

可以看出，拉夫的这种批评思想基本上是胡克的。除此以外，拉夫还反对认为社会将变得完美并停止发展的看法。他认为引入无产阶级革命并不是最终目的，政治与意识形态是手段——排除“为个体生存而进行的奋斗”中的文化障碍的手段——而不是目的。拉夫说“今日，马克思主义是最先进的意识形态”，他的言外之意是或许明天，别的什么“主义”会成为最先进的意识形态。

总的说来，拉夫的激进主义主要融合了马克思与胡克的思想。这些思想是他创作、批评的指导思想，也是确立《党派评论》方向的根据。在对待知识分子方面，拉夫一方面要求知识分子应具有科学的、系统化的预测能力，另一方面又要求他们具有适应文学创作多样性、即时性与独特性的自由开放精神。在这一点上，拉夫的马克思主义可以说本质上是制度与自由、知识分子权利与思想开放相结合的马克思主义。

2　文学与政治的关系

对于纽约知识分子来说，政治与文学是他们生活中的两个世界和两大立足点。综观他们的历史，绝大多数活动都周旋在这两个世界之内，他们从对美国经济体系和资本主义制度的不满出发，探询马克思主义的可能性，并希望通过创造性的写作，引导激进政治和文学现代主义，以期达到改造社会的理想目标。因此，可以说，他们基本上都在谋求"激进与现代文学之间的和谐"[21]，尽管在实践中，要获得政治与文学之间的真正"平衡"与"和谐"并非易事。正如我们所看到的，他们有的成为了作家，如索尔·贝娄；有的成为政治理论家，如西德尼·胡克；也有兼顾文学与政治的文学—社会批评家，如埃德蒙·威尔逊、拉夫等。当然，纽约知识分子最终的发展与他们各自的旨趣和一系列社会事件的影响有着相当大的关系。

作为纽约知识分子中比较典型的文学—社会批评家，拉夫对政治与文学间的"和谐"关系一直抱着非常乐观的态度。在《党派读本》（1946）后记中，拉夫与菲利普斯回顾《党派评论》初刊时的编辑宗旨，非常欣慰地表示他们在《党派评论》几近实现了自己的理想：

> 这么多年来，《党派评论》几乎是我们所看到的最优秀的期刊。从第一期开始，《党派评论》就鲜活地展现了那个时代的历史。《党派评论》的基调很特别——它结合了知识分子的正直与知识分子对其所处时代的文化社会问题的参与。就激进价值而言，《党派评论》基本上是党性的，但同时又总是立足于文学标准。其兴趣既是文学的，又是政治的。因为从一开始，《党派评论》就以一致与变化的态度表现它寻求这两种现代经验的吸引力。[22]

毫无疑问，这一直是拉夫的理想。但事实上，拉夫与他所经营的杂志一样，经历了政治与文学风雨飘摇的年代——从20世纪30年代初推崇激进主义与文学的结合，即无产阶级文学运动，到自1935年开始对那场运动表示疑虑、从文学走向政治，再到1937年底提出文学与政治分离、脱离共产主义运动、推崇现代主义先锋。其间的种种尝试、探索以及由此产生的摩擦与矛盾既反映了那一代知识分子对文化与社会的关注与参与，又体现了那个时代特定的社会文化思想特征。那是美国社会文化历史中极其重要的一个阶段。

2.1 无产阶级文学运动

无论是从马克思主义理论还是从历史实践去看，无产阶级文学都是与资产阶级文学相对的一个存在与建构。无产阶级，作为一个政治主体，20世纪20和30年代在美国的确立与发展在很大程度上依赖于资产阶级这一主体在人们心目中的可替代性。也就是说，无产阶级文学的兴起是伴随资产阶级文学的衰败出现的。在这个意义上，无产阶级文学肩负着代替资产阶级文学，乃至超越资产阶级文学的伟大使命。随着大萧条的到来、资本主义经济的崩溃以及社会不公的出现，大多数知识分子对无产阶级的未来充满信心。他们的心情犹如威尔逊所表述的："对于在大商业时代成长起来的我们这一代作家和艺术家来说……这些年不是令人沮丧而是令人兴奋的。对于那个愚蠢的巨大骗局的崩溃，我们禁不住感到欣喜若狂。我们有了一种新的自由感与权力感。"[23]因此，随着激进主义深入人心，广大知识分子普遍相信：旧的问题将逐渐消失；美国的文化复兴将成为一种看得见的前景；知识分子也将不再孤立于社会，而是与无产阶级联合起来，成为文化复兴的先驱，成为改变社会的一股伟大的中心力量。

拉夫自然属于他们中的一员。尽管在20世纪30年代他比其他人更迷恋政治，但他最初的兴趣是文学。因此，拉夫基本上是以一位革命作家的身份去理解无产阶级文学运动的。早在1932年，拉夫就指出文学潮流已转向反对资产阶级艺术；因此他觉得无论对在办公室工作还是在工厂或者农场工作的年轻作家来说，选择无产阶级立场的时机已经到来。当然，拉夫还表示要选择无产阶级这一立场，美国知识分子还需要接受马克思主义的教育，因为那些旧的试图超越阶级的文学形式，如D.H.劳伦斯、乔伊斯、赫胥黎、H.L.门肯、福克纳等作家所采取的形式，与“社会正在经历的历史发展过程毫不相关”。拉夫指出，鉴于目前的形势，有必要恢复文学的作用并给予文学适当地位，但要做到这一点，必须依靠年轻的知识分子，尤其是批评家。拉夫还指出，意识形态革命必须在政治革命之前，而目前作家正处于这个绝好时刻，可以利用这一机会为他们的创造性才能增添活力。拉夫还表示，文学是文化的“神经中枢”；强烈呼吁面对资本主义社会的腐朽，文学不能中立。这些思想可以看做拉夫对无产阶级文学运动的最初计划。[24]

两年之后，拉夫对那时无产阶级文学运动的顺利发展表示了由衷的喜悦。他认为，马克思主义批评家已经成功地“为表达重建社会革命的党性文学建立了理论支架”，而且“新的阶级小说和文学杂志不断出现——所有这些都是文化复兴的迹象，它们表明美国革命文学中理论与实践得到了结合”。尽管拉夫的这些结论性话语可能听起来过于乐观、过于草率，但无产阶级小说大量出版以及约翰·里德俱乐部旗下不断有新杂志创刊却是不争的事实。① 那时的拉夫充满着站在新文学运动前沿的喜悦与骄傲，他感到作家能同时进行创造性和社会性的活动，他们无需在艺术与政治间进行选择。除此之外，“无产阶级作家，在共同体验读者的情绪与期待时，在阶级内部已获得了创造性的信心与和谐，这给了他一种十年以来首次体验到的责任感与纪律感”。拉夫相信，“在很大程度上，正是读者与作家间的亲密关系给予了革命文学一种其他阶级

---

① 例如，除了拉夫评论的阿诺德·阿姆斯特朗的《烤焦的土地》与小威廉·罗林斯的《以前的影子》以外，那个时期的无产阶级小说还有：杰克·康罗伊的《被剥夺权利的人》、罗伯特·坎特韦尔的《富裕的国土》、迈克尔·戈尔德的《没有钱财的犹太人》、詹姆斯·T.法雷尔的《斯塔兹·朗尼根》三部曲、爱德华·达尔伯格的《最倒霉的人》、埃德温·西弗的《伙伴》、玛丽·霍顿·沃尔斯的《罢工！》、马克斯韦尔·博登海姆的《跑吧，羊，跑吧》、格雷斯·伦普金的《为了做面包》、约瑟芬·赫布斯特的《同情是不够的》、沃尔多·弗兰克的《大卫·马卡德的生与死》、阿尔伯特·哈珀的《铸工车间》、爱德华·纽豪斯的《你不能在这儿睡觉》、纳尔逊·阿尔格伦的《穿靴子的人》、汤姆·克罗默的《没什么可等的》，以及克拉拉·韦瑟瓦克斯的《行军！行军！》等。里德俱乐部旗下的杂志除了《党派评论》，还有在1936年与《党派评论》合并过一段时期的《铁砧》，以及《左边》、《党派》、《大锅》、《左派阵线》、《左派评论》、《新力量》、《锤子》等。

的文学没有的活力与目标”。[25]

拉夫这种对无产阶级文学的乐观与信心一直持续到1935年，之后拉夫开始对无产阶级文学运动表示疑虑，这主要是因为无产阶级文学的质量普遍下降。纪实性的与小册子式的写作被看做高质量的文学创作，这在拉夫看来是无产阶级文学的严重缺陷，突现的是评判作品优劣的理论的缺失以及能实际运用的审美观的缺失。这些缺失随着党对文学控制的加强，变得越来越严重，并逐渐成为阻碍无产阶级文学发展的中心问题。这些问题集中体现在以下几个方面：激进的政治思想与人类经验和历史的脱离、艺术与宣传间的关系以及由此带来的形式与内容的关系、无产阶级艺术与资产阶级艺术之间的关系。拉夫认识到，“这些问题必须马上得到解决，以免阻碍创造性荣耀的出现”。[26]

其中，激进的政治思想与人类经验与历史脱离是无产阶级文学中最为突出的问题，是文学意识形态跟不上政治意识形态的发展所造成的。拉夫坚持认为：作家创作的人物要视阶级斗争为生活、文化的一个具体部分；无产阶级文学要抓住当代生活的中心意义；它应以悲剧的形式、肯定的语调去表达历史的运动与大众的英雄主义。拉夫批评左派，认为左派是无产阶级文学运动道路上的一大绊脚石。拉夫坚持要求革命的、文学的意识形态必须与世界主义的、综合的马克思主义思想结合起来，因为马克思主义既是革命理论的基础又是文学理论的基础。

1934年，《党派评论》刊登了欧洲马克思主义批判家卢卡契的《宣传还是党派》一文，引发了一场有关艺术与宣传的冲突的讨论。卢卡契提议艺术家应该记录客观现实，因为现实本身反映了马克思主义对革命的召唤。拉夫并不认同卢卡契的提议。他认为，用“宣传”这个词去定义对客观现实的再创造不符合美国国情，因为美国作家对宣传的理解与卢卡契不同，因此想使宣传成为批评的合法工具在美国行不通，那是左派在使文学走向庸俗化。[27]拉夫坚决反对将文学视为宣传，他认为只有当文学描述的社会力量成为普遍现实的一部分时，文学才反映政治，而且只有在这个意义上，文学才是激进运动的一部分。他表示："艺术作品的价值决不能仅看煽动效果。"[28]

在论及文学的审美标准时，不可避免地出现了另一个问题——形式与内容的关系。拉夫以马克思主义理论为依据，坚持认为对无产阶级文学的评判应该注意形式与内容的辩证统一。形式与内容，或者说作品的结构与意识形态，是一个统一体的两个方面，它们互相关联。作家应该关心审美，修正对文学传统的态度，决不能滑入过于强调意识形态、割裂形式与内容的泥潭。

因此，为了纠正左派批评家极其左倾的批评思想，拉夫提出应该正确看待无产阶级艺术与资产阶级艺术间的关系，也即激进文学与传统的关系。拉夫提议，作家应该学习资产阶级文化的艺术传统，至少是那些与意识形态或捍卫资本主义无关的传统；作家可以从资产阶级文化的肯定性成就中汲取养料。例如，拉夫表示，阿诺德·阿姆斯特朗与小威廉·罗林斯的小说就避免了"共产主义导致教条的自我意识"，他们没有犯"拒绝文学传统"的错误。[29]拉夫欣赏20世纪前十年的先锋艺术，并视之为知识分子意识成就的一部分。资产阶级文学运动，无论有什么样的意识形态，在拉夫看来都是文学运动的先驱，它可以成为无产阶级文学的基础。批评家可以拒绝过去几代人的意识形态，但优秀的文学传统必须保存。在这个问题上，拉夫运用了马克思主义的辩证法——既不能完全接受，也不能完全否定过去。这种批评方法与视野非常明显地体现在拉夫对艾略特的评论中。拉夫认为艾略特的早期作品令人敬仰，他的文学方向基本上是现代的，他的成就因而是显而易见的，影响力也是巨大的，但他的意识形态确实存在着问题。因此，拉夫表示，"艾略特的经验与无产阶级文化复兴无关"；艾略特的矛盾之处在于，他能清楚地意识到现代社会存在的问题，但那些问题在艾略特的作品中是与历史脱钩的。[30]拉夫认为，如果作家意识到文学的政治含义和文化的政治需要，甚至阶级斗争在社会中的作用，如果作家能够加入无产阶级运动，那么他就能避免艾略特的困境，并且能“在历史的计划中确立自己的地位”。[31]

但是，这些问题最终没能得到解决，相反却有日益严重的趋势。这正是拉夫与无产阶级文学运动决裂的主要原因。当然，这个结果与共产党的作用、时局的发展，尤其是苏联共产主义的情况有着紧密的关系。

1936年，莫斯科审判的真相大大震撼了美国激进知识分子，直接导致了激进知识分子对共产主义的怀疑，削弱乃至扼杀了他们对苏联作为共产主义榜样的信仰，从而极大地动摇了无产阶级文化运动的基础。再加上美国国内约翰·里德俱乐部的解散以及人民阵线的成立，无产阶级文学运动面临着失败的危险。其实，早在无产阶级文学运动之初，拉夫就对这场运动的革命彻底性表示过怀疑，尽管那时候他心中依然充满激情。那时，拉夫就指出作家与无产阶级不同，他们欢迎革命不是因为资本主义带来的混乱与凄苦，而是因为苏联的例子和马克思主义的力量。拉夫怀疑大多数作家最终会走入资产阶级，而不是工人阶级的阵营。这种怀疑表明拉夫从一开始就认识到了20世纪30年代美国激进主义中存在着的问题——在某种程度上，美国的文学激进主义取决于布尔什维克革命；激进知识分子要经历对苏联的态度这一考验。不幸的是，拉夫的这些疑虑得到了历史的验证。莫斯科审判使广大知识分子失去了对苏联的信心。对拉夫而言，被控告的苏联知识分子的命运使他想起了共产党干涉无产阶级文化运动的灾难性后果。因此，仅仅在几年间，拉夫就从对无产阶级文化运动热情倡议，发展到怀疑犹豫，最后成为反对这场运动的主帅。

拉夫认定无产阶级运动的错误很大程度上在于对文化的政治控制。这种控制导致文化中宣传与宗派主义的出现，导致无产阶级文学“表面上是工人阶级的文学，实际上不过是斯大林集团的文化宣传工具”，致使“美国无产阶级文学走向衰落”。[32]因此，无产阶级文化运动是造成美国无产阶级文学糟糕局面的罪魁祸首。

拉夫的著名文章《无产阶级文学：一次政治解剖》(1939)可以看做他对无产阶级文学的全面总结。拉夫在肯定无产阶级文学运动符合历史发展的基础上，指出它的失败不仅在于它的蜕变、作家对政治的屈从，而且还在于认识上的错误。[33]当然，这里面还有批评家的失职。拉夫指出，激进批评家一直是斯大林分子的"棋子"，这是造成美国文学与艺术水平普遍下降的很大一部分原因。早在1937年美国作家大会上，拉夫就对约瑟夫·弗里曼与马尔科姆·考利的乐观发言进行过批评。弗里曼将文学的复兴等同于20 世纪前十年的复兴，而考利则赞美激进文学运动的丰硕成果。拉夫指出，他们所谓的"复兴"是"制造出来的"，"事实上，美国文学极少像现在这样停滞"。拉夫表示，"传统的、平庸的以及文化落后的作家"降低了文学标准，"甚至有智慧的作家也无法区别真正的文学艺术与具有商业和流行特色的艺术"。[34]拉夫还旗帜鲜明地指出那些盲目赞扬和吹捧这场运动的作家与批评家应对这种令人遗憾的文学现状负责。

总之，在拉夫的思想中，无产阶级文学走向衰落，一是由于它没能解决它自身的问题和20世纪20年代遗留的问题，包括艺术家与社会的关系，艺术家与美国文学、批评传统乃至欧洲文化传统的关系；二是因为共产党对文学的干预与控制。这两条是导致无产阶级文学最终衰退与失败的主要原因。

2.2 文学的现代主义运动

在短短的几年间，拉夫对无产阶级文学的态度发生了巨大的改变。但这并不意味着他对激进文学的看法错了，也并不说明他的政治目标与文学标准之间发生了冲突；相反，他视自己为高标准的文学与激进政治的捍卫者，以及庸俗文化与斯大林主义的坚决抵制者。目睹党对无产阶级文学的操纵，以及无产阶级文学运动中激进革命文学的失败，拉夫开始重新思考文学与政治的关系，但他没有因为对政治的失望与幻灭而像某些左派分子那样，回到审美主义或神秘主义的老路上。相反，他将目光落在了现代主义大师身上，视他们为真正具有革命力量的先锋。

拉夫的这种转向，当然与他的政治思想有着密切的关系。拉夫认为，在经历一系列事件之后的美国社会，阶级斗争已不复存在。无产阶级与资产阶级之间的矛盾、冲突逐渐消失，取而代之的是“低等文化修养”与“中等文化修养”之间的矛盾。然而这两种文化形式都是陈腐可笑的大众生产形式的被动消费者，两者都具有在拉夫看来很反动的倾向：前者倾向于斯大林主义，是浅薄庸俗的；后者则倾向于蛊惑人心的宣传，是无知混乱的。自从1935年共产党采纳了“人民阵线”的文化纲领之后，拉夫就将斯大林主义等同于“中等文化主义”，因为两者都具有自由主义中产阶级斯文的沙文主义文化范式。如果说拉夫对“中等文化修养”采取的是嘲讽蔑视的态度，那么他对“低等文化修养”采取的则是既厌恶又恐惧的态度。在这种环境中，拉夫认为他们作为被孤立、被围困的少数文化群体，应担负起知识分子的职责，以改变美国文化凌乱、平庸的局面。但拉夫表示，要这样做他们的首要的任务是形成一个成熟稳定的知识分子阶层，因为一个成熟稳定的知识分子阶层是创造伟大文学与艺术作品的先决条件。因此，复刊后的《党派评论》成了宣扬现代主义的理想阵地，而《党派评论》作家则自然成了捍卫现代主义的先锋。

拉夫之所以这样认为，首先是因为他相信现代文学是关于知识分子的文学。拉夫曾说过：

> 提及现代主义文学就是提及那个特殊的知识分子阶层，现代主义文学属于知识分子阶层。……无论大多数典型的现代主义文学有何特定的历史意义，其倾向，如浪漫主义、自然主义、象征主义、表现主义、超现实主义等，是不可能被表述的。[35]

其次，拉夫相信只有像他那样超然独立的知识分子才拥有理解现代主义文学的独特权利，他们才是现代主义的真正继承人，主要是因为在现代主义作家身上，他们读到了与自身一样的处境与思想。例如，在1948年《党派评论》的专题讨论“美国写作的现状”中，莱斯利·菲德勒就声明，在所有美国人中间，只有像他那样的作家——典型的城市犹太人、前斯大林主义者、自我矛盾的知识分子——才是伟大的现代主义文学的真正继承人。他们不仅成功地结合了欧洲与美国的传统，克服了沙文主义与自我克制之间的矛盾，并且能够调和理智与想象、智慧思考与想象性创作之间的矛盾。[36]再次，拉夫从20世纪前十年的现代主义先锋运动中看到现代主义已从资本主义那里赢得了一定程度的自治，并且建立了一种对“资产阶级精神”进行激进批评的文学。在20世纪30年代末与40年代初，那些由伟大的现代主义者创建的文学传统代表了一种激进话语，属于世界上几乎不能被对抗的伟大力量之一。

拉夫在许多现代主义作品中发现了他所认定的激进的、革命的因素。他认为，尽管它们可能流露了资本主义意识形态的某些因素，但它们具有对批评更具意义的优秀风格和知识分子因素。这些因素在拉夫看来非常具有革命性。拉夫认定现代主义文学在很大程度上是革命文学。他说：“革命文学不同于超现实主义或客观主义文学，它不是宗派文学；它是一个正在出现的文明的产物；含有任何文化范围所提供的财富与多样性。”[37]除此之外，革命文学还能吸收存在于文学传统中的矛盾。拉夫在亨利·米勒身上就发现了这种革命精神。他指出，米勒是“流浪知识分子的立传人与社会下层人士的诗人”，米勒的那种敢于面对疯狂与灾难的存在主义精神使他比20世纪30年代的大多数自封为激进主义分子的人更现实、更具革命性。[38]除了米勒，拉夫还表示像陀思妥耶夫斯基那样的保守人物也具有革命精神。陀思妥耶夫斯基的《群魔》为当代社会提供了一幅革命的“前马克思主义”图景，而斯大林主义则是“后马克思主义”。在人物塑造上，韦尔霍文斯基与其涅恰耶夫主义哲学可以被理解为早期的斯大林主义，“韦尔霍文斯基推翻沙皇（不需要群众的参与）的企图相当于斯大林脱离国际工人阶级，在苏联建立社会主义的企图”。尽管拉夫承认“陀思妥耶夫斯基的哲学与政治思想……与进步思想相反”，但陀思妥耶夫斯基“在人类情感与意识中发现了文学至今还未完全吸收的心理倒错与分裂，他的艺术在抽象内容与思想体系上是反动的，在情感上是激进的，在表现上具有颠覆性”。[39]

拉夫对革命的现代主义坚信不疑。他相信现代主义既能满足知识分子的要求，又不会牺牲他们的激进主义，而且还能最终产生最优秀的文学成就，并在知识分子的努力与激进政治之间取得平衡。除此之外，革命的现代主义还为他以及《党派评论》作家们提供了一种文学批评的基础与视野，使他们能够在进一步剖析无产阶级文学失败原因的同时，建构属于他们的现代主义经典以及一个有关现代作家现状的理论。这种新的目标在那时无疑大大扩大了知识分子以及艺术的作用。

《党派评论》是建构这个属于他们的现代主义经典的重要阵地。在将现代主义盛行前后的一些文本列入经典之作的过程中，拉夫他们首推的作家是T.S.艾略特。他们视艾略特为真正的激进分子，是“文化英雄”，而且认为艾略特对20世纪30和40年代文学批评的发展有着极其重要的影响。以艾略特名字命名的“艾略特的传统”这一概念几乎成了现代主义经典的代名词。艾略特的文学情感、超越时空局限的全球意识，以及他作品中的现代性，都成了现代主义文学的标志。当然，属于他们这个经典列表的诗人与小说家还有埃兹拉·庞德、叶芝、卡夫卡、托尔斯泰、陀思妥耶夫斯基、亨利·詹姆斯，以及欧洲悲观主义政治小说家伊格纳齐奥·西洛内和阿瑟·凯斯特勒等。他们大多数是欧洲作家，拉夫对这些作家都有详尽的或比较详尽的论述。而亨利·詹姆斯对拉夫的吸引力则在于两方面：首先，詹姆斯是一位欧洲化的美国人，是一位对文学与心理的细微差异极其感兴趣的小说家；其次，也更重要的是，詹姆斯代表了与20世纪先锋艺术有密切关系的美国传统，詹姆斯的最大贡献在于他建立了美国文化与欧洲文化间的联系。

然而，我们不得不指出，在建构现代主义文学经典或者说“艾略特的传统”的过程中，无论是拉夫还是别的现代主义文学的捍卫者，都具有过于简单化的倾向。其一，他们将现代主义视为铁板一块的文化传统，忽略了现代主义运动具有多样的，有时甚至是互相矛盾的艺术脉动与表现技巧。其二，他们将某些现代主义作家与流派的特征归纳为现代主义的总体特征。拉夫曾表示，“现代主义艺术家”都具有“内省……晦涩、病态的倾向”。[20]内省、晦涩、病态、自私乃至绝望的确是现代主义艺术与流派的特征，并且他们列为经典的悲观的现代主义作家也都表现出了诸如病态与绝望等典型特征。但这些特征绝不是现代主义的总的特征。这种将某些现代主义作家的特征夸大的简单化倾向在很大程度上流露了拉夫等现代主义捍卫者的个人动机，以及他们视自己为现代主义真正继承人的最初假定：他们认为自己的处境和思想与现代主义作家的处境和思想十分相似，现代作家的疏离、焦虑以及神经质等与他们的自我认识有着非常紧密的联系。

在建构有关现代作家现状的理论时，他们借助并吸收了许多对他们来说有用的理论。其一，有关“疏离”的理论。自从知识分子代替无产阶级成为他们的关注中心之后，拉夫等开始探询知识分子的意识与特殊心理，以及知识分子作为普通公民与作为艺术家之间的矛盾。20世纪20年代流放者的“放逐”，以及马克思主义用于描绘作家与作品、社会关系的“疏离”，构成了“疏离”这一概念的学术支撑。在他们的认识中，“疏离”不仅可以解释重要的现代经验，还可以解释个体经验；不仅可以指涉社会，还可以指涉艺术。

其二，存在主义哲学与心理分析理论。20世纪40年代末现代主义批评文章中出现的“真实性”、“焦虑”等概念都源于存在主义。他们的文化政治悲观主义与萨特痛苦地认识到的现代生存的荒谬与偶然性极为相似。他们也认同萨特运用海德格尔的现象学去考察人类境况，认为现代生存的恐怖本质导致了作家难于忍受的焦虑。作家为了维护现实的原则，将这种焦虑投射到文学之中，成为现代文学的一个重要标志。但是，他们没有完全照搬照抄存在主义，也没有成为萨特及其追随者的美国传话筒，主要原因是巴黎存在主义者对共产主义的同情以及对美国通俗文化的偏爱。

其三，随着知识分子政治社会革命希望日益渺茫，他们缓解个人心理压抑的欲望日益增强，开始对有关个人而不是社会的理论表现出浓厚的兴趣。因此，便有了从马克思主义走向弗洛伊德主义的倾向。在这一点上，他们与法兰克福学派极为相似，因为在对政治极权根源的研究方面，法兰克福学派也避开了"对结构因素，尤其是阶级因素的分析"，取而代之的是"对主体倾向和态度的分析"。[41]

通过借鉴上述三种理论，那些现代主义的推崇者形成了他们自己对现代主义的见解。例如，威廉·巴勒斯在《焦虑的对话》一文中分析了存在主义与心理分析在焦虑概念上的差异。巴勒斯指出两者的区别在于，海德格尔视焦虑为真实性的标志，并且坚持认为在死亡面前要不屈不挠；而弗洛伊德则试图医治病人的焦虑症，他视关注死亡为病态，因而不值得去理会。巴勒斯指出心理分析是人道的诊断，他批评存在主义是彻头彻尾的理想主义德国哲学。如果20世纪前十年格林威治村的波希米亚视弗洛伊德为自由革命的先知，那么现代主义则视弗洛伊德的心理分析为临床科学，"艺术与神经质"是他们关注的中心。[42]威廉·菲利普斯在评论陀思妥耶夫斯基的《地下室手记》时，指出陀思妥耶夫斯基的神经质与他小说的"主要"意义间有着"有机的"联系。菲利普斯认为陀思妥耶夫斯基小说中的人物具有作者的神经焦虑；陀思妥耶夫斯基的成功很大程度上在于他混乱的、不正常的心理。[43]对于艺术家的神经质与创造性才能之间的关系，拉夫推卡夫卡为典型。在拉夫心目中，卡夫卡"不仅是位神经质的艺术家，而且还是位表达神经质的艺术家"。[44]除卡夫卡之外，还有陀思妥耶夫斯基、果戈理等。威廉·巴勒斯在肯定这种关系的基础上，也在《作家与疯狂》一文中进一步指出：艺术"真实性”的全部奥秘在于艺术家自己的意识，并且只有在艺术家“冒了生存的最大危险，企图走到疯狂的边缘”时，艺术才变得真实。[45]

除了“焦虑”、“神经质”被看做现代主义的关键词之外，拉夫等还相信现代作家为了逃避文化工业发展的可怕影响，必须生活在孤独之中，因而“孤独”、“疏离”也是展现现代艺术家境况的深渊般的悲观主义思想的两大特征。然而，有学者指出纽约知识分子在对艺术家心理与艺术作品间关系的论述方面有过于简单化和过于决定性的倾向：他们将作家疏离社会的行为看做既定的，视神经质为天才与真实性的标志，这类似于那种认为基础与上层建筑间具有直接关系的庸俗的马克思主义思想，而那恰好是拉夫他们在20世纪30年代极力批判的。[46]

纽约知识分子对现代主义的关注并不表示他们完全排斥政治。《党派评论》在1937年复刊时声明，他们的现代主义运动将不依附任何政党。这种说法并不表示他们退出政治走向文学，或者说主张政治与文学的绝对分离，而是表示政治与文学的相对分离。拉夫在极力宣扬现代主义的同时，还是主张知识分子要一定程度地“参与政治”，尽管并不像20世纪30年代参与无产阶级文学运动那样投入。1945年夏天，《党派评论》刊登了萨特的《责任文学的实例》一文，目的是提醒作家应认识到他们的社会责任，规劝他们重新参与政治斗争。同期，拉夫对阿瑟·凯斯特勒的系列文章进行了评论，《党派评论》成为对像W.H.奥登那样的“瑜珈知识分子”进行抨击的平台。拉夫指出，那些“瑜珈知识分子”带着过去政治恐怖的伤痛，开始在超验的宗教中寻求精神慰藉。[47]同时，拉夫还对那些没有脱离共产主义的“委员们”进行了无情的批判。他指出，那些人包括共党分子及其同路人、进步主义分子、“斯大林化的自由分子”，以及“迷信苏联神话分子”；他们已经积聚了足够的人，成为了“第五纵队”，煽动并帮助斯大林两面派的外交活动。另一方面，1947年，拉夫还对有人指责《党派评论》过多地涉及政治一事作出了强烈的回应。拉夫再次重申政治参与的必要性，并严厉斥责了“假斯文的读者”的清静无为主义。[48]

在拉夫的思想里，文学的最高成就应体现在参与政治的同时不丧失形式上的成就。这或许可以解释为什么拉夫一方面极力推崇不受政治玷污的现代主义文学，另一方面又对阿瑟·凯斯特勒、乔治·奥威尔那样的极具政治意识的作家感兴趣。拉夫认为凯斯特勒“既是无家可归的激进分子的诗人，又是他们的理论家”；[49]他对奥威尔的《一九八四》给予了高度评价，赞扬《一九八四》是奥威尔最优秀的作品，它“强有力地参与现实”，表现了人类的迷失、灾难，以及种种无以言表的堕落。[50]拉夫还欣喜地发现在美国作家中也存在着将两方面成功结合的典范。那就是莱昂内尔·特里林的《另一个玛格丽特》与《旅程中途》。两部作品在素材与叙事结构上极为相似。拉夫曾就《旅程中途》写信向特里林表示庆贺：

> 这是部大胆之作，是一流的作品。在我看来，这是第一部真正出自于当代美国作家之手的严肃政治小说，在我们的文学中是很少见到的——我们文学的政治主题都是在外在行为的肤浅的层面上展现。或许正是该小说的原创性及意识形态才使大多数人难于欣赏它。[51]

毫无疑问，拉夫赞赏特里林的一部分原因是特里林小说在形式上的成就。他认为特里林的《旅程中途》与早期的短篇小说都是自觉的文学作品，几乎没有明显的政治指涉。用拉夫自己的话说，是“经验”远远超越了“意识形态”。而且特里林的语言风格又非常接近E.M.福斯特与亨利·詹姆斯。另一部分，也是更重要的原因，是特里林小说所展示的政治性。拉夫认为特里林的小说基本上是政治小说，但它们没有被意识形态的简单化与不真实所玷污。这一点正是拉夫认为特里林与其他美国作家的不同之处，也正是因为这一点，拉夫觉得，欧洲前激进小说家中无人能超越特里林（《党派评论》上对阿瑟·凯斯特勒与维克多·塞奇的书评都涉及他们风格上的缺陷）。拉夫相信特里林已超越了意识形态。他给予特里林这样高的评价，一方面是因为他与特里林一样具有反意识形态的情感，另一方面是因为特里林最接近于他的审美与政治标准。

然而，就像他最终没有放弃对政治小说的兴趣一样，拉夫在高举现代主义旗帜的同时也没有放弃对作为文学批评手段的马克思主义的兴趣。拉夫曾表示，理想的文学批评家应“超然于抽象体系”。抽象化的倾向“无论是精神的还是物质的”，都会歪曲对文本的理解。在整个20世纪40年代，《党派评论》一直在指责“屈从于意识形态的倾向”。[52]拉夫的《关于托尔斯泰》（1946）一文可以视为他的马克思主义批评的典型例子。拉夫将艺术理解为人道的、世俗的生产活动，视资本主义制度下的艺术为疏离（异化）劳动的一种形式，因此马克思主义有关艺术与异化的理论是拉夫《关于托尔斯泰》一文的中心。在拉夫的理解中，托尔斯泰是“最后一位没被异化的艺术家”。[53]那个时代的其他作家受资本主义劳动分工的影响，要么成为商品拜物者，要么成为艺术拜物者，而托尔斯泰的出身使他不受异化的影响，能够在与自然的交流中进行艺术创作。因此，托尔斯泰既不同于浪漫主义艺术家，也不同于神经质的城市知识分子，前者将自然视为逃避工业化的场所，后者具有“日渐西方化”和“具有斯拉夫文化优越性”的意识形态。托尔斯泰没有被异化击打得支离破碎，他是个完整的人，与自然和谐共处，安适且真实。因此，拉夫指出，托尔斯泰的小说有机统一，结合了思想与想象、道德与魔力。

拉夫的这种思想与欧洲马克思主义文化理论家卢卡契关于现实主义与具体化的思想极为相似。卢卡契认为，托尔斯泰和其他现实主义小说家通过将人这一主体与客体世界重新统一，超越了异化的“具体化”的倾向，因此现实主义小说代表社会“整体”。而且，卢卡契相信资本主义时代最伟大的现实主义文学出现在19世纪初，之后，由于大规模的社会变革，许多小说家拒绝具体化的过程，文学开始走下坡路。[54]另外，《关于托尔斯泰》的某些段落与马克思主义批评家有关艺术的相对自律与传递文本因素的复杂性之间也有关联。例如，拉夫对托尔斯泰的历史语境和社会地位的特殊性十分敏感，尤其是他的前现代农民—贵族阶级观念使人想起另一位马克思主义理论家雷蒙德·威廉斯的残余社会结构与思想的概念。威廉斯认为，“残余是在过去形成的，但仍活跃于文化过程中。它既作为又常不作为过去的一个因素，同时它又是现在的一个有效因素。因而，某些在主流文化中不能表达的或不足以证实的经验、意义以及价值仍然活跃于、实践于残余的基础上……以前的社会、文化机构或形式的基础上”。[55]

然而，尽管在《关于托尔斯泰》中拉夫使用了马克思主义概念，这并不说明20世纪40年代拉夫还在实践着革命的文学批评形式。十年前，拉夫作为一名无产阶级批评家曾认为文学可以提高革命意识，并且信心十足地提议一种后革命文化的文学形式。那时他的批评是乐观的、指令性的，相比之下，《关于托尔斯泰》的语调是悲观的、描述性的。拉夫这种视托尔斯泰小说为现实的整体描述，是将人类主体与客观世界完美结合的卢卡契式的观念中所没有的。[56]

需要特别指出的是，在捍卫现代主义运动的过程中，尽管拉夫他们一直努力结合文化先锋与政治先锋的概念，寻求一种参与和审美的平衡，但事实上，还存在着既无法回避又无法很好解决的问题与矛盾。其中最突出的是：他们所推崇的现代主义作家事实上是政治保守分子。这一点在很大程度上削弱了他们所认为的现代主义是潜在的激进主义的思想基础。如果说一开始他们在为自己只关注现代主义作家的艺术成就和生存状况而忽略其保守的意识形态辩护的话，那么到1949年，当博林根诗歌奖授予了埃兹拉·庞德的时候，他们被迫正视现代主义作家的政治意识形态问题，以及由此带来的审美与意识形态之间的固有矛盾。尽管庞德在战时的意大利曾在罗马电台为法西斯做过几年宣传，而且他的《诗章》中还有大量反犹太主义段落，但评委会成员，包括艾略特、W.H.奥登、艾伦·泰特、罗伯特·潘·沃伦，还是把票投给了庞德。

那么，该如何解释他们的激进主义与他们的文学经典观之间的矛盾？在个人层面上，作为犹太人，该怎样对待庞德作品中的反犹太主义思想？围绕着这两个问题，罗伯特·希利尔与艾伦·泰特、约翰·贝里曼等八十四位作家展开激烈的论争。前者强烈批评指责评委会的选择，后者则极力维护评委会的决定。尽管拉夫与《党派评论》没有加入这场论争，但拉夫还是对于这次事件可能会带来的后果非常敏感。拉夫没有像欧文·豪那样推脱，“庞德从来就不是我们的诗人……他是他们的诗人，现代主义文学右翼的偶像”。[57]他在听到博林根诗歌奖颁奖结果时，曾气愤地表示：“这是个挑衅。”[58]施瓦茨也曾指责艾略特、艾伦·泰特，以及其他幕后人员策划了一场法西斯阴谋。

的确，对捍卫现代主义的知识分子来说，授予一位法西斯分子公共荣耀确实是一件令人气愤和难于接受的事情。然而，公开宣布反对博林根诗歌奖则毫无疑问会触及他们自己的敏感之处，无法解释他们一直为之奋斗的信仰与目标。否定庞德就相当于否定现代主义，因此，他们极不愿意看到自己站在罗伯特·希利尔而不是艾略特的一边。另外，评委会在宣布奖项时曾公开声明过评判标准：“超越诗歌以外的其他考虑会动摇决定，会破坏奖项的意义，会在原则上否定任何文明社会依赖的客观价值的有效性。”[59]如果对评委会的决定表示异议，就意味着承认对艺术价值的评判不仅包含形式的审美考虑，还包含着艺术家的社会、政治以及艺术责任等等。这样，他们又被迫面临艺术审美与参与的双重倾向中固有的、但却难于解决的矛盾。

然而，拉夫对这一问题最终还是没有回避。他与格林伯格一样明确表示了艺术审美中道德价值的重要性：“我讨厌我们时代文人中盛行的艺术崇拜倾向：那种只要艺术家成功了或看似成功了就几乎忽视其道德或智识缺陷的傻瓜艺术……社会上出现了前所未有的对道德白痴的容忍。”[60]

如果庞德事件挑战的是他们的“革命先锋”概念的话，那么接下来的问题却是对他们“文化先锋”概念的挑战，因为到20世纪中叶，拉夫他们自认为的文化先锋地位已经动摇。这一点他们自己也已经认识到：作为独立的知识分子，他们正在经历一个不可避免的机构化的过程，因而他们是难于实现他们的先锋理想的。

早在1939年，拉夫就悲观地认识到在全球范围内社会已经“接纳”了知识分子阶层，在极权主义国家是通过暴力形式，在资本主义国家是通过组织形式。[61]战争的到来加快了知识分子融入社会，威廉·菲利普斯认为，“独立意志与纯粹的生存努力已变得无法分离”。[62]阿瑟·凯斯特勒则敦促知识分子抗拒战时的动员，坚持“独立思考”。[63]拉夫将这种独立价值的堕落直接归咎于知识分子阶层社会经济地位的变化。他指出，在战前，“许多知识分子充其量不过是‘游民无产者’，这使他们能采取对社会决不妥协的波希米亚立场”，然而，“新政”扩大了政府机构，并且战争突然使既有地位、报酬又丰厚的工作唾手可得，因而知识分子从“游民无产者”变成了“游民资产者”。[64]当然，除了政府工作的诱惑，还有蒸蒸日上的文化工业的侵蚀，用威廉·巴勒斯的话说，市侩已经渗入先锋堡垒。到20世纪40年代末，知识分子的机构化过程已基本完成。在1948年《党派评论》召开的“美国写作现状”专题研讨会上，克莱门特·格林伯格道出了知识分子的真实现状：

> 我认为过去十年在美国文学中最具普遍影响的事件是先锋逐渐被官方和商业文化所接受……也就是说，先锋被职业化了，被纳入了职业领域；先锋知识分子再也无法超越规范去冒险，再也无法以真理与卓越之名义拒绝遵守世俗成约的条条框框。如今先锋作家成功了，进入了名人行列：他们获得了大学、出版社或杂志社的工作，发现出版作品相对容易。他们被邀做讲座、参加圆桌会议、为经典写序，甚至还赢得了公共人物的地位。[65]

由此看来，随着知识分子的机构化，先锋已退出与中产阶级文化的战斗。种种因素使得知识分子被迫重新考虑现代主义的政治主张，承认他们审美主义中存在的局限性。显而易见，在20世纪中叶，知识分子已无法再去追求现代主义先锋的独立。机构化的压力使他们不能继续倡导超然与独立。到1950年，旧的激进文化悲观主义对他们来说已毫无用处，他们只有另觅他径。

3 共产主义的堕落与蜕变

20世纪30年代共产党在政治和实践上对无产阶级文学运动的操纵使拉夫等知识分子对共产主义组织的文化寓意逐渐产生怀疑。他们从最初赞许与推崇共产党的文化政策，发展到不满与抵触，最终与共产党决裂。拉夫指责共产党牺牲了激进思想的完整性，还与自由分子结成联盟，最终导致了革命文学的失败。在这个意义上，拉夫提出共产主义分子与人民阵线的自由主义分子都是美国文化中的落后、堕落势力，因此也是反动势力，他们在本质上与法西斯分子无多大差别。拉夫相信自己代表真正的马克思主义，因为他坚持世界主义和文化进步，而共产党操纵的共产主义却是对马克思主义的歪曲，既是“反城市、反知识分子、反世界主义的”，又是“停滞、狭隘、功利主义、独裁，以及堕落的”。[66]

3.1 反斯大林主义

如果说美国国内无产阶级文化运动的失败导致了拉夫对共产党及其领导的共产主义运动的怀疑，那么最终使拉夫对全球范围内的共产主义失去信心的是1936至1937年的西班牙内战与莫斯科审判。这两件大事进一步激发了拉夫的政治意识，使他一度从文学走向政治。我们现在读到的许多拉夫的优秀文章大多数是他对那段特殊历史的回应之作。

西班牙内战是对人民阵线的考验。许多作家加入西班牙内战，因为他们相信那是法西斯主义与反法西斯的自由主义与左派力量的重要较量，然而事情并没有按照他们所想象的那样发展。莫斯科审判和斯大林随后清除异党的做法大大震撼了美国知识分子阶层。他们开始对苏联表示怀疑，最后对苏联共产主义的信仰彻底崩溃。苏联、苏共及其意义曾经是美国广大知识分子加入共产党的强大动力，现在它们在美国知识分子心中完全瓦解。

与菲利普斯一起，拉夫对这两件大事表示出了极大的愤懑。他既指责人民阵线对西班牙局势反应缓慢，又指责斯大林领导下的苏联"抛弃了一个又一个国家的无产阶级"。然而，一开始拉夫没有对莫斯科审判表示出直接的谴责，只是认为其中"定有阴谋"。[67]1938年，拉夫写了著名的《心灵的审判》一文。在文中，拉夫言语激愤地谴责了斯大林政党的残暴行为，指出无法用理性解释对十月革命领袖的屠杀，唯一可以解释的是斯大林"组织统治着苏联生活的每一方面"。在国家与党这台强大的机器中，"个人被剥夺了任何可以想象的抗拒方式，权威是铁板一块的，财产与政治合二为一"。这种独裁导致了知识分子对苏联共产主义实践的怀疑与不安。拉夫极为失望地质问："如今，谁还有胆量重申自己的信仰，克服上当受骗的感觉？"人们感到恐惧，拉夫怀疑"这种恐惧会不会很快变成现实，从而排除希望"。[68]

拉夫继而又义正词严地指出，在苏联发生的这种不幸根本不是因为马克思共产主义理论的错误，而是因为斯大林篡改了经典马克思主义的共产主义学说，使之蜕变成了本质上极权的斯大林主义。因此，拉夫提出在美国知识分子内部，反斯大林极权主义之战应首先捍卫真正的共产主义、批评蜕变的共产主义者。

托洛茨基作为马克思主义的捍卫者，作为斯大林独裁与罪恶的受害者与揭露者，自然成为反斯大林主义之战的关注中心。在20世纪30年代的美国，对托洛茨基的评论总是落入两个极端——亲和派与反对派，几乎没有折中派。当时除了斯大林，几乎没有哪位马克思主义者能激起如此两极化的反应——热烈拥护或强烈厌恶。当然，对托洛茨基的评价离不开对斯大林的态度：亲斯大林会妨碍对托洛茨基的肯定，而斯大林对托洛茨基的恶行则会加大托洛茨基对反斯大林主义分子的吸引力。因此，托派的存在离不开斯大林主义，它常常是以反斯大林主义的姿态出现的。

不言而喻，拉夫的反斯大林主义立场使他逐渐走近托洛茨基。在《伟大的局外人》一文中，拉夫在开篇就痛心疾首地指出20世纪30年代是“庸俗意识形态与机会主义的时代，是两面派与权利崇拜的时代”；30年代的“激进”政治气候是斯大林主义的，因为那是由“斯大林党派机器所操纵的激进主义”。[69]拉夫指责美国左派知识分子对托洛茨基冷漠。在他眼中，托洛茨基不仅具有“独特的知识分子才能”，而且还是“马克思主义的伟大领袖”、“革命的战略家”、“十月革命的主要组织者”以及“内战期间红军胜利的指挥官”。[70]拉夫还肯定了托洛茨基的政治民主思想与目标，并赞扬托洛茨基是“伟大的局外人”。拉夫表示他真的“难以相信”美国竟然有相当数量的知识分子联合签名，反对约翰·杜威委员会调查斯大林对托洛茨基的指控，甚至还发表宣言，告诫“所有善良之士”那些批评莫斯科审判的人是在“诽谤苏联”和“打击进步力量”。拉夫指出，宣言的本质是“试图使血腥清洗与斯大林的‘正直’合理化”。[71]

拉夫还从文学和政治的角度分析了伊萨克·多伊斯彻写的托洛茨基传记《被放逐的先知》。他同意多伊斯彻的观点，认为自1929年被流放之后，托洛茨基一直是位“伟大的局外人”。拉夫肯定托洛茨基的思想，指出那“是古典马克思主义的……与进步的西方革命前景紧密相联”。对托洛茨基而言，“政治是为了最高目标的有意识的历史创造”，那里“有他的历史尊严与力量”，托洛茨基的政治性格是在从下而上的革命和无产阶级民主的尝试中形成的。同时，拉夫也指出了托洛茨基的某些不足，例如，托洛茨基对于原则与思想的忠诚大大削弱了他的反斯大林主义斗争；托洛茨基低估了斯大林的狡猾、凶悍以及残酷。拉夫认为，“只有去除党的权力垄断，托洛茨基的真正作用及其政治信条才能被生活在共产主义中的人们所了解。托洛茨基代表西方的共产主义倾向。这使他在生命的最后几年，在苏联号召了一次反对贵族专制的政治革命”。这场革命体现了他的民主目标——“保存并加强苏维埃国家以及集中计划经济的基本社会特点”。[72]

拉夫还特别提到托洛茨基对现实问题具有惊人的洞察力。托洛茨基在对德国局势的分析中，曾明确表达共产主义运动是唯一可能阻止纳粹权力的一大力量。拉夫指出，如果托洛茨基有关希特勒的理论能早点得到重视或付诸实践，那么惨绝人寰的大屠杀可以避免。在这一点上，拉夫非常赞同欧文·豪对托洛茨基的看法。欧文·豪曾表示：“要是他的建议早点被接受，就会避免一些恐怖之事；至少德国工人阶级会加入斗争，而不是让纳粹暴徒丝毫不受抵抗地夺取政权。”[73]

除了在对马克思主义的理解和某些政治观点上具有相似性之外，使拉夫与托洛茨基走近的另一原因是对某些文化问题的理解的一致性。在托洛茨基评论斯大林主义和苏联历史进程的论著《被出卖的革命》中，拉夫发觉就斯大林对苏联艺术的影响，托洛茨基与他的看法极为相似。首先，托洛茨基批评斯大林干涉文化的各个领域，使文化屈从于党的领导，导致激进主义的衰落和无产阶级文学运动的失败。其次，托洛茨基对苏联作家的评论与拉夫对无产阶级文学的评论极为类似。再次，托洛茨基与拉夫一样坚持捍卫艺术的独立性与自律性。例如，在托洛茨基刊登在《党派评论》上的《艺术与政治》一文中，托洛茨基认为：“艺术，与科学一样，不仅不寻求指令，而且在本质上无法忍受指令……真正的知识分子的创作与谎言、虚伪和从众精神不相容。”托洛茨基还在文章最后表示，“艺术只有当它忠于自身的时候才能成为革命的坚强盟友”。[74]一年后，在文化自由与社会主义联盟的声明中，出现了与托洛茨基的这种思想极为相似的思想，只是语词略有改动而已。

斯大林主义分子与托派分子之间的政治论争经常围绕诸如“永久革命”、“一国的社会主义”、“老布尔什维克与斯大林官僚”等问题，但在美国的反斯大林主义分子看来，“老布尔什维克与斯大林官僚”之争也是一种文化斗争。例如，麦克唐纳将苏联电影的不良现状归罪于斯大林。在拉夫的分析中，文化问题与政治问题也紧密相联；反斯大林主义加强了革命的现代主义。拉夫在对陀思妥耶夫斯基的《群魔》的评论中发现了有关斯大林主义的教训，并且强调陀思妥耶夫斯基即使没有激进思想，也有“革命洞见”。他表示：“在某种意义上，斯大林主义是涅恰耶夫主义加国家权力。斯大林主义是‘代替群众’的行动，而不是群众参与或通过群众的行动。小说中脱离群众欲推翻沙皇的企图，相当于‘斯大林欲脱离工人阶级的命运在苏联建立社会主义的企图’。如果涅恰耶夫主义代表革命的前马克思主义阶段，那么斯大林主义则代表革命的后马克思主义阶段。”[75]

当然，吸引美国知识分子的还有托洛茨基的个人魅力。在美国激进知识分子的心目中，托洛茨基既是位政治思想家、马克思主义理论家、作家，又是位行动者、辩论家，还是位伟大的十月革命领袖。托洛茨基是知识分子与政治目标、激进主义与智性相结合的典范。他既“代表四海为家的犹太人的冷漠睿智与超然”，又在某种程度上是“失败的象征，是有思想却没有权势、有文化修养却不擅政治活动的人”。[76]

尽管托洛茨基对知识分子有很大的吸引力，拉夫也非常欣赏托洛茨基其人及其某些思想，认识到他对《党派评论》激进的文学与艺术立场的重要性，但拉夫最终还是没有成为托派分子，因为毕竟他与托派无论在政治上还是在文学上都存在着许多差异。尽管拉夫承认他自己是个亲托派分子，但他拒不承认《党派评论》是托派杂志。拉夫和其他编辑在《党派评论》十周年纪念活动中曾对杂志的立场作过总结，他们坚持认为托洛茨基对他们的影响不是压倒一切的，而是有限的：“尽管在某些方面，我们被说成是托派分子，事实上只有麦克唐纳是托派成员，而且也仅仅持续过很短一段时间。我们的编辑立场被说成是托派的，主要是因为我们同意托洛茨基对苏联专政的批评，因为我们敬仰他这位马克思主义学说的拥护者。然而，我们不愿意接受托派的许多具体理论与实践。”[77]

具体说来，拉夫所代表的《党派评论》与托洛茨基的思想分歧之一体现在对人民阵线的看法上。尽管拉夫他们与托派都是反人民阵线的，但在思想基础上却存在着明显的差异。例如，在斯大林与资本主义国家之间的联盟这一问题上，托洛茨基认为斯大林加入人民阵线是在向资本主义民主国家屈服，而拉夫的观点正好相反。拉夫认为，那是“盟国，而不是斯大林在卑躬屈膝”，原因在于人民阵线放弃独立立场，支持民主资本主义仅是在做表面文章。拉夫指出，“除了口头承诺以及解散共产国际这种纯粹形式上的让步之外，再也没有别的实质性的东西”；其真正的目的是为了“获得政治和物质的援助，攫取资本主义的好处”。[78]拉夫一针见血地指出这本质上是一种欺骗行为，旨在利用和操纵别国人民，因为早在1935年，共产主义就拒绝所有的左派联盟，如今却号召成立新的联盟，这事实上是一种“特洛伊木马策略”，将共产主义掩盖在一把更为吸引人的保护伞下，其所谓的反法西斯的或和平的或别的体面的抽象理想实际上与传统的自由主义理想无甚区别。另一方面，拉夫谴责支持人民阵线的斯大林主义分子出卖了他们的激进主义。他指责第一届作家大会“引导作家放弃革命方向去捍卫资本主义民主秩序，这其实不亚于背叛。斯大林主义分子已将反法西斯主义变成了捍卫现状的最新理论基础”。[79]因此，拉夫认为如果加入人民阵线，激进团体就是在向斯大林低头。

而对于人民阵线的思想本质，拉夫是这样看的：“我认为那种思想不仅不是革命的，而且就其政治混乱、逃避历史选择、寻求空洞的心安理得的俗套而言，是极为资产阶级的。”[80]这种具有虚假的战斗精神的资产阶级思想，在拉夫看来，是一种堕落的人道主义，因为它从未想要了解苏联的真相。拉夫还尖锐地批评了这种人民阵线思想的代表人物之一——忏悔者惠特克·钱伯斯。拉夫指责钱伯斯的做法是在抹杀个人在历史中的作用，为斯大林开脱罪责，甚至还因斯大林实行大清洗而将他描绘成了一位"革命政治家"。拉夫认为这纯粹是错误的。拉夫质问："有什么证据说大清洗推动了共产主义事业，而且在任何意义上是'客观必要的'？"事实上，大清洗"以相当大地削弱了全球共产主义运动为代价，加强了斯大林独裁，动摇了人们对苏联神话的信仰"。拉夫还批评钱伯斯认识不到对斯大林而言权力是目的，而不是手段："对斯大林政党分子而言，他们为了自己的利益不惜牺牲伟大的事业"，对权力无限制的欲望使他们像乔治·奥威尔《一九八四》中的极权分子一样，只知道追求一个目标，那就是权力；在他们心中，"迫害的目的就是迫害，折磨的目的就是折磨，权力的目的就是权力"。[81]显然，拉夫质疑钱伯斯之类的人民阵线主义者是为了说明此类人与斯大林主义分子在本质上并无差别。在这一点上，拉夫与托洛茨基的看法是一致的。

因此，正如有些学者所指出的那样，拉夫与《党派评论》的反斯大林主义、反人民阵线立场使得他们与托洛茨基的关系比他所宣称的要微妙得多。[82]一方面，对于像拉夫与菲利普斯那样致力于文学而非政治机构建设的激进知识分子而言，托洛茨基及其思想或多或少是他们与共产主义最终决裂的一个支点；另一方面，以前他们反对共产党主要是因为共产党使文学评论屈从于政治需要，如今托洛茨基对斯大林主义的批判拓宽了他们反斯大林主义的视野，而且托洛茨基对政治事件分析的深度与广度毫无疑问影响了他们的思想与思维方式。

3.2 战后的反共主义

由于战后美国环境的急剧变化，对美国激进知识分子而言，当初大萧条所带来的期待已不复存在，他们对未来的期望已大大降低，对变化的信仰也逐渐减弱。赢得战争之后的美国社会既没有成为麦克唐纳所害怕的那种组织严密的法西斯社会，也没有成为广大知识分子所期待的完全民主的社会，而成为一个对文化、政治都不怎么敏感的平庸社会。[83]战争结束了，法西斯主义被打败了，苏联与国内的共产党成了对美国社会的最大威胁。

自从就美国参战立场与麦克唐纳进行论争最终导致麦克唐纳辞职之后，拉夫很少谈及政治问题，《党派评论》也很少刊登反战文章，很少讨论苏联问题。但在战后，政治又开始浮出水面。《党派评论》引导了一场消灭苏联和人民阵线的残余联盟并反对极权主义的运动。对拉夫来说，战后的这场运动与战前的反斯大林主义斗争一样艰巨。他曾针对战前的反斯大林主义指出：“走这条路并不容易，因为知识分子的舆论是坚决反对我们的，越来越多的人发现面对纳粹侵略的威胁时，支持斯大林主义分子是完全合理的。”[84]在1946年年初，拉夫又表示：“在资产阶级和自由主义报刊上，公共舆论几乎是清一色的斯大林主义的，至少在纽约看起来是这样。”[85]鉴于这种气候，拉夫向乔治·奥威尔表示了对他的新书《动物农场》在美国能否被接受的疑虑。威廉·菲利普斯对战后局势也有同感，他在1946年写信给阿瑟·凯斯特勒，邀请他当《党派评论》的伦敦记者时，也提到斯大林主义在美国国内的影响：“我们几乎不用告诉你美国自由职业分子在斯大林主义问题上的巨大混乱与无知。我们已经在竭尽全力打破斯大林神话。”[86]

然而，拉夫与菲利普斯还是清楚地认识到战后的反共主义与战前的反共主义在性质上存在着极大的差异。战前的反共主义基本上立足于托派立场，旨在揭露布尔什维克革命的堕落、斯大林的独裁以及革命被出卖，但革命作为一种理想对他们还是具有很大的吸引力，正如拉夫在《再论自由的反共主义》一文中所宣称的：

> 尽管我们的马克思主义方法绝对不是“正统的”，但我们并不认

> 为我们放弃了基本纲领与理念；我们也绝对不认为自己是回到“资产阶级”阵营的曾经迷失的孩子。因为我们脱离的不是马克思列宁学说所阐释的共产主义，而是被称为斯大林主义的马克思主义在苏联的体现。[87]

战后的反共主义首先指向的是那种他们曾肯定过的革命理想。拉夫与菲利普斯再也不觉得俄国革命，甚至在其最初阶段，是他们曾相信的伟大进步力量。他们不仅认为斯大林是革命的败坏者，还要弄清苏联是如何在斯大林领导下在战争中强大起来的，以及苏联何以会对美国构成直接的政治、军事威胁。

对苏联的认识与反思中最重要也最具争议的文章是詹姆斯·伯纳姆的《列宁的继承人》一文。伯纳姆指出，苏联发生的不是“被出卖的革命”，而是“被完成的革命”。他认为在这点上托洛茨基错了。伯纳姆还认为斯大林不像托洛茨基所言是一位平庸的领导人，而是一位沿袭沙皇古老传统的伟人。伯纳姆最后总结说：“斯大林主义就是共产主义。”[88]对伯纳姆的观点最先给予还击的是德怀特·麦克唐纳。麦克唐纳指责伯纳姆这样说是在将美国知识分子置于服从与屈从的地位。拉夫与菲利普斯尽管没有像麦克唐纳那样反应强烈，但对伯纳姆的思想也提出了自己的看法。一方面，他们指出伯纳姆的那种“伟人”理论加强了人们对共产主义的恐惧。他们质疑：如果斯大林是伟人，那么他领导的运动应该令人恐惧、引起重视，而不是被忽视；如果苏联发生的不是“被出卖的革命”，而是“被完成的革命”，那么那种革命定会令人不寒而栗。拉夫与菲利普斯还觉得，尽管列宁主义与斯大林主义差异很大，但它们之间有延续性。另一方面，拉夫读过托洛茨基所写的《斯大林传》之后，表示在“斯大林可以与俄国沙皇相比”这一点上，他同意伯纳姆的看法，因为如今在苏联取代官僚统治的是一种具有新秩序的全新统治阶级，它既敌视社会主义又敌视资本主义。菲利普斯则表示，从战争表明苏联具有勇气和力量打败德国，成为世界列强这一事实看，苏联有可能对美国构成威胁。因此，他认为支持苏联或企图与苏联调和的自由主义分子对美国的文化政治生活也是威胁。[89]

这场有关苏联的论争主要体现在1946年夏天的《党派评论》社论《“自由”的第五纵队》中。一年前，拉夫曾将“极权主义的自由主义分子”称为“第五纵队”；如今，自由主义分子作为“叛徒”的概念已大大扩展。在社论中，拉夫与菲利普斯强烈谴责了支持苏联或企图与苏联调和的自由主义分子，他们也被归入“第五纵队”。这些人中有总统夫人埃莉诺·罗斯福，拉夫与菲利普斯讽刺她是一位“不知疲倦的”总统夫人，“为了确保美国的‘安全’”，一直在“为与苏联的‘合作’呼吁”。社论同时还谴责了“胆小保守”的美国国防部，它受自由主义分子的唆使正在为“斯大林火中取栗”。[90]事实上，拉夫与菲利普斯关注的不是共产主义者的立场，而是共产主义者为苏联利益服务的潜在意识。

从历史上看，拉夫与菲利普斯对自由主义的反感具有连续性。在20世纪30年代的革命岁月中，他们批评自由主义分子是非革命分子，因为自由主义分子“在国内政策上支持罗斯福，在国外政策上支持斯大林，视斯大林为反法西斯的堡垒”；在战争来临之时，自由主义分子是像布鲁克斯与麦克利什那样的民族主义分子；战后则是玛丽·麦卡锡与麦克唐纳那样倡导对共产主义采取“柔和”路线的亲斯大林主义分子。在战后面临政治选择之时——是斯大林主义的苏联还是民主资本主义的美国，许多知识分子选择了后者。但是，对拉夫而言，他既不支持莫斯科的现行政权，因为他认识到在苏联“尽管已经除去斯大林主义最坏的一些特点，但还远远不能兑现俄国革命的最初承诺”；也不支持自由的反共主义，因为那些前激进分子与前马克思主义分子“与普通的市侩无甚区别”，他们的反斯大林主义已变成一种“排除了其他考虑与思想的职业姿态”、“不亚于或甚至就是一种历史哲学的总的人生观”。[91]拉夫在1967年申明自己与自由主义划清界限：“我从来就不是一位自由的反共主义者，或任何类型的自由主义分子，而是一位民主社会主义者。”[92]

拉夫不欣赏惠特克·钱伯斯那样的自由反共主义分子那忏悔者的热情。尽管拉夫肯定钱伯斯作为局内人对揭露苏联军事情报的重要性和意义，但还是毫不客气地批评了钱伯斯的新政思想、人民阵线思想、极右倾向以及宗教意识。拉夫也不认同冷战时期的反斯大林主义分子。他指出他们：

> 将马克思主义过去等同于原罪说，已变成美国统治精英的诡辩者与溜须拍马者。当然他们还在假装与过去一样反对斯大林主义。……共产主义的兴起表示资本主义处于主导地位的世界秩序结束，它迫使人们承认美国再也不是世界文明的基本模式。……共产主义的存在使美国资本主义害怕，就像新教的兴起使天主教害怕或法国革命使贵族害怕一样。

拉夫指出,这些人所害怕的是美国失去在“太阳系中的中心地位”以及美国资本主义的自由受到牵制，他们代表了美国的冷战立场，其本质是为了“巨大力量的对抗”。拉夫表示:“如今意义上的反共，相当于反对任何形式的真正的社会主义，它毫无疑问为华盛顿的决策者（以及为他们服务的媒体）提供了加剧冷战所需的意识形态养料。”[93]拉夫的这种观点与欧文·豪的立场差不多，欧文·豪也曾宣布：“我们的反共主义无关与外交政策有关的提议。”同时，拉夫还谴责像麦卡锡主义那样的右派反共主义，他反对知识分子参与校园清洗那种共产主义。

1947年，《党派评论》组织了一次有关“社会主义的未来”的专题讨论。由于社会主义在过去所经历的一切——科学与理性的信仰没有带来任何成果，工人阶级没有完成历史使命，苏联堕落为极权主义国家，因此人们感到社会主义前途渺茫。拉夫对“社会主义的未来”的看法主要体现在一年后的一篇文章中。在那篇文章中，拉夫批评了两种思潮：一种是约翰·多斯·帕索斯所代表的放弃社会主义、采纳“自由事业”的思想；另一种是德怀特·麦克唐纳所代表的由社会主义转向和平主义，从作为导师的托洛茨基转向甘地的倾向。拉夫呼吁目前应采取一种冷静的办法，结束对意识形态和乌托邦的梦想。拉夫指出，20世纪30年代的希望已永远破灭，“自由王国”一定要被“更高层次的必然”替代。拉夫渴望一种“清醒的社会主义”，拒绝自动进步，但他还是没有放弃对科学的信念，他似乎一直努力捍卫自己的思想——民主社会主义，因为对他来说，“毕竟，没有什么别的思想”。[94]

如果让拉夫在民主资本主义与斯大林主义之间进行选择，无疑，他会选择前者——两害相权取其轻，毕竟，与斯大林的独裁相比，美国是个实施公共福利和多种经济计划的民主国家。但是，拉夫还是相信民主社会主义，相信社会民主力量（包括像他那样的知识分子）应该与美国政府联合起来反对苏联扩张。为此，拉夫曾提议欧洲民主社会主义政府与美国建立联盟。他相信这个联盟不仅能够对苏联发起有效军事行动，而且还能加快真正的社会主义在西方的传播。[94]

拉夫战后的政治激进主义，如他将拒绝共产主义的知识分子描写成无家可归的激进分子一样，也是无家可归的。他的这种激进主义尽管与资本主义有一段暂时的联合，但还是不依附任何运动。拉夫的这种激进主义还存在着看不到人类社会伟大进步的缺陷，尽管他提出以一种“更高层次的必然”去替代社会主义的目标。[95]拉夫对社会主义的态度说明他一直忠于自己的思想，即使自由主义在1948年并不比1938年更有吸引力。尽管革命被出卖了、失败了，但是要他永远放弃社会主义是不可能的，就像他不可能放弃激进话语一样。但当面临苏联的“绝对罪恶”时，拉夫觉得似乎有必要与美国社会和解，他承认“不管人们怎么说，美国的民主，它的确存在”。[96]

拉夫的文学思想

拉夫与共产主义的脱离标志着他开始成为一名真正的文学批评家。从1939年到20世纪60年代末的三十年间，拉夫创作了一批堪称一流的文学批评文章。尽管拉夫并不多产，但这些文章足以表达一位文学批评家的主要文学思想和文学情感。拉夫的文学兴趣主要集中在果戈理以后的现代作家与批评家身上，因此他的文学批评实践主要指向三大领域：作家与作品、批评家身上，以及文学思潮。

文集《意象与思想》最早出版于1949年，共收集了拉夫的十四篇文学主题文章，其中包括确立拉夫文学批评家地位的几篇最优秀、也最具影响力的文章，如《苍白脸与红皮肤》、《美国写作中对经验的崇拜》、《自然主义衰落札记》，还有对美国作家纳撒尼尔·霍桑、亨利·詹姆斯，俄国作家托尔斯泰、陀思妥耶夫斯基，欧洲作家卡夫卡、阿瑟·凯斯特勒等的评论。1957年的扩充版在原来的基础上增加了八篇强有力的批评文章，同时删去了初版中的《〈群魔〉中的陀思妥耶夫斯基》以及一篇战时反对伯纳德·德沃托的辩论文。拉夫在序言中言明删去的理由是这两篇文章“在今天看来意义不大”。[1]增加的文章有《卡夫卡入门》以及七篇批评随笔，如《艺术与第六感》、《战后局势下的美国知识分子》，以及对美国作家赫尔曼·梅尔维尔、海明威以及英国作家艾略特等的评论。所有这些文章，除了关于果戈理的那篇，都在各家杂志上刊登过，其中大多数曾发表在《党派评论》上，还有的发表在《南方书评》、《肯庸评论》、《民族》、《新共和》、《新领袖》、《评论》等杂志上。

可以看出，拉夫的批评兴趣非常广泛，涉及美国文学现状和美国、苏联、欧洲的现代主义作家与批评家，还涉猎作家在某个特定时期的政治理念。这些文章非常清晰地显示了拉夫深刻又敏锐的批评智慧、宽广的批评视野、坦率的批评态度。拉夫通过对美国与欧洲文学的重新评价，以他所特有的对政治与道德的理解方式，表达了他在现代文化局势与意识形态中“寻求文化异议与文化实验形式”的努力与决心。[2]与思想一样令人惊叹的还有拉夫在《意象与思想》中使用的灵活的批评方法，如马克思主义、弗洛伊德心理学、人类学以及存在主义学说等，但拉夫具有“并不将自己禁锢于任何一种学说的强大能力”。理查德·蔡斯认为《意象与思想》最具特色之处在于那些文章所显露的“开创性”；[3]约翰·法雷里在《新共和》上也称赞那些“互相关联的文章是拉夫方法的胜利。其趣味之广……是超凡的”。[4]

拉夫的《神话与源泉》的平装本出版于1965年，共收录了十六篇文章。除了有关果戈理、契诃夫、艾略特以及海明威的四篇短评曾发表于1957年的《意象与思想》上，其余十二篇摘自于各家期刊杂志。其中大部分是拉夫对较早期的文学局势的反应及批评，例如题头篇《神话与源泉》、《宗教与知识分子》、《小说与小说的批评》、《批评与可供替代的想象》就是拉夫有感于时代潮流的洞察之作。《神话与源泉》还收录了拉夫对他最喜爱的俄国作家陀思妥耶夫斯基的评论，如《〈罪与罚〉中的陀思妥耶夫斯基》、《〈大法官〉》的传奇》以及对美国文学、美国作家与批评家的评论等。

美国西北大学的英语教授弗雷德里克·E.法弗蒂对《神话与源泉》的评论是：“拉夫所有的议题都具争议性，但他明断的语调、清醒的认识、广泛的兴趣、丰富的知识、敏锐的洞察力，以及朴实、爽直、清晰的风格使人不得不肃然起敬。”[5]然而，具有同样重要意义的是，《神话与源泉》反映了拉夫对时代潮流的抗拒，表现了拉夫的反潮流精神。毋庸置疑，文集中的大部分文章的争辩锋芒直接指向了美国20世纪40和50年代的文学运动和文学趋势，例如：文学界对神话—象征的狂热与猎取、过分强调对形式主义与传统主义价值的“新批评”，以及尽管短暂却也盛行一时的“宗教复兴”等。而到60年代，当时尚转向流行艺术、黑色幽默以及赤裸裸的色情文学之时，拉夫感叹，“文学知识分子对十年前所发生的事情早已淡忘”。拉夫在序言中指出：“在美国，我们似乎生活在文化健忘之中。每当时尚流行或对‘新事物’不加批评的反应盛行时，记忆就会变得非常短暂。”[6]因此，这本文集的出版一方面延续与拓展了《意象与思想》表现出的拉夫的宽广深邃的思想，另一方面又唤回文学知识分子对“十年前所发生的事情”的记忆，并提醒人们注意这种因对时代潮流的狂热所导致的文化“健忘症”。在这个意义上，《神话与源泉》无疑是治疗这种文化“健忘症”的一剂良药。

《文学与第六感》出版于1969年。在收录了《意象与思想》与《神话与源泉》的几乎所有文章的基础上，增加了《无产阶级文学：一次政治解剖》、《弗洛伊德与文学思想》以及对批评家F.R.利维斯、莱斯利·菲德勒、约翰·阿尔德里奇以及对一些与当时局势相关的美国、苏联、欧洲作家的评论。① 为了保持整本书语调的统一，拉夫排除了所有直接指涉政治问题的文章，因为他认为将文学—批评话语与直接的政治话语混杂在一起会破坏思想表达的连贯性与完整性。[7]

拉夫以“文学与第六感”来命名此书在很大程度上体现了他对“历史感”，即他所谓的“第六感”的兴趣。拉夫强调文学的社会决定作用与艺术家在时间维度中的存在。拉夫认为，对时间的现代意识就构成了“历史感”。这种“历史感”既是“过去文化所不理解的分析工具”，又是“全新的、令人振奋的现代情感资源”。[8]“第六感”长期以来一直影响着拉夫的文学态度与文学判断。拉夫对这种历史意识的偏爱可以追溯到他早期受到的马克思主义熏陶。尽管有段时期拉夫与马克思主义有一定距离，但拉夫还是从中“保留了某种方法、一定程度的社会与意识形态倾向，以及可以大胆地说，某种现实主义”。[9]拉夫承认他某些作品中的争辩语调也部分来自马克思主义传统。

除了受到马克思主义的巨大影响之外（拉夫本质上可以说是位马克思主义者），拉夫还受黑格尔、尼采、弗洛伊德心理学、卡尔·曼海姆的

① 《文学与第六感》删去了《意象与思想》中两篇有关陀思妥耶夫斯基的评论。拉夫在序言中指出他这样做是因为计划以后出一本深入研究陀思妥耶夫斯基的专著，而《文学与第六感》所增加的对陀思妥耶夫斯基两部短篇小说的研究原本是留给对莱因哈特平装本《家庭朋友》和《永远的丈夫》的介绍的，拉夫认为它们并不适合收录在这本专著中。但出于种种原因，这本一直计划着的专著长期未能如愿完成，这成了拉夫的莫大遗憾。

社会学、艾略特批评思想以及存在主义等多方面的影响，这些影响构成了一位文学批评家的主要批评视野。然而拉夫毕竟以《党派评论》编辑著称，因此《文学与第六感》在很大程度上也是一位党派人士和公共人物的思想体现，它或多或少带有时代的印记。在既关注时代，又关注文化的具体行为中，拉夫具有他独特的文学批评思想和文学批评风格。

1978年，在拉夫逝世五周年之际，为了表示对拉夫的纪念，阿拉贝尔·J.波特与安德鲁·J.德沃森合编了一本拉夫作品集，题为《论文学与政治：1932—1972》，这本集子精选了拉夫各个时期的代表作，基本上涵盖了拉夫所有的批评思想，最能体现拉夫作为文学和政治批评家的成就。文集分三大部分：美国作品与作家、苏联作品与作家，以及政治、宗教与文化。在保留前三本文集中绝大多数文章的基础上，《论文学与政治：1932—1972》收录了拉夫在后期所创作的文学批评文章，如拉夫分别于1971年与1972年写成的对戴尔默·施瓦茨与亨利·詹姆斯的评论，以及另外七篇政治评论文章。文集的另一特色是收录了拉夫对陀思妥耶夫斯基的所有评论，这无疑是对拉夫一直计划着但始终没有完成的有关陀思妥耶夫斯基专著的纪念。由于拉夫的前三本文集均已绝版，因此《论文学与政治：1932—1972》的出版无疑是对逝者的最好纪念。

1 批评与批评“理论”

1.1 批评与批评的目的

作为一位文学批评家，拉夫的批评实践完全来自于他对批评的认识。几十年的批评探索与实践使他形成了特有的一套有关批评的思想体系。尽管拉夫不是一位文学理论家，他的思想多半是对别的思想的反映或者说多半是由别人的思想引出来的，因而谈不上在理论上有多少的创新与建树，但那些思想不失为一位具有广泛影响的知识分子参与文学、参与历史的经验结晶，用拉夫自己的话说："批评家最需要的是恢复文学事件中参与者的角色。"[10]在这一点上，拉夫不仅做到了，而且可以说，他的思想还影响了一大批青年知识分子。

那么，什么是批评？在《批评与可供选择的想象》一文中，拉夫的回答是：首先，批评是文人的话语，是混合的话语；优秀的批评家知道混合的是什么，怎样混合。其次，批评是一种文学手段，但不是艺术手段。一篇评论文章既不是艺术品，又不是纯客观的创作，但由于批评与情感的对象有关，自然有必要采取一些情感的表达方式，会具有风格和象征指涉等等。再次，批评是一种"文学的上层建筑形式"，或者更直接地说，是"一种有关文学的文学形式"。它的生存取决于文学的议题及其基本经验。[11]拉夫的这一观念一方面是针对当时批评界对"新批评"时尚的迷恋提出的。他指出，此概念既不是"有力的定义"，又不是"包罗万象的理论"，只是一个"临时的方法"，作为对方法盲目崇拜的一次反驳。另一方面，这一观念又针对另一种说法，即将批评变成一门有关文学的科学。拉夫认为尽管有关文学的一系列事实可以或多或少地用科学的方法加以研究，但这种研究方法一般来说主要属于"学术成就"范围，不属于"文学批评"范围。对此观念，拉夫是这样进一步说明的："由于批评关注价值问题甚于事实问题，因此批评本质上不可能改变自身以期获得如社会科学那样的客观性，而且批评总是与价值问题、信仰问题以及意识形态的冲突问题联系在一起。"[12]除此以外，拉夫还表示，由于批评所关注的问题必然要渗入解释等诸多主观因素，并且由于历史的发展变化难以确保批评在意识形态的真空中进行，因而批评很难成为一门科学；更有甚者，历史的进程也必然会影响批评家的批评判断。据此，拉夫总结道：批评不可能在自我决定的完美中进行，它只能在文化需要及对其反应的历史框架中进行。

拉夫的这种看法，即将批评视为一种有关文学的文学形式，而非一种文学的科学，基本上能经受得起考验。拉夫设想并回答了两种可能的反对意见：一是这种说法会抹杀批评的认知功能；二是它会使批评变成一种本身具有目的的手段。对第一种反对意见，拉夫是这样回答的：“毕竟，批评家主要关注的是发现以及证实有关文学过程的真理，而创造性作家关注的是作品的虚构以及形式的阐述。……就像文学具有与生活有关的认知价值，批评也具有与文学有关的认知价值。”[13]拉夫还明确表示他的这种批评观的一大优点在于“它与形式的审美理论无关，是对批评行为的经验观察的结果”；另一大优点在于“这个概念还具有组织系统的吸引力，它重新塑造了文学思想的统一性，使批评与创造才能结合起来，而并不像如今的理论家那样，将它们分离、隔开”。[14]

对于第二种反对意见，即“使批评变成有目的的手段”的指控，拉夫的解释是：从主观上说，批评家会情不自禁地将他的批评视为目的，因为在对艺术的反应中，他是在表达自己的观点，阐述自己的思想，以及投射自己对生活的看法，尽管这种看法是通过评判他人并且以间接的、零碎的方式提出的。然而，客观地说，批评与其他文学手段不同，它没有自律性。拉夫驳斥了约翰·米德尔顿·默里认为批评的作用与文学一样，即批评为批评家提供了一种表达方式的说法；也驳斥了雷米·德·古尔蒙将批评视为主观的文学形式，认为“批评家觉得他是在评判别人的作品，其实他流露、暴露的是本人的观点”的论断。[15]拉夫进而提出自己的观点：批评是批评家对文学作出反应的手段，也是对生活间接回应的手段，因此，在整个文学系统内，拉夫认为批评很难说是一种目的，它主要是达到目的的手段。

那么，既然“批评很难说是一种目的”，为什么还要从事批评？批评的最终目的又是什么？拉夫认为：“对一部艺术作品进行阐释、评价，就是在吸纳这部艺术作品，吸纳本身是一种调和行为——在艺术与艺术家、传统与创新、部分与整体，以及从长远来看在艺术与人生之间进行调和。”[16]这种调和作用既是必不可少的，又是极有价值的，在这层意义上，拉夫视批评家为周旋于文学与生活之间的有责任之士。同时，拉夫还辩证地指出批评的另一面，即为文化服务的作用。拉夫强调批评主要起着为文化服务、为文化利用的作用，批评一旦完成了这种为他者服务的使命，也就“寿终正寝”了。这个批评的另一面揭示了批评的依附性与狭隘性。拉夫指出，这就是为什么与其他写作类型相比，批评作品的生命力较弱；并且随着文学的变迁、时代的变幻，有些批评会随着历史的尘埃被扫入垃圾堆。但拉夫又指出，批评的这种依附性与狭隘性又表明了批评的生命力：只要文化存在，批评也就永远不会“寿终正寝”。

拉夫的这种批评观既体现了他对“新批评”过于极端的片面性的有力对抗，又体现了他作为一名批评家务实又辩证的批评态度。他纠正了人们对于批评的错误的、机械的认识，澄清了批评与文学，乃至批评家与文学家之间的根本差异，肯定了批评的生命力，从而奠定了他作为批评家的批评基点。

1.2 批评方法

19世纪以来尤其是20世纪，随着人类创造力的增强，科学与文化也有了突飞猛进的发展。文化进入了一个前所未有的繁荣时期，同时，批评也呈现出欣欣向荣的局面。各种批评方法应运而生，令人眩目。从19世纪占主导地位的以研究作家为主的浪漫主义、现实主义和实证主义，到20世纪20和30年代转向以研究作品为主的俄国形式主义、语义学、新批评和结构主义，到30和40年代开始关注读者接受的现象学和存在主义文论，再到60年代的阐释学与读者接受理论，各种批评理论都盛极一时，各有侧重。拉夫不是理论家，对文学理论不感兴趣；他也无意建构任何在他看来既空洞又抽象的方法与理论。拉夫的兴趣在于具体的问题，例如批评兴趣、批评方法、批评的质量与意义等。

有感于当时批评常用的两种方法——展望法与回顾法，拉夫提出了自己的看法。首先，拉夫认为展望法批评家，如华兹华斯、艾略特、庞德等，视文学为时代的实际存在，他们参与文学事件，将自己与文学联在一起，并试图影响文学的发展进程。拉夫援引了庞德的话，“最优秀的批评无疑旨在创新并给写作注入新的活力”，以及艾略特的观点，“重要的批评家在专注当今艺术问题之时，希望用过去的力量解决这些问题。……他不能缺少创造性的兴趣，以及对不远的未来的关注”，[17] 试图证明正是出于这些理念，评论家才创作出了如此优秀的评论。拉夫表示，令人遗憾的是，这种“对于目前艺术的关注、对于急剧变幻的情感的不断接受，以及对新的经验的反应”[18] 在那些回顾法批评家身上是看不到的。回顾法批评家视文学为一劳永逸之物，安于过去视文学的规范而非文学的潜力为至尊。因此，在拉夫看来，那些回顾法批评家缺乏创新性、灵活性以及足够的深度。其次，尽管展望法批评家关注的是当今问题，但他们并不将自己局限在当代文学。古典文学也是他们的研究对象。他们研究伊丽莎白时代的剧作家和17世纪的诗歌，目的是为了使过去的杰作成为激活自己时代创造性想象的全新手段，使文学传统一代代传承下去。拉夫指出，尽管回顾批评家也研究过去的文学，但他们的目的仅是为了满足职业的好奇或者猎古的乐趣，而不会或很少会将它当作活生生的经验。

拉夫关注两种方法的初衷是回应贾雷尔·兰德尔所言的批评的膨胀导致“我们的时代成了批评的时代”。那么，兰德尔所言是否属实？拉夫认为，尽管当代批评显得较为繁荣，但几乎说不上具有展望法批评的特征。拉夫承认优秀的批评展现了选题、表述、论证等方面的优秀特征，如博学、良好的鉴赏力等，但总的来说，批评还是缺乏“创新的原动力”。尽管如今的批评已意识到艾略特所说的“过去的力量”，但其作用还是局限于对过去的了解而不是对现代的参与。拉夫明确表示，如果创造性作家缺乏活力，那么很难期望批评能够承担职责。艾略特时代的批评创新与该时代的文学实践在情感与方法上是密不可分的，因此拉夫提出批评力、批评方法与文学创作是紧紧关联的。

拉夫还肯定了马修·阿诺德在其文章《目前的批评功能》中提出的批评力与创造力之间的关系。拉夫非常欣赏阿诺德的观点，他认为阿诺德所言与他们所处的批评现状非常接近，尤其是在当今缺乏创造力的阶段，阿诺德提出的这种关系意义更为重大。阿诺德认为，文学才能主要不是体现为展示新的思想或对思想的“合成与解释”，而是体现为“分析与发现”，而“分析与发现”的能力则由某种智性的、精神的气质以及某种思想秩序所“激励”。[19]拉夫认为那才是“使创造力起作用”的重要因素——如果脱离了这个因素，创造力就不可能有任何成就。然而，拉夫认为，文学中的“思想”并不是随时都可以获取，它只有通过历史的发展才能获取。这就是“为什么伟大的文学作品那么稀少”，因为一部杰作的诞生需要两种力量：“个人的力量与时代的力量”；[20]没有时代，个人的力量是不够的。拉夫指出，批评有助于那个时代的出现，批评能力与创造能力的互相作用在文学历史中得到证实。例如，19世纪20和30年代超验主义大大激励了文学意识，否则不可能出现《红字》、《白鲸》、《草叶集》之类的伟大的创造性作品。

拉夫的这种思想表明他吸取了范·怀克·布鲁克斯“有用的过去”、艾略特艺术的传统与才能，以及阿诺德的批评思想的精髓，又显示了比较鲜明的马克思主义的印记。拉夫在关注现在的同时又关注过去，似乎深谙马克思主义“过去”与“现在”、人与时代互相作用的辩证关系。他深信批评力与创造力之间的关系，并期望在当今缺乏创造力情况下发挥批评的作用，使批评力与创造力进入一个互相促进的良好状态，以带动美国文学的繁荣。

1.3 批评对象与批评手段

当贾雷尔·兰德尔提出“我们的时代是批评的时代”的时候，有人认为批评的繁荣说明这一时期文学生活的贫乏，是战后想象性创作陷入危机的表现。拉夫认为，没有必要对批评大动干戈，真正的问题在于对批评的滥用和对批评对象的混淆。

拉夫分析了20世纪30年代形式主义与新批评一统天下的形势，指出新批评无可厚非。拉夫非常肯定新批评创始人，如约翰·克罗·兰色姆、艾伦·泰特等的成就，认为他们的诗歌批评的确给文学批评带来了一股劲风；然而，给他们戴上"新批评"之冠的后生们却使新批评走上歧路，将它变成了"稀释的形式主义与稀释的传统主义的结合"（T.S艾略特语）。拉夫指出，这些后生们迎合传统主义，带领新批评走入形式主义、神话以及象征的热潮，使新批评一度盛行。这种批评的主要缺陷在于：一方面，它割裂了文本与外界的联系，抑制了批评的发现能力，打乱了批评力与创造力之间的关系，导致了一种毫无生气的自给自足的局面；另一方面，它还不加区分地将新批评在诗歌方面的有效性与成就移植到小说上，并且将风格、技巧视为小说批评的主要价值标准，从而造成了小说批评的混乱局面。

拉夫是文学批评家，但同时也是社会批评家，因此他的批评手段基本上是"文学—社会"的，这使他无法脱离历史社会的语境去评说文学，因此他对新批评的不满是显而易见的。但拉夫又相信不同批评对象适用不同批评方法，这似乎可以说明为什么他对前后新批评有截然不同的看法。在《小说与小说批评》中，拉夫援引了已故批评家克里斯托夫·考特威尔在《幻想与现实》中对诗歌语言与叙事语言的分析，旨在说明小说语言不具有诗歌语言的自律性，以及小说中的情感唤起与词语无关，却与词语所构建的虚幻的现实有关：

> "绘画、诗歌、音乐都有一共同特征——人类整体的无时性与广泛性，而非一种个人的有趣的纠纷或者纠纷中的纠纷。……诗歌专注于词直接唤起情感"，而故事首要关注的却是"词所象征的物体或实体"；"诗歌与故事都使用声音唤起外部现象的意象以及情感的共鸣，但在诗歌中情感的唤起是由语言的结构组织起来的，而在小说中却是

> 由所描述的外界现实的结构组织起来的。……因此小说中的‘主人公’与诗歌中广泛的、共同的‘我’不同，他是真正具体的个人”。诗歌读者活在诗的语词中，他认同诗人；而小说读者却不认同小说家，他只陶醉在虚构的世界中，发现在他与外在世界间多少有些“虚幻的现实”的成分。[21]

拉夫指出，这种差别不仅解释了为什么诗歌离不开语言、诗人最大的问题是风格问题,以及为什么节奏、风格等对小说来说是陌生的，而且还说明了为什么小说可以被翻译得很好，且能最大程度地保持完整性——小说不是由语词组成的，而是由场面、行动以及事物构成的。拉夫还列举了亨利·詹姆斯与陀思妥耶夫斯基日记所展现的难题，以进一步说明小说家所面临的困难是主题、结构而绝非风格。拉夫还指出，如果像兰色姆那样，将注重语言与风格的批评手段用于分析对比简·奥斯汀、亨利·詹姆斯与托尔斯泰这三位作家，并且最后论断托尔斯泰逊色于前两位，那肯定是有失公正、背离批评原则的。而另一位批评家利维斯尽管认识到将诗歌批评方法用于叙事研究有危险，但他还是要求小说研究运用类似的方法。拉夫指出，利维斯在本质上与兰色姆差别不大，还是不情愿在诗体语言与叙事语言间画一条明确的界线。拉夫比较赞同温和的形式主义者维克多·塞曼斯基的理论，认为：

> 小说与抒情诗作为语言艺术不可同日而语，因为它们各自的主题与结构之间的关系大相径庭。小说的语言，例如托尔斯泰或司汤达的比较接近日常生活语言，它们具有公开交际的功能，而诗歌中语言完全是由审美设计所决定的，因而，在这个意义上，语言就是诗歌本身的目的。[22]

这样看来，对小说家的唯一要求便是内容与语言、主题与风格的一致。拉夫认为这就是为什么陀思妥耶夫斯基的故事不能用德莱塞的风格讲述，因为陀思妥耶夫斯基的语言特色在于速度，它具有直截了当的连续性特征。这种特色与行为的戏剧性程度相吻合。与陀思妥耶夫斯基风格相反的是普鲁斯特。普鲁斯特的主题与结构基本上是诗性—讽喻的，具有非戏剧性的特征，充满了对过去的回忆、对世界的幻想与幻灭等，因此拉夫认为，普鲁斯特那种“现实的尘埃与梦幻的沙土相结合”的“迷幻世界”，只有通过语言风格来获得。当然拉夫也明确表示，如果小说的主题不需要像普鲁斯特的那样需要用风格去表达的话，那么对他语言的要求也就无需那么高。

有感于马克·肖勒的《作为技巧的发现》一文，拉夫表达了自己对技巧的看法。拉夫认为，肖勒所提出的“我们提及小说中的技巧时，就是提及了一切”这种强调技巧的说法，代表了一种极为简单的一元论方法，它忽略了诸如创造性个性、采用某种技巧而排斥别的技巧的历史观等其他因素，而这些因素，正如安德烈·马尔罗所说，对于人们欣赏一部杰作是必不可少的。拉夫认为肖勒强调技巧的重要性是对的，因为毕竟在严格意义上，没有技巧，小说家是无法描述一个场面的。但拉夫提出，还有一样东西比技巧重要，那就是情感。拉夫的这个观念基本上是在调和了肖勒与普鲁斯特观点的基础上提出的。普鲁斯特提出，风格本质上不是技巧问题而是视野问题。拉夫认为普鲁斯特的言下之意是：一位真正艺术家的技巧受内在要求驱使，它只能在表面上被别人模仿，而视野是无法模仿的。事实上，拉夫提出的情感与普鲁斯特的视野基本上具有相同的内涵。技巧通常被认为外在于创造个性，它似乎具有客观的、科学的特征，因此可以被模仿、被获得乃至被创造性地运用；而情感或视野尽管也可以在适当条件下培养，但因常常具有主观的、个人的特征，往往无法像技巧那样被获取。换句话说，情感或视野在一位真正作家身上具有“创造性”、“想象性”、“艺术性”等特征。拉夫表示，这说明为什么艾略特称马辛格是一位“技术大师，而不是深层意义上的艺术家”。[23]

总而言之，拉夫对技巧的重要性以及对批评的手段、对象与批评的关系的看法是辩证的。他坚持没有技巧成不了艺术，但技巧也并非万能。他在肯定批评手段的实用性及其批评成就的同时，又指出由于批评对象不同，不能将批评手段（如新批评的诗歌批评方法）生吞活剥地运用到批评对象（如小说）上。拉夫还明确表示，在小说批评中一定要处理好风格技巧与主题，即形式与内容之间的关系。

1.4 批评的基本原则

拉夫憎恨某些批评家身上存在的空洞抽象观念。他曾经说过："文学与生活间关系的确立首先是通过经验，其次才是通过思想。"[24]然而，文学对于经验的忠诚却存在两大分歧：一是作家的意图与实际到达读者的效果之间的分歧；二是作家在作品中表达的或想表达的意义与实际意义之间的分歧。由此带来的问题是：在作品与作家之间到底该相信哪一个？拉夫引用D.H.劳伦斯的话回答这一问题："决不要相信艺术家，相信故事。批评家的正当职责是将故事从创造它的艺术家那里拯救出来。"[25]劳伦斯的这种看法是拉夫批评的立足点，也是他的批评基本原则之一。

拉夫在《公开的秘密》一文中，对约翰·R.哈里森的《反动派叶芝、刘易斯、庞德、艾略特、劳伦斯：对反民主知识分子的研究》一书进行了分析，反驳了哈里森的批评观。拉夫指出，哈里森在解读这五位作家时，将他们的作品与他们的思想对等起来，将对作品优劣的评价建立在作家"信仰"的是非之上，这是片面的做法。哈里森指出，这些作家"拒绝文学中的人文主义传统、社会中的民主的人道主义传统。这些认识主导着他们的社会批评以及文学批评，导致他们要么像庞德和刘易斯那样直接地，要么像叶芝和艾略特那样间接地支持法西斯"；[26]劳伦斯宣扬向原始生活的回归，理想化地看待流血牺牲，敌视民主过程，极力反对"暴民精神"和"民族血统混杂"，将权力、统治以及君王政权视为神奇的生命力之“谜”，并且敦促人们屈从于个人、英雄的自然力，因此“劳伦斯的社会领导权观点本质上接近法西斯主义的社会观点”。[27]拉夫指出，像这样片面的阐释对文学的理解没有任何价值，因为就劳伦斯而言，他的观念纯粹是个人的梦想，而非对政治计划的真正设计。个人心理角度，以及作品的文化、时代语境角度对理解这些作家来说要比哈里森的角度有价值得多。拉夫提出：

> 我反对哈里森先生对这五位作家拙劣地使用“法西斯主义”的标签，就像我反对埃普森在书的前言中所说的“他们对法西斯表示软弱的政治流言”。我并不否认庞德和刘易斯支持过法西斯。……就社会和政治思想而言，他们都是纯粹的非专业人士，仅活跃于他们的语言媒介中，却不明白政治是特殊的媒介——历史与社会中的行动的媒介……他们在思想上受极权主义的影响，但无法确切地说他们屈从于任何政党的变化多端的要求和令人难以容忍的教条。他们中谁也不是政治人物，也不具备一致的政治思想……他们社会政治上的不成熟表明他们真正应被指责的是：他们自以为是地谈论他们知之甚少的事情。[28]

拉夫认为这种情况在文人中并不罕见，并且几乎形成了一种文化现象，因此需要特别关注。在文学批评中，作家毕竟不是政治家，文学艺术也不等于政治宣传，因此不能将作品硬是往作家的某种不成熟的意识形态上扯。这是其一。其二，在这些作家身上存在着他们所确立的原则与自己的实践之间的矛盾。例如，艾略特有段时间推崇古典主义，但他在诗歌实践中却开创了一种浪漫主义的新形式。至于哈里森提出的思想倾向与风格之间的关系，拉夫认为这是不存在的，因为风格是既微妙又复杂的个人情感的产物，尽管在某种程度上，它会受作家“信仰”的影响，但总体上看是难以被“信仰”左右的。这种诗歌“信仰”问题曾带给艾略特没完没了的忧虑，他曾一篇接着一篇文章地试图论证，但最终还是毫无结论。

拉夫表示，在这问题上最好的例证是伯托尔特·布莱希特。无论他在共产主义原则方面是多么正统，他那无法遏制的具有高度创造力的情感还是使他最终陷入了与苏联文化委员之间的纠葛。在这个意义上，激进作家与反动作家的命运一样。因此，拉夫坚定地相信将作家政治思想扩大化，视作家的意识形态价值为其文学价值，是在混淆文学与政治之间的界限。拉夫的这种思想在很大程度上是他经历了20世纪30年代文学过多地参与政治、被政治利用之后进行反思的结果。拉夫继而推崇现代主义，使文学与政治分离。这种思想在很大程度上是他的政治思想的投射。

在批评实践中，拉夫坚持作品与作家“信仰”的分离。他指出，陀思妥耶夫斯基的《群魔》被公认是一部“政治反动”小说，但这并不妨碍人们对它的欣赏。叶芝渴望一个全新的贵族社会，鄙视民主；庞德在《诗章》中将理想社会定在18世纪的中国和文艺复兴时期的意大利，这些令人反感的社会政治观点也不会阻止人们对他们诗歌的欣赏。T.S.艾略特思想中有法西斯成分，但这并不意味着他的诗歌就是法西斯主义诗歌。早在《天堂中的一个季节》（1936）一文中，拉夫就指出左派批评家的极端批评视野荒唐至极。他们视艾略特的《大教堂谋杀案》中所描写的关于教会与国家、精神与世俗、灵与肉之间的冲突为法西斯主义，因而不值得分析、阐释。拉夫指出，如果按照他们的批评家逻辑，古典基督教是法西斯主义的话，那么基督就成了希特勒，牧师就成了希特勒的冲锋队员。同样，如果人文主义批评强调基督教的另一面，那么基督还可以是马克思。拉夫最后总结说，这种极端阐释的根本原因在于那些批评家认识上的“过度自信”，他们“将一部作品的表面思想与实际思想、作家的意图与作品的实际意义，以及某一作品的弱点与作家所有作品的特点等同起来”，而这种“过度自信”的本质便是将生活等同于文学。[29]这种不加区分的批评方法使他们以自己的意识形态之见去评判作品，只看到艺术作品的表象而无法真正欣赏作品的价值。这些批评家或许会从批评作品意识形态的过程中获得乐趣，但这种“乐趣”在拉夫看来很容易阻碍他们发现的“罪过”别的价值。

拉夫在《推翻圣言》一文中就指出，马克斯韦尔·盖斯马在对亨利·詹姆斯大肆笔伐的极端批评“乐趣”中歪曲、遮蔽且抹杀了詹姆斯的真正价值。盖斯马指责詹姆斯是“文学骗子”，是“移居国外的势利小人”，是“社会耻辱”；詹姆斯的作品表现的是失意、贪婪、封闭、自私的情绪，因为在詹姆斯眼里，美国就是“死亡”。盖斯马还指责詹姆斯蔑视穷人，“视财富为人类至善”，是“原始的资本主义在劫匪巨商繁荣时期的小说家”；詹姆斯“思想肮脏”，他的《大使》“或许是世界文学中让人无法严肃看待的最愚蠢的小说”，他的《金碗》从社会道德角度看是恶毒的，他的《鸽翼》是“关于一种特殊秩序的白日梦”，等等。拉夫指出：“盖斯马似乎没有从20世纪30年代左派文学运动的失败中吸取教训，因为他和他们一样，不具备区分政治评判与文学评判的能力。”[30]在盖斯马眼中，亨利·詹姆斯只是个社会政治象征而已，“是过去二十年间美国文学中令人憎恨的一切”。他还视詹姆斯为文化代理，“改变、扭曲或消除世界历史的现实”。拉夫指出，盖斯马对詹姆斯的诋毁完全是出于政治动机，是一种庸俗的马克思主义批评方法。盖斯马不是作为一位文学批评家，而是作为一位左翼社会学家在说话。[31]

但是，拉夫的这种“决不相信艺术家，相信故事”的批评原则并不同于新批评排斥作家、专注于文本的批评实践。拉夫关注政治生活中文学的存在并倡导文学过程的自律，但他又蔑视绝对“审美”的批评家，注重艺术的社会道德含义。可以说，是马克思主义为他提供了这种辩证的批评视野。例如，在对利维斯的评判中，拉夫对利维斯认为T.S.艾略特“过分坚持劳伦斯性的变态”表示异议，但同时又在道德评判方面表现出了对利维斯的认同。拉夫认为，对性变态的厌恶态度与“健康卫生”

的肯定态度一样是艺术表现的有效主题。他反复强调批评家不能凭先入为主的价值观去审视文学，因为文学艺术的价值不能“由批评家的意识形态或世界观的偏见而决定，而应从作者对体验到的经验的演绎、对存在责任的再现力度以及具体实施时毫不存疑的态度来评判”。[32]但面对批评领域年轻人一统天下的现状，拉夫与利维斯一样表达了忧虑。利维斯批评这些年轻人，认为他们仅仅是赶时髦而已，不是威尔逊、泰特、特里林那样的真正意义上的批评家。他们打着深奥微妙事实上却浅薄无知的审美旗帜，欢迎任何时尚，且视之为想象性经验中创造性的“突破”和对“新事物”的征服。尽管拉夫对利维斯有保留意见，但在这点上，他不得不佩服利维斯。拉夫赞美道：“在当今这种情况下，利维斯赫然成为一股批评力量。他的方法或许过于注重道德，但认为道德与文学无关的时髦思想纯粹是种堕落。”[33]拉夫哀叹在消费社会中，再也不可能出现另一位利维斯或艾略特了。

拉夫与利维斯一样强调文学的道德意义，这种思想在很大程度上体现在他对色情作品的批判上。拉夫指出，色情作品不管贴上什么标签，终归是色情，“它不可能成为一种文学形式，因为其目标太‘实际’。它只是为了迎合肉欲和满足公众对性细节描写的兴趣。公众并不在乎书里的内容是否真实。但文学绝无这样狭隘和‘实际’的目标”。[34]例如，拉夫指出弗拉基米尔·纳博科夫的《洛丽塔》与特里·萨瑟恩的色情小说《坎迪》之间就存在着重大差别：

> 《洛丽塔》具有性事件发生的文学框架。人物有趣可信，作者的情感高尚，色情场面在上下文中合情合理。而《坎迪》仅是性小说，没有人物，没有心理，语言也仅是街头俗语。色情作品都是这样。甚至书中的性也不真实，因为没有关系没有人物不可能有性行为。局限在肉体的性行为上，作家不可能创造出一位人物。人还没有沦落到只有生殖器官的地步。[35]

拉夫极力反对色情批评家将劳伦斯列为他们的先驱，而劳伦斯本人也对色情极力排斥。

拉夫这种强调道德的批评思想还体现在他对诺曼·梅勒的《美国梦》的全然否定上。在《不受惩罚的罪恶》一文中，拉夫指出梅勒对谋杀的态度是极不负责任的，在他笔下，谋杀无需受到任何惩罚，也无需承担任何内在或外在后果。除此以外，他的性描写也令人厌恶，他视床为展示男子权威的领地。拉夫指出：

> 显而易见，梅勒在此小说中压抑了常识及本质上道德的一面……他让主人公罗杰克沉溺于纯粹的无节制的幻想，而且假装谋杀与道德无关。无论人们在生活中怎样在表面和比喻意义上“逃避”谋杀，它在小说中是无法逃避的，因为文学形式不能忽视道德经验。……禁止谋杀不仅是社会传统，而且严肃的小说家必须视其为有后果的、有意义的行为。梅勒却不想在道德上重新审视谋杀。[36]

拉夫还表示，他反对这部作品“不纯粹是出于道德考虑，还出于小说家对艺术的主要责任”。拉夫最后指出，梅勒选择这样一个谋杀主题，通过操纵情节为主人公设计这样一个命运，在本质上无异于色情作家，两者都在“赶时髦”并希望由此激起波澜，一炮走红。他们以为他们扮演的是反传统的抗议者或反叛者的角色，其实这只是他们的妄想。真正的价值，如德莱塞、多斯·帕索斯身上体现的民族经历在他们的小说中是不存在的。

2 创造性矛盾：对欧洲现代主义作家的批评

拉夫提出作家意识形态与作品的分离，认为作品的成就与作家的信仰无关，因为作家不是政治家，并且作家的思想倾向与他的风格也无关。但是，另一方面拉夫又坚持认定作品应有意识形态和道德意识；作家应担负起社会责任。这是一种马克思主义的辩证观，也是拉夫批评的立足点之一。这点加上拉夫的其他思想观念形成了拉夫批评的中心概念——创造性矛盾。就像“悖论”、“反讽”、“复义”是新批评的三大重要概念，这个“创造性矛盾”是拉夫评判文学的最高价值标准。

那么，什么是创造性矛盾？在拉夫的词典里，它是意象与意识、经验与思想、过去与现在、文学传统与个人才能、生活与文学、审美与意识形态等一系列关系的辩证统一。这些矛盾既存在于创造性作家的思想意识里，又体现在作品中，但这一系列关系并不构成二极对立，它们互相服务、互相统一。以经验与思想的关系为例，拉夫指出它们必须给对方提供养料。如果没有思想的渗透，经验会失去其特性；如果思想不在经验的熔炉里得到锻炼，它就会变得空洞、抽象。但是，对经验的过度崇拜并不等于对经验的真正掌握。从这点出发，拉夫详细分析了美国文学历史中人们对经验的态度与看法。他认为美国文学总体上经历了从缺乏经验到对追寻经验再到崇拜经验三大阶段，但在整个过程中，“唯独缺乏的是思想”。拉夫认为思想的缺乏是美国文学的极大不幸（另一极大不幸是“第六感”的缺失以及对时尚与潮流的热衷）。与美国文学相比，欧洲文学却表现出了巨大的活力与持久力。在拉夫看来，欧洲文学，尤其是现代主义文学，对文学与生活、思想与经验、创新与传统之间关系的理解几乎是无法超越。它把现代生活给人们心灵带来的种种苦闷、焦虑、矛盾、疏离与压抑表现得淋漓尽致。现代主义文学在表现特定环境中人物的心理意识时，表现了生活的“真实”。

在那些伟大的现代主义作家中，拉夫最推崇艾略特、果戈理、卡夫卡、托尔斯泰、陀思妥耶夫斯基。他认为他们代表了现代主义的最高成就。拉夫相信，每一部艺术杰作中，总有创造性矛盾存在。例如，拉夫赞叹艾略特“身上的那种创造性矛盾使他成为我们的同代人”。艾略特的作品《大教堂谋杀案》是自他《荒原》以来的最佳作品，意义明确、结构简单、用词抒情，表现了作者对死亡与人类凄苦的最终信仰，用艾略特的话说是“真正的对生活的严肃信仰”。拉夫指出，艾略特的创造性矛盾主要体现在他的宗教思想与文学思想中，拉夫表示：“尽管艾略特作品的内在驱动力是反对所有政治的，然而，在某种意义上，其社会效用却是政治的。”[37]

果戈理是一位特别受到拉夫关注的现代文学艺术家。拉夫认为他的现代主义、语言风格特色以及对创造性心理的运用使他进入俄国伟大作家之列。拉夫指出，果戈理笔下的人物，如乞乞科夫、赫列斯达科夫并不比托尔斯泰和陀思妥耶夫斯基笔下的人物缺乏知名度；他还是位风格与语言和谐的大师；他的心理运用使他成为“我们的同代人”，在他身上可以看到现代文学的命运。[38]

拉夫指出，果戈理的心里充斥着矛盾，这些矛盾既是他诗性力量的秘密又是导致他毁灭的主要原因。果戈理身上还有种神经质的成分，与现代艺术家的性格联系在一起。果戈理的困境是无法将生活的意义与艺术的意义协调起来。[39]拉夫认为，生活与艺术的分离具有客观的历史原因，如果仅从艺术家的个人性格分析的话，就会忽视历史的意义。拉夫还引用阿诺德·哈森对福楼拜内心挣扎与痛苦的讨论，指出果戈理与福楼拜之间尽管具有明显的差异，但还有许多可比之处。例如，他们都是从浪漫主义转向现实主义的作家；都试图解决现实与浪漫、生活与幻想间的冲突，并且以极有力的修辞和文体力量，探寻语言的“巫术”特征，试图实现心理控制，呈现道德姿态；他们都创造了神奇的否定意象：福楼拜倾向于将爱情理想化，但他的小说大多是关于爱情的毁灭性效果。而果戈理天真地以为自己的任务是理想化地展现俄国封建秩序，描绘乡村豪绅诗意般的田园生活，但他实际展示的却是一幅具有深刻讽刺意义的画卷。他们的差异在于：福楼拜的理想敌人是资产阶级，而果戈理，由于俄国资产阶级在政治上还处于萌芽时期，则以政府官员和寄生地主作为讽刺对象；福楼拜的“包法利夫人，就是我”也可以在果戈理那儿找到对应——读者在嘲笑果戈理笔下人物的同时，其实也在嘲讽作者，因为果戈理已将自己的放荡与龌龊寄托在那些人物身上了。[40]

拉夫还表示，果戈理身上具有某些陀思妥耶夫斯基的“地下人”的特征，例如病态的、恶意的虚荣与对真理、善良的渴望之间的分裂。果戈理本人也非常清楚地意识到这一点，因为他常不只一次地提到“可怕的矛盾的混杂”。拉夫认为这构成了果戈理的本性：他努力地想克服他所认为的他与生活之间关系中的那种病态的否定主义，但还是以失败告终。

果戈理偏爱“展现生活的细微之处，描写庸俗之事……以及所有不受人注意的小事”。[41]别林斯基认为，果戈理不是一位勇于承担社会责任、具有公民意识、忠实于现实的作家。拉夫指出，别林斯基的这种看法是一种时代偏见，因为他忽视了果戈理神奇的幽默与对有限的社会动机的超越。例如，《外套》中抄写员巴什马奇金不仅是不公社会体制的受害者、超越时代的极端人性的代表，他还是社会与整个宇宙中无家可归的人物。拉夫认为尽管赫尔曼·梅尔维尔的小说《抄写员巴特尔比》与《外套》有一种精神默契，但梅尔维尔的故事，尽管不乏深刻含义，但整体上缺乏果戈理杰作的内在一致性与那种令人叹为观止的风格特征。

拉夫还指出，他无法接受弗拉基米尔·纳博科夫对果戈理所作的现代主义批评解读。拉夫表示，纳博科夫看不到果戈理在文学历史中的地位，他对果戈理的形式主义偏见已达到了荒谬可笑的地步，他还否定果戈理是一位现实主义作家，忽视果戈理天才中的平民主义。

如果说果戈理是作为一个现代范例进入拉夫视线的，那么或许最能反映现代生活状况的就是卡夫卡了。卡夫卡经历与常人迥异，这形成了他与众不同的性格特征与生活方式。卡夫卡个性敏感、怯懦，常感到惶恐与不安。他与外部世界有着巨大的隔阂，在他眼里，外部世界是一个陌生的、非理性的存在，一个令人恐惧的庞然大物。为了保护自己，卡夫卡选择了逃避，他把自己变成了“孤独圆圈的孤独圆心”，陷入了一个封闭世界，心中常无端地产生“自卑、失败以及负罪感，难以摆脱”。[5]苦闷彷徨的卡夫卡通过写作终于发现了一个全新的世界：任由思想自由，让压抑的自我充分释放，可以逃避各种现实压力与无名权威。写作成了他“砸碎心中冰块的斧子，成了他获取个人幸福与取得成就的唯一希望”，成了他“通过想象的手段将典型神经质的现代思想状态——人类的迷失、疏离、歉疚、彷徨、焦虑等客观呈现，将个人世界与外部世界合二为一”的媒介。因此，拉夫认为卡夫卡“不仅是神经质的艺术家，而且还是表达神经质的艺术家。他将虚与实、主观内容与客观形式、对现实世界精神的描绘与对其梦幻般地消解的对立因素结合起来”。卡夫卡将众多对立面结合在一起的才能是拉夫眼中“作为一位艺术家的获胜秘密”。[42]

拉夫指出，卡夫卡之所以能成为世界文学中的谜一般的人物，是因为他既不同于宗教讽喻大师但丁或班扬，又不同于以风格结构取胜的现代主义大师詹姆斯·乔伊斯。卡夫卡的长处在于语言与语调，以及通过语言与语调表达出来的独特思想。拉夫非常欣赏卡夫卡作品中的意象及其指向现实的象征意义。他将卡夫卡《诉讼》中的经典句子“猎狗在院中玩耍，但无论兔子怎样飞奔进入森林，始终逃不过猎狗的追捕”解读为卡夫卡永久主题的核心寓言——它表达了“兔子要求自我惩罚，被迫到绝路、被咬伤、被撕成碎片的内心渴望，以弥补负疚感”。[43]《变形记》中的甲虫象征了人类异化、人类对于可怕的枯燥生存的“觉醒”，以及对于无意识的幻想生活的极端厌恶。《中国长城》中长城则体现了人类团结并争取超自然引导的努力，但同时也说明了人类的局限性：人类本质上只能实现有限的目标，不能理解全局，眼光是短浅的，人类的安全总是不完整的，所实现的目标只是微小的。拉夫最后指出：“长城的辩证主题变成了一系列有关中国与皇宫、上帝与人类关系的诗性深思。”[44]《一只狗的研究》在空间上隐喻了南方村民与北京皇帝的关系，它犹如现代人与上帝的关系：遥远的距离使得北京/上帝的权力变得虚幻、模糊，人类意识不到主宰他们一生的真正力量。

在《伊凡·伊里奇与约瑟夫·K.的死亡》一文中，拉夫肯定了卡夫卡在创新与传统方面所取得的成就。拉夫通过将卡夫卡和托尔斯泰进行比较，认定卡夫卡与文学传统之间存在着重要的连续性。他指出，首先，卡夫卡与托尔斯泰在主题与内涵上共有一种“意识形态倾向”——“反对科学理性主义、反对文明、反对城市居民的异端邪说”。其次，卡夫卡的《诉讼》与托尔斯泰的《伊凡·伊里奇之死》在“所描述的经验范围以及对真实与非真实所采取的态度”方面关系很近。拉夫表示：

> 约瑟夫·K.的“案件”与伊里奇的“病情”属于同一事物的不同变体：作者扮演了上帝的角色，让一个普通的、自我满足的凡人去面临一种特殊的境遇，摧毁他对理性的信心以及对意识作习惯性限制的信心，最后将他完全毁灭。[45]

约瑟夫·K.与伊里奇是现代生活的典型代表：标准的城里人，现代物质文明的产物，不贫不富，不走物质或精神的极端，遵循传统，拥有体面的工作，事后又渴望回到从前轻松愉快的体面生活，因此他们两人都不是罪人。托尔斯泰曾说过，伊里奇的历史是“最简单的、最普通的，但也是最可怕的”。说它是“可怕的”是因为他被迫面临一种伪装成合理性的非合理性。拉夫指出，在病情与案件中，“药”与“法”都是现代社会进步与公正的代表。但具有讽刺意味的是，这两样东西遭到了托尔斯泰与卡夫卡不同形式的讽刺与抨击。托尔斯泰公开嘲讽医生的愚蠢与自命不凡；而卡夫卡则间接嘲讽司法制度的不合理性，因为法庭的审判与法规的实施完全出于反复无常的、无秩序的冲动。

当然，约瑟夫·K.与伊里奇并不是完全相同的。拉夫明确指出卡夫卡有他的创新。卡夫卡赋予了约瑟夫·K.他想要惩罚的某些缺陷，如家庭关系的缺失。除此以外，在另一个人物身上也有卡夫卡自我的影子，那是一个通过心理变化，承担法官和报复者角色的人物。拉夫认为约瑟夫·K.的灾难比伊凡·伊里奇的在本质上更加神秘，因为卡夫卡“为他的象征主义艺术清除了自然主义障碍，他以自己的方式描述事物和日常生活场面，以达到反讽、对比以及制造悬念的效果”，并且卡夫卡还“割断了读者与作者之间假定的连续性，在一个框架内将现实与象征、明察与神秘统一”。[46]更重要的是，卡夫卡在他的“法”的神话中创造了极富想象力的，尽管在情感上残酷的哲学思想，那就是反抗理性的“法”是不可能的，更不用去考虑对之进行改革了。唯一能做的合理事情是使自己适应现状。拉夫认为显而易见，对卡夫卡来说，社会进步的前景是黯淡的，而他则无条件地接受了这种前景，因为这是个非理性的世界，在这个世界中，理性仅是幻觉而已。

拉夫指出，要真正了解卡夫卡，体会他的世界，有必要了解对生活的基本态度。卡夫卡对生活的看法基本上是模糊、难以理解的，但这并不说明他认为生活毫无意义。卡夫卡曾在日记中表示过他对生活的看法：

> 他最希望的是重建生活，因为生活在自然丰富、起伏跌宕的同时也是微不足道的，它是个梦，隐隐约约地存在着……似乎人系统且很有技巧地钉桌子的同时，又什么也没做。这并不是说钉桌子毫无意义，而是钉桌子对他来说就是钉桌子，但同时又觉得无所成就。在这一过程中，钉的行为变得更为勇敢、更为肯定，也更为真实，但却毫无意义。[47]

拉夫认为这种对生活的无奈决定了卡夫卡的“独特性”：他作品中的荒诞与冲突、他人物的强迫性神经质特征、宗教的质朴性，以及不同于托尔斯泰的作品的因素——孤独与排斥。

因此，卡夫卡结合对立表达矛盾的“革新”才能，以及在“革新”与文学传统方面所取得的成就，在拉夫看来，是文学中创造性矛盾的最高成就。他视卡夫卡为“真正的革新者”，是处理传统与个人才能关系的典范。拉夫相信，“过多的创新常常是弱点而非长处”，从这一假定出发，拉夫论定，与卡夫卡相比，亨利·米勒只能算是个边缘人物，因为他追求的是“虚无主义与全然否定”，米勒“与其说有重大价值还不如说有代表性”。拉夫指出，米勒丢弃了所有的写作传统，他创作的“不是整体艺术品，而是碎片，他不能为他创造行为的要求作出个性的牺牲”。[48] 拉夫之所以这样评论米勒，是因为他坚信真正的艺术不欢迎完全个性的表达，相反，它要求抑制极端的个性，要求个性与传统间的平衡。谈到在现代主义阴影下创作的年轻作家时，拉夫反复强调文学必须保留一种区分与控制的能力。他抱怨“新方向系列”对“新”有一种不加限制的热情；他批评卡夫卡的拙劣模仿者“片面甚至不成熟”，并一针见血地指出了他们的弱点，“知道怎样打开这个可以认识的世界是不够的，事实上这仅仅是一种不惜代价放纵自我并努力求新求异的做法”。他指出，真正的革新者，如卡夫卡，不仅仅是破坏者，“他在拆开这个世界后，又把这个世界合上了”。[49]现实，在拉夫看来，必须作为“小说的原则”，因此文学与生活、作家与现实、个性与传统之间永远存在着一定的张力。处理不好它们之间的辩证关系，就永远成不了一位真正的艺术家。

除了卡夫卡，另一位拉夫推崇备至、休现创造性矛盾的最高价值的作家要算陀思妥耶夫斯基。在所有欧洲作家中，陀思妥耶夫斯基是拉夫为之著书立说最多的作家。拉夫以深刻、敏锐的洞察力从社会、历史、宗教、心理等层面分析了陀思妥耶夫斯基作品及其表现的独特又复杂的世界，并指出陀思妥耶夫斯基在对现代思想的探寻、对现实世界的关注、对弱者的同情、对人与上帝的思考，以及最终在对真理的追寻中，思想与意识具有“多重性与不确定性”，而这种“多重性与不确定性”正是构成陀思妥耶夫斯基文学最高价值的主要因素。

首先，陀思妥耶夫斯基的创作中始终贯穿着对俄罗斯人民的深切关注。这种人道主义关怀体现了作家对现实与艺术的思考。拉夫指出，尽管陀思妥耶夫斯基反对他同时代的批评家对艺术与现实关系的极其简单的看法，但他毕竟属于在意识形态上将生活提升到艺术之上的那个时代，他还是趋于认同那时知识分子的流行看法："如果艺术作品不能直接得到生活或'现实'的验证，那么它将是没有价值的，甚至是不道德的。"[50]但是陀思妥耶夫斯基与他们之间还是存在着很大的差异，那就是看待现实的角度不同。陀思妥耶夫斯基从不从典型的日常表现去"洞察"生活，而总是从特殊、怪异甚至反常的一面去追寻生活的"真谛"。这是陀思妥耶夫斯基的独特之处，他的世界是非传统意义上的"现实世界"——一个反常、病痛、疯癫的世界；他的人物是被矛盾、"思想"折磨着的精神异常者，比如内心充满"恶意"的虚无主义地下人、一直在追寻自我犯罪动机的拉斯科尔尼科夫、患有癫痫的梅什金、忠于自我悔悟的伊万、苦苦追寻自由的无神论者基里洛夫等。可以说这些永不磨灭的人物形象体现了陀思妥耶夫斯基的艺术成就。

《罪与罚》中拉斯科尔尼科夫的故事具有很强的现实性。初稿写成后，陀思妥耶夫斯基发现他的故事与当时报纸上的一则新闻——莫斯科一位学生的犯罪事件——有着惊人的相似之处。然而，拉夫指出陀思妥耶夫斯基小说更令人欣赏的是创新性，它首先体现在对人物的塑造上。《罪与罚》之罪是一种"理论"之罪，它没有经验内涵，也就是说，作品探索的不是犯罪者是谁，而是犯罪者的犯罪动机，即主人公拉斯科尔尼科夫为自己犯罪苦苦追寻合理解释。最令人难忘的是拉斯科尔尼科夫"走不出自己动机的迷宫"的心理迷茫与追问。

其次，陀思妥耶夫斯基的创新性也体现在写作技巧上。他采用了"夸张的悬念"与"不确定原则"。"夸张的悬念"是同提出深刻而尖锐的问题结合在一起的，但它作为技巧又完全服务于思想。陀思妥耶夫斯基将人物设定在一个不寻常的环境（这种环境能表现并引出惊险的情节）中，使之与别人相遇并发生冲突，以考验思想以及思想之人。在这方面，巴赫金做过与拉夫类似的分析，巴赫金认为：

> 陀思妥耶夫斯基总是要从一个矛盾中引出两个人来，目的是把这一矛盾戏剧化，把它展开来表现。这个特点还有一种外在表现，就是陀思妥耶夫斯基酷爱人物众多的场面，希望在一时一地汇集最多的人物和情节，虽然常常违反真实情况。因此，他的书中才出现令人瞠目的情节剧变，“旋风般的运动”，陀思妥耶夫斯基的流动感。[51]

拉夫指出，陀思妥耶夫斯基人物的不确定在于其思想的不确定。这种认识基于陀思妥耶夫斯基对现代人性本质的洞见——思想与精神的分裂与矛盾。对陀思妥耶夫斯基来说，思想是戏剧性的动机，也是思考层面上的一种“既定性”。例如，拉斯科尔尼科夫宣布“我杀的不是一位老妇人，而是一种原则”，拉斯科尔尼科夫在努力为自己寻找杀人理由的同时，又非常明白为自己的罪行寻找借口是种无耻行为。他激烈的内心斗争以及自我分裂的思想辩论纯粹是为了验证自己的思想，证明自己的存在。在陀思妥耶夫斯基的作品中，还有一批将对思想的思考推向极致的人物，他们将思想本身当作终极问题来思考，如《白痴》中的伊波利特、《一个荒唐人的梦》中的“荒唐人”，还有最具代表性的《群魔》中的基里洛夫。

其三，陀思妥耶夫斯基具有在展现多种思想矛盾、冲突的同时，保持人物性格统一的令人震惊的能力。拉夫指出，《地下室手记》中事实上有两种声音：

> 一种是无名的地下人的声音，但这个小说中的人物仅仅代表作者的某些潜在特征；另一种是作者本人的声音，他模仿主人公焦虑不安的口吻，目的是释放对理性、进步以及启蒙的攻击，也就是说对俄国知识分子中非宗教的社会激进价值的攻击。[52]

传统评论往往看不到这两种声音，而将地下人等同于作者。拉夫指出，只有区分这两种思想——直接来自于地下人的“处境”的思想和与他的“处境”不一致的思想，才能明白陀思妥耶夫斯基的真正创作意图，即借助地下人那种歇斯底里的声音，谴责他同时代的激进主义者——他们以“绝对自由”的名义要求具体的社会自由，但他们的“绝对自由”在真正的人类生活中，既缺乏任何经验基础，又是“形而上的、纯粹想象的、深不可测的、乌托邦的以及历史上难以实现的”。[53]拉夫认为，地下人与后来的拉斯科尔尼科夫在思想上有某些相似之处，即他们都将人分成两个不等的部分：地下人将人分成能够行动的迟钝常人、失去与正常生活联系乃至憎恨生活的被隔离的知识分子；而在拉斯科尔尼科夫的思想中，大多数人是囿于常规的普通人，只有一小部分特殊人物，他们高高在上，而且能够跨越障碍。

如果说陀思妥耶夫斯基的地下人是双重性的统一，那么拉斯科尔尼科夫则是多重性的统一。拉夫指出：

> 我们面临的不是一个拉斯科尔尼科夫，而是几个拉斯科尔尼科夫：一个利他主义者，一个“本性暴虐”的自我主义者，一个秘密革命者，一个视权力为其权利、自由保证的自封天才，当然还是一个神经病患者——他的病是通过他思想上趋于合理但又无法解释的（除了从潜意识层面）谋杀表现出来的。……陀思妥耶夫斯基以他人无法匹敌的精湛技艺面对这些矛盾的危险。他将这些矛盾的危险创造性地结合在一个人的头脑中，同时又能避免思想的不连贯与似是而非的调和，这种能力是陀思妥耶夫斯基身上的想象性艺术家与无情的争辩家斗争取得胜利的标志。[54]

的确，多种声音的共存与统一是陀思妥耶夫斯基的一个明显艺术特征。拉夫的这种洞见其实与巴赫金所提出的复调理论基本相似。按照巴赫金的分析，在陀思妥耶夫斯基的作品中，“有着众多独立而不相融的声音和意识，它们具有充分价值，组成真正的复调”，它“与一种新的艺术见解有关，即不把主人公的思想等同于作家本人的思想，而是把它作为现实生活中实际存在的声音表现出来”。[55]不同主人公的主体性和作者的主体性往往彼此独立与对立，它们常常被作家客观深刻地表现出来，甚至比思想者展示得更彻底。这种手法往往使熟悉独白叙事的评论者将作品中主人公的思想等同于作者的思想，并以二律背反来解释这种矛盾。例如，陀思妥耶夫斯基的巨著《卡拉马佐夫兄弟》中有一段宗教大法官的寓言，它深刻地表达了作家关于正义和自由的观点，但由于大法官与基督的“对话”是以独白的形式表现的，许多评论家，包括弗洛伊德与别尔嘉耶夫都认为，宗教大法官代表了陀思妥耶夫斯基本人，没有意识到“他仍然是一个不等同于作家立场的独立的声音”。事实上，作为小说人物创造者，作为一个内心充满激烈矛盾冲突的思想家，陀思妥耶夫斯基总是让人物发出自己的声音，但他从不做最终的评判。这并不是说陀思妥耶夫斯基没有真正属于自己的声音，相反，他的声音始终存在着，隐藏在人物矛盾思想的对话中，这恰恰就是陀思妥耶夫斯基最擅长的：“他在描绘他人的思想，保持其作为思想的全部价值；同时自己保持一定的距离，不肯定他人的思想，更不把他人思想同自己的思想观点融为一体。思想在他的作品中成为艺术描绘的对象。”[56]这种思想的对话性与不确定性正是陀思妥耶夫斯基作为一个伟大的思想艺术家的主要品质。

当然，在拉夫的分析中，陀思妥耶夫斯基的伟大不仅在于他的创造性，而且还在于他对“传统”，即“有用的过去”的继承与超越。例如，陀思妥耶夫斯基作品中运用了许多情节剧的手法，如“特意设计的巧合”，拉夫指出那是他从霍夫曼、狄更斯、巴尔扎克等作家那里学到的——作品中的拿破仑母题可以追溯到巴尔扎克和司汤达。拉夫认为，“拉斯科尔尼科夫可以被看做俄罗斯的于连·索黑尔和尤金·德·拉斯蒂涅”；另外，拉斯科尔尼科夫的故事设计明显受到巴尔扎克《高老头》的影响，“斯维德里盖洛夫对拉斯科尔尼科夫的姿态在某些方面使人想起沃特林与拉斯蒂涅的关系”；[57]拉斯科尔尼科夫的权力与天才理论除了受巴尔扎克的影响外，还有黑格尔的历史英雄观的痕迹，“在黑格尔那里，我们发现了拉斯科尔尼科夫的低等人与高等人观念的直接又明显的渊源——高等人有权利违反道德，而低等人被迫要管好自己的事情”。[58]除此以外，拉夫还表示陀思妥耶夫斯基对彼得堡大都市的现实主义的“再现”，尽管具有巴尔扎克与狄更斯的特点，但还有独到之处，那就是“他试图抓住彼得堡的虚与实的奇特混合及双重性”。[59]

然而，陀思妥耶夫斯基最明显的对传统的借鉴当属《卡拉马佐夫兄弟》中“宗教大法官”那段寓言。拉夫认为，这个16世纪的西班牙传说自陀思妥耶夫斯基青年时代一直困扰着他。陀思妥耶夫斯基将它引入《卡拉马佐夫兄弟》，不仅“丰富了小说的思想内含，使我们能更加充分理解伊万‘反叛’的深远蕴意，而且在陀斯妥耶夫斯基文学造诣的整体发展方面意义更大”。这段自成一体的寓言常被看做陀思妥耶夫斯基作品中最难理解的，“不是难在其戏剧形式，而是难在其思想的复杂性——巨大的影射与影响范围以及所回响的信仰与情感矛盾的不和谐音调”。[60]耶稣是自由与超验真理的化身，而大法官作为权力辩证的象征性人物，代表的是历史现实无法改变的必然性。两者的对峙决定伊万的两难处境，伊万注定在“爱与蔑视、骄傲与屈服、理智与信仰、目的论与极端的悲观主义间挣扎”。拉夫指出，陀思妥耶夫斯基作品中的宗教革命思想既有社会主义与天主教的奇怪混合（在陀思妥耶夫斯基眼里，两者都有“人类幸福的强制组织”的极权主义根源），又有对不同于地下人的自由的阐释。这些思想是对自由的大胆肯定与对“理智、进步、启蒙”的大胆否定的结合，它们构成了“对权力与权威的最具革命性、最具破坏性的批评”，展现了人类本质的混乱与非理性，揭示了理性社会是个永远不可能实现的“蚁窝”，同时还展现了陀思妥耶夫斯基想通过建立“自由的神权政治国家”而重建社会的想法。拉夫表示：“在深层意义上，他没有放弃对俄国基督的信仰，然而周围种种崩溃迹象使他越来越怀疑人的拯救能力及其历史意义，害怕人的软弱最终会以强制手段组织人类的幸福。”[61]拉夫认为，面对历史与人类本质的恶的现实，陀思妥耶夫斯基还是坚持他心中的基督，这使他最终拒绝基督与大法官之间的中间道路。拉夫最后指出，陀思妥耶夫斯基这种“非此即彼”的思想意识使他归入19世纪伟大的思想家克尔凯郭尔与马克思之列。

如果《罪与罚》表现的是个体对思想——有关暴力反叛的权利——的验证，那么拉夫认为《群魔》则因对“与自身经历”有关的“激进意识形态与行为”的关注而“离我们最近”，“激发我们那个时代特有的好奇心与期待”。拉夫指出，《群魔》是陀思妥耶夫斯基指涉现代的最具代表性作品，它“既独一无二，又是典型的陀思妥耶夫斯基作品。这部作品表现了令人震撼的卡拉马佐夫的狂怒，充斥着道德与宗教困扰，同时还明显关注政治思想与革命运动”。[62]《群魔》不是有些批评家（如高尔基）所认为的恶毒讽刺社会主义运动的“反革命”政治小说，它的意义在于“在感觉到的经验的层面上，对传统秩序不可避免的瓦解并最终崩溃的描述”。[63]陀思妥耶夫斯基以其对革命道德堕落的深刻描写预见了俄国革命、俄国独裁专制不可避免的命运。拉夫指出，与《少年》和《卡拉马佐夫兄弟》一样，《群魔》的主题也是瓦解——灵魂的瓦解不亚于社会秩序的瓦解。如果斯塔夫罗金，那位丧失善恶之分的麻木之人，代表的是腐朽的灵魂，那么韦尔霍文斯基及其追随者则代表腐朽的社会。拉夫指出，“对韦尔霍文斯基的描写使人想起最近的政治现象——莫斯科审判”，他无法不被怀疑是沙皇的秘密警察”。韦尔霍文斯基既是荣誉否定的化身，又是在俄罗斯革命史上名声甚恶的涅恰耶夫的原形。如果他象征的不是革命的原始动机，那么也是革命的结果。希加洛夫的革命—乌托邦逻辑使人联想到“作为一种历史现象的列宁主义”，但他的“无限自由”论只能以“无限堕落”告终，在这个意义上，希加洛夫的“人间天堂”无异于斯大林的“工人的天堂”。[64]拉夫肯定这种对于革命进程的正确预见无疑得益于陀思妥耶夫斯基超凡的洞察力。

拉夫又指出，陀思妥耶夫斯基对社会主义的态度与他对宗教的态度有很大关系。拉夫表示：

> 他憎恨社会主义，他对社会主义的态度具体表现了他对宗教的怀疑、对于人类思想的变化和能够达到的无限广度的既恐惧又热爱的心理。他通过实践检验理论的方法，接近于极端理性；他对基督教进行严格检验之后，发现只有一个与众不同的“白痴”或神经质的天才才有可能过上基督的生活。[65]

从这一点看，陀思妥耶夫斯基似乎既在否定社会主义，又在否定宗教生活，那么到底陀思妥耶夫斯基的思想是怎样的？

拉夫认为，陀思妥耶夫斯基有着两种视野，它们一主一次，互相交织在一起，构成了思想的双重性乃至多重性。长期以来，人们只注重主要的一面，即他的宗教性与民族性，而另一面，即无神性，却常被忽视，因而造成了阐释的偏离乃至扭曲。拉夫批评共产主义批评家和马克思主义批评家对陀思妥耶夫斯基认识肤浅，指出：

> 在陀思妥耶夫斯基身上，事实上不存在系统的哲学思想，不存在一致的、具有逻辑的观点，也不存在一种统一的世界观或任何思想的静态平衡。他思辨、活跃的精神和智性的思维方式孕育着无法解决的冲突、激发想象又使人混乱的悖谬，以及表面上“合理”的原则之间的矛盾。[60]

要全面理解陀思妥耶夫斯基的众多悖谬，首先必须了解他的宗教矛盾。在拉夫看来，陀思妥耶夫斯基"既是个99%的无神论者，又是个101%的信徒"，这种对宗教的极端怀疑与极端信仰一直蛰伏在陀思妥耶夫斯基的思想中，拉夫指出：

> 作为一位既富幻想又具颠覆性的创造性作家，他极其怀疑人类天生无法完成基督的善爱戒律。有时他趋于认为，与基督教教义相反，就人类"灵魂中同时有高尚的理想与最低劣的思想而言"，人是完全无法得到救赎的。[67]

因此，陀思妥耶夫斯基作品中极富原创性的信仰与怀疑的悖谬完全与他的个人思想一致。但拉夫又指出，这种"双重性"又不能完全归结于陀思妥耶夫斯基的心理倾向，因为它是人类意识中的固有存在。

拉夫具体分析了陀思妥耶夫斯基的第二种视野，指出陀思妥耶夫斯基对于他怀疑的"肯定性"的表达主要包含在他的"人间天堂"观点中。那是放弃对上帝与不朽的信仰之后，通往真正和平与幸福的不远的新未来。它首先出现在斯塔夫罗金对"大约三千年前希腊群岛的一角"的梦想中，之后则在《少年》、《一位荒唐人之梦》、《卡拉马佐夫兄弟》中有进一步的体现。如果说斯塔夫罗金的"人间天堂"落在蕴含纯真与幸福的神秘过去，那么在《一位荒唐人之梦》中这个"人间天堂"则在一个和谐、幸福的遥远星球上，而在《卡拉马佐夫兄弟》中则是假借魔鬼（伊凡心中的另一个自己）之口说出来的。拉夫指出，陀思妥耶夫斯基的这种"人间天堂"不同于马克思主义的"科学社会主义"。荒唐人的故事体现了陀思妥耶夫斯基"寻找真理，但最终发现真理之后，又感到害怕"的矛盾心理，体现了陀思妥耶夫斯基宗教思想的实质，即在破坏基督教思想之后，又恢复他的信仰和作为一位基督徒的良知。拉夫指出：

> 陀思妥耶夫斯基能够在展示人类渴望黄金时代的美好之时，展

示造成人类本性瓦解的内在之恶。这充分表达了他思想基本的双重性。他以这种方式相信“人间天堂”，但同时，由于对人性的悲观，他无法保证它能够实现。[68]

拉夫肯定了陀思妥耶夫斯基“人间天堂”的重要性与前瞻性：重要性不在于“乌托邦主义与完美和谐的梦想，而在于非宗教主义与自然主义”；前瞻性则在于这是陀思妥耶夫斯基想象中不断出现的指向未来的因素，是种“从对看不见的世界的关注向对看得见的世界的关注的历史转折的先兆”。[69]

因此，无论是在生活与文学、传统与创新，还是经验与思想，甚至审美与意识形态等方面，陀思妥耶夫斯基都体现了拉夫批评思想中的文学创造性矛盾的最高成就。

3 经验与思想的对立：美国文学批评之一

《苍白脸与红皮肤》是确立拉夫文学批评地位的最负盛名之作。该文以两千字左右的篇幅，将美国作家分成两大类：一类以亨利·詹姆斯、赫尔曼·梅尔维尔、纳撒尼尔·霍桑为代表，以波士顿、康科德地区稀疏、严肃、半宗教化的文化为描写对象，拉夫称他们为“苍白脸”或“起居室作家”；另一类以瓦尔特·惠特曼、马克·吐温为代表，以大城市及边疆地区下等人生活为描写对象，拉夫称他们为“红皮肤”或“呼吸室外空气的作家”。这两类作家在拉夫看来构成对立的两极，具体体现在：在民族性方面，“红皮肤”因美国性感到骄傲、自足，而对“苍白脸”来说，美国性是意义不明的根源；在社会学分类上，“红皮肤”是平民的，而“苍白脸”是贵族的；在审美方面，“红皮肤”以自然主义为特色，而“苍白脸”却以普遍使用讽喻、象征为特征。“红皮肤”被指“缺乏文化修养”，但这不是因为他们所受的教育程度低，而是因为他们的反应是自然的、冲动的、感性的；他们缺乏个性文化，接受周围环境，及至最终融入其中。而“苍白脸”是具有“高度文化修养”的。他们排斥一般思想，追求宗教规范并疏离现实环境。在表达人民活力与思想灵感方面，“红皮肤”堪称一绝，但他们有走极端的一面，主要体现在庸俗的反智主义上。他们还将进取与认同结合起来，试图回到边疆心理的最原始状态。而“苍白脸”则沉浸于微妙的道德氛围中，有时甚至表现出假斯文、势利以及迂腐的倾向。“苍白脸”占据19世纪美国文坛，而“红皮肤”则主掌20世纪文坛。拉夫认为，这种两极化的倾向最终导致了“美国文学中经验与意识的分离与对立”，具体地说，就是“活力与情感、行为与行为理论、作为机会的生活与作为惩戒的生活之间的分离”。[70]“苍白脸”过于疏离经验、过于“精致”、过于讲究文雅，因而削弱了其对付经验的能力，盲目崇拜传统；而“红皮肤”因崇尚原始经验，显得既粗俗又庸俗，他们不能将自己与文化传统结合起来，因而是时代潮流的被动力量，缺乏震撼力与新生的品质。

拉夫指出，这两类作家都无法逃脱片面的困境，无法取得冲动与敏感、自然力量与哲学深度之间的平衡，而且由于思想与经验的分离，他们的作品大多数带有缺陷：要么幼稚而单调地复制生活，要么是缺乏感性物质世界养分的、抽象的精雕细琢之作。这种作家间的对立现象还带来了评论家之间的对立，导致美国文学传统的分裂，使美国文学染上了个性分裂的疾病。拉夫将美国的这种文学局面与欧洲相对比，认为这种情况是绝无仅有的。例如,在俄罗斯文学中，贵族的托尔斯泰与平民的高尔基之间就存在着共同的价值观与思想，但詹姆斯与惠特曼却无法互相容忍。

然而，尽管这两类作家身上都存在着不可克服的缺陷，拉夫指出他们还是具有各自的优点。例如，“苍白脸”具有古典小说家的活力与魅力，他们是自觉的个体，能延续乃至超越本团体的规范。“红皮肤”具有强烈的地方特色，是十足的实用主义者，却也是不成熟的神秘主义者。最后，拉夫希望詹姆斯与惠特曼能最终和解，达成共识，并且希望美国能有“努力和理解的办法”，创造出像欧洲那种成熟的文学局面。

拉夫的这种观点无疑是一位欧洲移民、一位局外人有感于美国文学现状中的问题而作的一番剖析，是他凭着一位文学批评家的敏锐与细腻，站在世界文学的高度，俯瞰美国文学的过去与现在而提出的。“苍白脸与红皮肤”形象地概括了现代美国文学的主要特征，指出了美国文学中存在的重大问题——经验与意识的重大分离。有评论家认为拉夫将美国作家分成“苍白脸与红皮肤”或“具有高度修养的”与“缺乏高度修养的”的做法过于简单，甚至有失偏颇。[①] 但是，美国文学中存在着的拉夫所谓的“经验与意识的分离”却是不争事实。《苍白脸与红皮肤》这篇文章曾在美国文学和批评界引起过巨大反响，但大多数人对拉夫的洞见表示赞同、欣赏。至今，“苍白脸与红皮肤”依然是人们评说19和20世纪美国文学两极分化的形象比喻。

拉夫进一步指出尽管“苍白脸”与“红皮肤”作家在许多方面存在着对立，对一方的肯定往往意味着对另一方的否定，然而它们之间还是存在着某些共同之处。《对经验的崇拜》一文可以说是拉夫对这一问题的进一步思考。他们的共同基础便是一种基本的美国主义，体现在他们对于经验的相互认同上。尽管他们采取的方式不同——詹姆斯是贵族的，而惠特曼是平民的，但都与整个清教历史有关。詹姆斯是凭着在生活行为中颠覆清教戒律的激进胆量，惠特曼则是借在民族文学中释放长期压抑的经验；詹姆斯遥望欧洲，视欧洲为理想的经验之所，去寻找生活的魅力与幸福，而惠特曼着眼于本土，大城市与边疆混乱、无序的生活是他的经验之所在；詹姆斯带着他天真的美国女孩，带着他美国禁

① 例如，理查德·蔡斯就提出过疑问：霍桑、梅尔维尔、詹姆斯是“苍白脸”吗？他们应该属于“混合”的一类。霍华德·芒福德·琼斯更提出“苍白脸”与“红皮肤”是对美国文学历史的教条阐释。见Richard Chase, “The Modern Writer”, *Nation* 4 (July 23, 1949), 89—90与Howard Munford Jones, “Criticism at Large”, *The Saturday Review of Literature* 30 (July 23, 1949), 16—17。

欲主义的传统，在古老的旧世界一路探寻，而惠特曼却欣然接受他在美国所见到的一切，并为之欢呼、为之高歌。因此，拉夫认为，他们之间重要因素构成的对立并不在于“对经验的态度”，而是在于“对构成经验之物的看法”。[71]

经验是拉夫话语的中心词，有两层含义：它有时指有目的地遭遇的生活中的一切和直觉感受，即“生活的全部体验”，在这个意义上，经验与意识的对立是典型的美国缺陷；但有时也仅仅指“感觉到的生活”，而非“生活的全部体验”。在詹姆斯的作品中，经验属第二种意思，代表的是“从生活的整个过程中积淀下来的或挑选出来的某些东西”，是“浪漫、现实、文明——一种自我推动、自动的存在”，与“财富、幸福、宏伟、成功”相关联。[72]詹姆斯的这种认识与当时占主导地位的美国清教生活暂时分离。拉夫认为，这在当时“不亚于一种革命的号召。它真正宣布了个人的权利——当然，不是公共的权利，也不是社会之人的权利，而是私人的权利，个性的权利。个性为经验的开放提供了唯一有效的保证”。[73]因此，从詹姆斯与惠特曼开始，对于经验的寻求构成了美国文学创作的基本的主题，詹姆斯与惠特曼也就成了美国现代思潮的真正开创者。但是，美国文学中这种对经验的崇拜与欧洲还存在着一定的距离。对欧洲人而言，经验已不止是“感觉到的生活”，它已经是“检验与创造价值的具体手段”。[74]欧洲小说家已从生活的内在价值与命运方面提出他们的问题，而詹姆斯还在“扩展生活，使生活超越原始的需要以及道德与物质的基本标准”，他寻找的是“生活的足迹”和“使生活丰富起来的具体条件”。[75]这种差距，按照当时的流行说法，源于新旧世界之间的差异——“新世界是旧世界的穷亲戚”，源于早期美国文学是“对国家缺乏经验的记录”。最早提出这种说法的是19世纪的作家。早在1828年，库珀就抱怨过“美国素材的贫乏”，之后霍桑在《大理石神像》序言中强调了库珀的抱怨，后来詹姆斯又发展了这种说法，认为美国具体缺乏的是“构成要素”。这些说法或多或少得到了批评家与历史学家的认同。

然而，在《本土偏见》一文中，拉夫指出了上述三位作家思想认识中的明显谬误。拉夫提出，“文学要素不是固定的、一成不变的”；文学并不需要与高度文明完全契合。在美国出现不了像欧洲文学那样伟大的作品，原因不是在于“素材贫乏”，而是在于“缺乏能够成熟处理手头素材的作家”。[76]拉夫指出，落后的俄国涌现出了一大批伟大的作品便是最好的佐证。况且，在19世纪后期，美国生活还是提供了足以进行想象性创作的经验。拉夫的看法是，尽管库珀在“皮袜子”系列小说的人物创作方面打破了传统，但他在风格、技巧上又太拘泥于既定传统；而霍桑又过分强调“传奇”的重要性，因为在那个时代，传奇已经过时，有前途、有活力的是小说。拉夫还将美国现状与欧洲现状相比，并指出巴尔扎克《人间喜剧》中的主要角色是职业阶层，美国也存在这一阶层，但是却没有出现类似于《人间喜剧》的伟大小说；包法利夫人这位漂亮女士身上的“厌倦”、“通奸”、“自杀”因素也绝非巴黎生活的专利。因此，根源在于美国作家的“固定姿态”，即除了詹姆斯与梅尔维尔之外，他们缺乏打破传统、言说似乎不能言说的“内在自由”的能力，具体地说，是缺乏对经验的想象力。美国作家缺乏欧洲作家那种将自我经验在现实层面上进行阐释的自由，因此，两种主要的经验媒介——小说与戏剧在早期美国几乎没有出现。布朗、库珀、霍桑以及梅尔维尔基本上都是传奇作家或诗人，他们充其量只能算是前小说家，不理解现实主义的重要原则。因此，直到19世纪80和90年代美国才开始具有真正意义上的小说家，那就是亨利·詹姆斯。拉夫认为，詹姆斯是美国的第一位小说家，他通过借鉴乔治·艾略特、巴尔扎克以及屠格涅夫的写作方法，确立了自我与经验之间的世俗关系。而霍桑与梅尔维尔不具备这一特点。尽管他们并非宗教作家，但他们生活在宗教信仰的影响中，他们的自我为道德良知与宗教教条所束缚，情感被社会环境与文化压抑着。

拉夫指出，霍桑的主要问题“不在于缺乏思想，而在于缺乏经验的想象力”。霍桑“心中难以排遣的不仅是对欲望的内疚，还有对否定欲望的内疚”，尽管祖先的信仰已对霍桑失去吸引力，但还是占据着他的心灵。因此，霍桑承受着“新出现的世俗的想象与垂死的旧英格兰宗教传统之间的冲突”[77]，世俗的想象不能自由地表达经验，因此，对经验的渴望就遭到了对经验的恐惧的扼杀。于是，在霍桑笔下，那位“不思悔改的妖妇”海斯特·白兰就成了渴望经验的“塞勒姆的黑女士”的永久象征，由于迪米斯代尔的忏悔，那种情人间的激情经验最终沦落成为有关罪恶的讽喻。詹姆斯也曾指出霍桑的讽喻是个弱点，它破坏了“故事与道德，意义与形式”。拉夫还指出，压抑的经验在霍桑作品中常以鬼怪的形式出现，霍桑在否定欲望的同时也在否定“进入经验的目的”，而“进入经验的自由”却是小说发展的必要条件，这是妨碍霍桑成为真正的小说家的另一因素。拉夫还指出，如果霍桑缺乏的是对经验的想象力，那么梅尔维尔的缺陷就在于“他对经验的两难处理：他既无法接受经验，又无法全然拒绝经验”。[78]

19世纪末20世纪初，随着美国生活质量发生巨大变化，美国知识分子开始在社会生活中崭露头角，美国文学也逐渐从过去生活的压抑中解放出来。拉夫指出，超验主义的兴起显示了人们要求广泛经验的热情。爱默生与梭罗的学说体现了那个时期作家对于典型美国经验的渴望与崇拜。他们试图推翻“苍白脸”传统，并充分利用原始状态的“红皮肤”的经验，因而出现了一种奇特的将本土主义纳入美国文学创作以及批评的现象。例如：惠特曼将爱默生的“在我们眼里美国就像首诗”变成了“美国本身就是首伟大的诗”。拉夫指出，他们那个时代的真正问题不是热爱祖国还是蔑视祖国的问题，而是能否创造性地、自由地运用素材、阐述经验的问题。将教条的爱国主义当成艺术创作的先决条件既亵渎了文学价值又体现了历史上文学的本土主义的脆弱性。拉夫认为这种要求作家吹捧民族自我，将文学纳入“美国事业”的做法最终会抑制作家的想象力、限定作家的思维，从而使文学走入意识形态的死胡同，失去社会批评作用。

到20世纪20年代，美国社会要求挣脱禁忌传统的呼声越来越高，途径也越来越多样。文学上的典型例子有：德莱塞坚定的自然主义、安德森笔下被禁闭的人们的反抗、刘易斯对大街的讽刺，等等。这些在拉夫看来都是在反抗中获得经验的武器，是应该肯定的一个方面。然而，这些作家取得这种活力的秘密武器似乎又仅仅是对性自由的渴望，拉夫认为这类作品是对旧有的美国天真的幼稚逆转。

20世纪30年代的经济危机虽然阻碍了经验形式的发展，但拉夫认为那十年的社会革命文学依然留有经验崇拜的印记。在马尔罗、西洛内等欧洲作家深入探寻政治思想、信仰之意义时，美国作家只蜻蜓点水般地涉及了这些问题，他们的焦点“无一例外地落在新鲜刺激的阶级斗争”上。[79]拉夫认为，尽管这也可算是对经验的表达，但它涉及的是经验的公共领域而非作家的私人领域。这时期美国在经验处理上与欧洲的差距在于美国出现了经验与意识的对立。这个经验是经验的第一个意义，也就是“作为有目的地遭遇的生活的一切直觉感受”与意识的对立，而非“感觉到的生活”与意识的对立。

拉夫以一位马克思主义者的姿态，将历史唯物主义引入对经验的理解。他认为政治艺术的主体是历史，历史之于经验犹如小说之于传记：就像传记内容的无法普遍化会阻碍小说灵感，无法将经验提高到历史水平也会阻碍左派政治艺术创作。拉夫进一步指出，政治艺术将经验提升到历史水平的必要条件是它对生活的感知，即艺术家将对于社会的过去、现在以及未来的感受联系起来的意识。在这个意义上，意识要为经验服务，并力求了解其深度与广度，但在融入对经验的理解的同时，意识又不能失去自我。拉夫指出：

> 经验在审美领域所起的作用可以用历史唯物主义赋予经济的作用作比：经验是文学的基础，在它上面还有价值、思想以及判断等上

层建筑——总之，是多层形式的意识的上层建筑。但这个基础和上层建筑不是静止不变的，它们在不断地相互作用与反作用。[80]

当然，拉夫认识到这仅是类比，而并非教条，但这种辩证唯物主义观念为拉夫有关现代美国文学缺乏“价值、思想以及判断”的观点提供论据，原因在于现代美国作家鲜有能达到“上层建筑”这个层面的。拉夫指出，亨利·詹姆斯的失败就在于他的意识没能充分参与经验的建设，他的主人公伊莎贝尔、密莉、麦琪在战胜“伟大世界”的同时也成了“伟大世界”的牺牲品；庞德完美的技巧与他不负责任的思想结合在一起；福克纳的创造力无与伦比，但他作品中经验的广度与深度不能完全弥补“条理不明、结构混乱以及价值与意义的含混”。拉夫引用了安德烈·马尔罗在小说中对于“怎样才能充分体验生活”的回答：“尽可能地将广泛的经验变成有意识的思想”[81]，指出这正是典型的美国艺术家所欠缺的，因为他们过于投入经验，以至最终让经验决定了一切。拉夫认为，个人经验所反映的仅是个小世界，在这个小世界之外还有一个更需要关注的、记录人类历史的大世界。与欧洲文学相比，美国文学所反映的世界是残缺的，它充其量是上半部《浮士德》——“将梦游者从学术藩篱里拯救出来，让他享受‘现实生活’的种种激情与乐趣”，但缺乏下半部《浮士德》——“主人公达到了更宽广的意识阶段，他将新近释放的个性自由投入到人类的长期利益中，投入到高雅艺术、政治以及阻止人类和自然中混乱力量的建设性劳动之中”。[82]因此，拉夫坚持经验只有与思想结合才能最终得到拯救。

如果早期的美国文学是“缺乏经验的记录”，那么拉夫总结现代美国文学的问题不在于“素材的贫乏”，而在于如何发现、利用现有的素材；不在于经验的缺失，而在于如何在有意义的层面上展开经验，即提升经验的想象力；不在于简单地陈述个体经验，而在于将经验提升到一定的高度，使之与思想结合，表达对整个社会的关怀。造成美国文学这种局面的原因有二：一是清教带来的种种压抑；二是美国个人主义思潮以及美国独立战争、内战等带来的成功。尽管这种对经验的崇拜没有带给美国文学足够的成就，拉夫指出它还是具有积极的一面，主要体现在：美国文学相对来说不怎么受抽象精神的影响，因为抽象在拉夫的思想中是“意识形态的岩与沙”，它会妨碍“生活流”的自由流淌。最后，拉夫还非常乐观地表示：

> 赤裸裸的经验还是美国作家的主题。尽管这些年来文学的不景气似乎显明这个主题实际上已经枯竭。本质上，这是个体从一种古老文学借鉴过来的主题，用以评判总结自我及其所处的新环境。然而，这种对自我的评判总结以及对自身所处环境的最初认识与体验如今已经将近完成。……有一件事非常清楚：过去，在19世纪和20世纪初，美国文学生活的本质在很大程度上取决于民族力量，而如今起决定性影响的乃是国际力量。从长远来看，确立美国文学未来发展方向的就是这种历史性的变化。[83]

的确，纵观从20世纪中期到21世纪美国文学的发展，拉夫对于美国文学中经验的阐释基本上是合理正确的。从詹姆斯、惠特曼到德莱塞的自然主义，到海明威、托马斯·沃尔夫的个人主义，再到福克纳的地方主义，经验始终是美国文学的主题。在他们之后，经验也还保持着对美国作家的普遍吸引力，出现了许多以体验生活见长的优秀作品。这些作品，根据拉夫的文学标准来看，大多属于能够在经验层次上表达思想的作品,比如黑人作家理查德·赖特、詹姆斯·鲍德温对美国黑人生活经历的透视；“垮了的一代”对另类生活方式和青年文化的体验，塞林格对少年经历的全新演绎，犹太作家菲利普·罗思等对犹太裔美国人生活的表现等等。从20世纪70年代末开始，美国文坛基本上形成了多元文化欣欣向荣的局面：艾丽斯·沃克、托尼·莫里森、汤亭亭、桑德拉·西斯内罗斯等少数族裔作家纷纷从各自种族文化出发，探索了少数族裔群体在美国白人主流社会中的种种经历。他们或许离拉夫所推崇的欧洲现代主义作家有一定的距离，或许不是经验与思想达到完美结合的伟大作家，但他们的作品大多数是拉夫所认为的民族层次上，如非世界层次上的优秀作品。他们为美国文学增添了新的声音、注入了新的活力。

到21世纪，对经验的体验依然是美国文学传统的基础，一方面，优秀文学作品的标准依然强调“人生的片断”的写作风格，强调具体优美地描述地点、人物以及场景，强调审美；另一方面，正如拉夫所言，美国文学未来将经历从“民族力量”向“国际力量”的“历史性变化”。随着人类迈入新世纪，随着经济、文化逐渐全球化，人类的生活越来越受“历史性变化”的影响。美国文学正在经历从“民族力量”到“国际力量”的转变，总体上它依然是在经验的层面上审视个人在特定历史时期的生活体验，只是经验的内容已明显不同，完全烙上了这个时代的印记。

在新的历史时期，美国文学对经验的体验还体现在对新的文学方法的体验上。这实际上也是受“国际力量”的影响，主要体现在非现实主义与后现代的写作上。它的代表人物有约翰·奇弗、雪莉·杰克逊、拉尔夫·埃利森、库特·冯尼格、托马斯·品钦等。

4 “第六感”与“时代潮流”：美国文学批评之二

早在《文学与第六感》序言中，拉夫就明确表示他对历史事实与历史前提怀有浓厚兴趣，这种兴趣形成了他的历史意识，即所谓的“第六感”。长期以来，这种“第六感”一直影响着他的文学态度以及文学评判，更重要的是，它赋予了拉夫极有意义的分析工具和情感资源，使他能够在历史的层面上将文学与文化、社会结合起来，并且关注文学在社会中，尤其是在政治生活中的存在，思考文学与社会间的互动。因此，拉夫的许多文学批评都是对美国特定历史时期的反映，尤其是对他所生活的那个年代——20世纪30年代到60年代的反映。

拉夫将他生活的那四十年分为文学的三大时期。第一时期是以社会政治为中心的30年代，那十年许多激进作家卷入苏联共产主义。第二时期是逃避政治活动与思想、带有旧左派味道的40和50年代，那是本质上保守的二十年，其间出现了两种主要思想倾向：新批评和宗教复兴。第三时期是动荡不安的60年代，这一时期没有统一的思想，却有许多互相矛盾的趋势，如政治意识的复苏、年轻人对政治的热衷以及自命不凡的新审美主义，即所谓的“新感性”的出现等。拉夫感叹这四十年发生了太多的事情，经历了从热衷政治到逃避政治再到政治复苏的过程。总体上，对文学创作与文学批评来说，既是好事又是不幸。

拉夫所谓的“不幸”很大程度上是指美国文学中“第六感”的缺失。他曾指出，“美国的别名应该是记忆缺失”，因为“我们似乎一直生活在对文化的记忆缺失之中，每当时尚和对新事物不加批评的反应流行时，记忆就是短暂的”。[84]因此，作为一位文学批评家，拉夫认为他有责任为过去几十年的文学、文化事件恢复记忆。还需指出的是，拉夫的文学批评个性犹如他本人的脾性，拉夫曾经表示：“我脾性中没有虔诚。”[85]他认为：“批评的真正功能在于经常性地抵制时代潮流，而不是屈从于如今日益普遍的脱离常规的现象。”[86]因此，无论是对20世纪初的自然主义，30年代的无产阶级文学，40和50年代的新批评、宗教复兴、对神话—象征的猎取，还是对60年代的新审美主义、色情文学等，拉夫的批评总体上都是贬多于褒，否定多于肯定。

4.1 自然主义

在《自然主义衰败札记》一文中，拉夫从社会历史、创作实践等方面分析了自然主义衰落的原因。

首先，从社会历史层面上，拉夫认为自然主义无法在科学与工业社会中生存下来，因为随着社会的发展，随着人们熟悉的世界逐渐消逝，自然主义无法应付现代生活中的变化。目前，自然主义描写稳定的世界已黔驴技穷，面对日益分裂的世界，自然主义更会力不从心。拉夫指出，这种情况的根源主要在于自然主义对现实的处理基本上是簿记式的、机械化的。这种对素材处理的肤浅性和外在性既使艺术成了对生活的复制或如实报道，从长远来看，又违反现实主义的创作原则，因而最终会损害作品的价值和意义。拉夫始终对现实怀有独特的情感，他坚持现实，无论是过去的、现在的还是将来的，永远是评判作品的基本标准。拉夫赞赏亨利·詹姆斯对小说的看法，并且援引了他在《小说的艺术》中的观点，认为小说的优点在于“它通过与现实博大又微妙的接触获得了现实的姿态”，在于与“生活的幻想”之间取得了联系。[87]这种“创造幻想”的能力正是自然主义作家所欠缺的。拉夫指出，自然主义作家首先抱着极端的“环境即命运”的信条，通过大量的数据堆积和精确记录，将创作锁定在对素材的忠实处理上，他们墨守成规，完全缺乏“创造幻想”的能力和精神。

其次，在对人与环境的处理上，由于自然主义作家视人之于环境犹如动物之于自然，因此他们使人物屈从于环境，将人物的命运严格限定在决定性过程中。

再次，在对经验的处理上，自然主义作家常从典型方面着手，以至于他们笔下的人物大多属于“标准类型”。

最后，在价值领域方面，自然主义的准科学方法在理论上看似能使作家保持中立态度，但在具体实践中，作家却无法真正保持那种纯客观的立场。拉夫指出，这不是说自然主义作品没有道德内涵，而是说它们的道德内涵是“严格的功能性的道德，缺乏任何超越的因素和个人自由感”。① 88因此，自然主义手法使得人物缺少自我意识，排除对经验进行悲剧化处理的可能性。总的来说，自然主义作家缺乏卡夫卡的创造力，即“使对立走向和谐，将已知融入未知，将神话与现实结合，以及将显而易见的对现实的经验描述与对经验进行魔术般解构结合在同一框架中的能力”。[89]

由于自然主义的这些缺陷，拉夫指出在法国作家中，几乎没有哪位一直坚守着自然主义的阵地。他们的伟大之处在于他们能从别的方面去弥补自然主义缺失的东西。例如，龚古尔兄弟成功地“以印象主义的灵动性逃脱了对赤裸裸的真理的原始描绘”。左拉的自然主义被史诗般的想象力调和，具有神话色彩。拉夫援引了托马斯·曼的一段话，说明在诗歌的神秘主义方面左拉与理查德·瓦格纳具有惊人的相似之处。于斯曼在其自然主义时期“对风格的关注超过了对内容主题的关注”。[90]

那么，美国自然主义作家呢？拉夫指出，美国的自然主义总体上朝着两个方向发展：一是单纯地记录环境全貌和地方故事；二是揭露社会经济状况。前者有詹姆斯·T.法雷尔，其作品主要是对世态的记录，素材的选择本质上是为了表现社会状况。后者有约翰·斯坦贝克（《愤怒的葡萄》）、理查德·赖特（《土生子》）等的揭露小说以及约翰·多斯·帕索斯的《美国》三部曲等。尽管美国的自然主义作品与欧洲的自然主义作品相比存在着一定的差距，但拉夫还是肯定了美国自然主义作家与作品的可取之处。例如，他提到：“就自然主义而言，西奥多·德莱塞是无人能超越的……他具有巴尔扎克的特点，能够抓住金钱与权力机制的要点。”[91]德莱塞强调色情，但这是他小说中人物的生存环境。辛克莱·刘易斯作为小说家尽管不能与左拉和德莱塞同日而语，但自然主义为他详尽无遗的纪实报道才能提供了一种现成的文学手法。法雷尔笔下的斯塔兹·朗尼根是街道—神话英雄的原型。多斯·帕索斯的《美国》三部曲

---

① 拉夫认同契诃夫的看法：“个人自由感是创造性才能的主要构成部分。”见Philip Rahv, “The Education of Anton Chekhov”, in *Image and Idea* (A New Directions Paperbook, New York, 1957), 233。

被批评家标为“集体”小说，记录了“商业文明的衰落”，拉夫认为它还是自然主义小说中极少能做到通过对语言使用的控制，使叙事与风格互相作用的一部作品。至于福克纳、海明威、考德威尔，拉夫说他不明白为什么有些批评家、文学历史学家将他们列入自然主义之列。拉夫认为，福克纳惊人的创造力与奇异的幽默不应属于自然主义；海明威在抓住事实、激发情感以及描写行动的事实方面当属现实主义作家，但另一方面，海明威也极为主观，他倾向于自我描述、自我戏谑，作品中很少有背景研究，也鲜有事实报道；而考德威尔是位抛弃城市生活的作家，同时也是位喜剧家。

最后，拉夫指出，导致自然主义衰落的除了上述缺陷之外，还有另外两个原因。一是心理科学，尤其是心理分析科学的发展，它使文学创作朝着结合对心理过程进行细微描写的自然主义手法与揭示主体与非理性的反自然主义手法的方向发展。二是自然主义染上神秘色彩的趋势。拉夫坦言，结束自然主义并不等于结束现实主义，因为现实主义的原则至今仍是“获取现代思想的最有效手段”，而且对于真正的小说家来说，“现实还是他们质疑的对象。现实对于他们来说犹如克尔凯郭尔所说的‘裂开的伤口’，一种健康的裂开的伤口：有时让伤口裂开更为健康，伤口愈合时事情会更糟”。[92]为了能够让“生活的片断”朝更深、更广的方向发展，拉夫始终坚持他“创造性矛盾”的原则，即致力于展现现实所呈现的事实与理想的现实之间的矛盾。拉夫非常赞同特里林在斯科特·F.菲茨杰拉德身上发现的那种矛盾——“他的个人自由意志思想与他对环境的看法之间的冲突。……对一流智慧的考验是能否同时拥有两种对立观念，并且还使这两种对立观念都起作用”。当然，有这种思想的人还不在少数，例如欧文·豪曾指出，“社会与思想之间的冲突是知识分子文学批评价值的标准”，卡津也提出，“冲突一直是每一部文学作品的中心”。[93]

4.2 无产阶级文学

拉夫对无产阶级文学的认识与他的政治思想紧密相关，并且其转变也与他的政治思想转变方向一致，经历了一个从肯定到否定的过程。

早在1932年，在《文学的阶级之战》一文中，拉夫就借助希腊思想中艺术的“宣泄”作用，高度评价了无产阶级文学中“宣泄”的存在、作用与意义。“宣泄”一词源于亚里士多德，亚里士多德在《诗学》中为悲剧辩说，认为悲剧的作用是“激起怜悯与恐惧，从而净化情感”。从此，它便成了艺术创作中一个不可或缺的审美概念。拉夫认为，在无产阶级文学中可以同样体察到“宣泄”，尽管形式不同并与亚里士多德的哲学意味相反，但它也净化情感。拉夫提出，无产阶级的“宣泄”与过去“超验的精神释放”不同，它是通过行动释放，“是火的洗涤”。[94]拉夫的这种看法大胆突破了文学与生活的界限，它激励读者采取行动、进行军事斗争，使艺术客体变成改变世界的工具。因此，在无产阶级文学的“宣泄”中，除了亚里士多德概念中的怜悯与恐惧之外，拉夫还添加了第三个因素：斗争。

拉夫是这样具体说明的：观众在对无产阶级戏剧舞台人物的认同中，被激发了怜悯，他会因为资本主义制度下工人恐怖的生存现状而感到恐惧。这两种情感最终在白热化人阶级斗争中得到融合，之后通过掌握在群众手中的无产阶级意志的武器催生出一种革命的行动，这就是“宣泄”。通过这种“宣泄”，无产阶级作家可以丰富无产阶级艺术。拉夫指出，这点恰恰就是目前美国作家所欠缺的。

然而，七年后，经历了无产阶级文学的种种变异，拉夫写了《无产阶级文学：一次政治解剖》一文。该文阐释了拉夫对无产阶级文学的看法，分析了无产阶级文学失败的种种原因。这篇文章算得上是拉夫对无产阶级文学及运动的最好总结。

拉夫首先肯定无产阶级文学运动的出发点是好的，是为了加强政治与社会的关系，因而无产阶级文学和其他文学类型一样，反映的是阶级的兴趣、需要和态度。拉夫表示，在那个特定的历史时期，由于左翼革命的胜利，无产阶级文学有着存在与发展的空间。首先，经济危机提升了"普通人"的地位，使之成为艺术家的同情对象和小说的理想载体。其次，以表达社会理想幻灭为重点的20世纪20年代文学在30年代已无法满足文学重建的要求。但最终使无产阶级文学得以确立的还是共产党。共产党通过出版左派文学杂志、任命政治监督委员会、装备读者、组织基地、培养一支党旗下的作家队伍、确立马克思主义为无产阶级文学的理论基础等一系列具体行动，成为了无产阶级文化的最终组织者。但逐渐地，由于美国共产党要求作家视苏联为最高权威、视社会主义为力量的主要源泉、视阶级斗争为现代生活的中心，以及视工人阶级联盟为创作的基础，无产阶级文学蜕变成了披着无产阶级文学外衣的党派文学。在这个意义上，拉夫认为无产阶级文学实际上是作为一台复杂的政治机器在运作，完全忽略了艺术创作的审美原则，既混淆了一般意义上写作的政治性与在特定历史时期单个作家的政治性，又没有明确说明作家与工人阶级的联盟是否是与该阶级的特定政党的联盟。作为一种政治工具，无产阶级文学的创作与批评自然烙上了党性特色，而为了使自己的作品被承认，作家还不得不屈从于为了党的自身利益将党与阶级的概念混为一谈的共产党的领导。[95]拉夫指出，这是无产阶级文学失败的根本原因。

那么，到底阶级文学与党派文学具有什么样的本质区别？首先，阶级文学是代表多阶层群众、多利益群体的文学；而党派文学由于受功利主义目的的限制，算不上真正意义上的文学，因为党是个过于狭小的社会生活单位，党派文学仅是宣传一个政党政策、观点的工具，无法成为精神艺术上层建筑形式。其次，阶级文学表达的是整个社会分支的历史存在与意识。它具有有机的传统与规范，并对未来充满信心。它允许情感与思想的自由交流与冲突，且能在某些方面超越既定社会的局限。它的目标是整个人类的规划与图景。相比之下，党派文学只是一个阶级的政治工具，且往往是那个阶级的几个团体中的某个团体的政治工具。再次，由于无产阶级文学是与资产阶级文学相对应的一个概念，它缺乏只有统治阶级才拥有的物质手段与自我意识，即缺乏文化创造的条件，因此无产阶级文学的生存现状使它只能产生出一些有限的和次要的文化形式，如城市民谣、语言变体等。拉夫指出，无论是苏联、法国，还是美国的无产阶级小说，它们在想象与情感上都缺乏异于资产阶级的创造性形式，它们与资产阶级文学唯一的不同是政治的不同，而在美国，这种政治甚至也不是无产阶级的政治，它仅是一个政党通过马克思主义知识分子引进的一个概念而已。

据此，拉夫指出，这种蜕变成党派文学的无产阶级文学，作为文学艺术，质量非常粗糙，它展现的是一幅既可笑愚蠢又扭曲变形的美国生活画卷。尽管这种文学当初具有美好的革命意图，但其政治内涵是教条的。大多数无产阶级作家没有对社会经验进行现实的个性化描写，而是按照第三国际的行动指示，想象性地虚构、论证第三国际所推断的“现实”。拉夫强调，尽管其中有一些作家，如约瑟芬·赫比特、格雷斯·伦普金、罗伯特·坎特韦尔、肯尼思·费林能坚持己见，避开种种幻想，但无产阶级文学，作为极权共产主义历史中的一段插曲，在当代文学中的形象既是一出“弄错了角色身份的喜剧”，又是一出“伤心的社会冲动悲剧”。[96]

可以看出，拉夫对无产阶级文学的批评是尖锐、无情的。他言辞露出锋芒，这在很大程度上体现了拉夫对当时共产党干预文学的愤懑。

4.3 对神话—象征的猎取

对20世纪40年代出现的一股神话—象征猎取热，拉夫在《神话与源泉》一文中给予了深刻的分析与批判。拉夫从他对历史情感的“第六感”出发，鲜明地指出了造成这种神话崇拜的心理机制和思想机制。拉夫追溯了神话的起源、本质及原始意义，分析了神话主义对时间的否定在文学中的表现，还就神话与文学提出了自己独特的见解。

拉夫认为，对神话的崇拜首先体现的是对浪漫主义的潜在渴望，因为浪漫主义者最喜欢以象征隐喻看待神话，他们视神话为人类"更高级的教义和超精神洞见之源泉"，是照射他们内心欲望的魔镜。[97]更重要的是，拉夫指出，对神话的崇拜体现的是对历史的恐惧。神话崇拜者害怕历史。现代生活以难以理解、难以控制以及快速变化为标志，有些人无法适应，更不用说去接受这种变化。他们渴望某些永久的东西能让这个世界稳定下来，而神话的魅力似乎正在于此。神话以拟古主义的吸引力使他们相信它能平复时代的伤痕，能够融合过去与现在，将人从暂时性的流动中解脱出来，抑制"无时、永久、反复出现"且被视为"神圣循环"的变化。拉夫指出，"神话的"与"历史的"构成了对立的两极，因为神话安逸、稳定，而"历史代表的是过程，是不断变化以及不停变更和革新。历史是变化的源泉，它在创造未来时会破坏风格与传统。而未来，随着目前对进步的乐观主义的热情消退，总是与未知的危险与威胁相伴的"。[98]

拉夫进一步指出，对历史的恐惧本质上也是对自由的恐惧。在对这点的论证上，拉夫运用了黑格尔与马克思主义有关历史冲突与危机的学说。拉夫指出，如果人有自治的能力，那么历史是唯一可以使这一能力得以实现的领域。然而，历史是自由的领域，但同时也是"人由命运决定反对人类自由"的领域，人类自由的创造经常会被命运利用，成为反对人类自身的工具，例如人类创造的技术常会带着不可抗拒的力量反对人类。另外，由于人类历史发展，特别是拉夫所处时代的历史发展的曲折性，有一些人开始退出历史，转向神话。拉夫指出，这种对于稳定的希望从长远来看是种幻想，寻求神话以逃脱历史也最终是徒劳的。

具体到文学，拉夫指出，这种对神话的崇拜体现在对历史时间的否定上。这种否定是通过一种审美的和意识形态的方法确立一个神话时间，即一永恒的过去而获得的。其特点是混淆过去、现在与未来，并且反对历史是无法重复的、不可避免地向前的观点。在这方面，拉夫详细评述了约瑟夫·弗兰克的著名文章《现代文学中的空间形式》。拉夫认为弗兰克援引了艾伦·泰特对庞德《诗章》的评价："将古代、文艺复兴时期与现代并置在一起，使它们变成无时的、无起源的、非历史的混和物"，并以同样的思路去分析《荒原》、《尤利西斯》、《夜间的丛林》等文学作品，最后结论性地指出这些作品使历史成了非历史，这一点体现在"通过并置手法，抹杀了过去与现在的区别，将过去与现在空间化地定格在无时的统一中，取消了历史的顺序感。客观的历史想象……变成了历史时间并不存在的神话想象"。拉夫并不认同弗兰克的阐释，他指出弗兰克的缺点主要在于"这种历史撤离没有提供任何社会历史的阐释，而只将历史看做'空间形式'中的一种审美现象"。[99]拉夫提出了有异于弗兰克的阐释，他认为在艾略特与庞德身上起作用的：

> 不是神话想象而是神话想象的审美影子，一种对无时的幻觉。……事实上，艾略特和庞德诗歌以牺牲现代社会为代价，运用争辩性的讽刺本身就证实了对历史的明显的责任感。……他们参与历史就像大多数现代作家对"现代境况"敏感一样，只是他们所采取的形式是否定的形式。[100]

与庞德相比，艾略特在表达一般思想状态方面更加真诚。尽管艾略特是位教徒，但他的宗教信仰并不与他的历史意识相抵触。作为一位文学批评家，艾略特不倾向于去猎取神话，因为他明白神话将文学历史视为静止的；艾略特寻求的是那些在历史上具有启发意义、能产生有意义变化的情感的变动。拉夫认为，在庞德的《诗章》中，"时间并不像在神话中是静止的，也不像在历史中是运动的，时间仅仅是悬空在那儿"。[101]拉夫对《尤利西斯》的看法是：小说中丰富的、类似于神话的东西只不过是

“为小说的结构提供了支架，只有热衷于评注《圣经》之士才会将它视作小说结构本身”。[102]那些类似于神话的成分并没有充分进入对人物的表现，它们的主要作用是帮助作者组织素材。乔伊斯的人物深深扎根于他所生活的城市和整个欧洲的历史现实。尽管他的《芬尼根守灵夜》中的神话倾向远远超过《尤利西斯》，但也还是不能将《芬尼根守灵夜》视为现代文学中“空间形式”的最完整例子。拉夫认为，神话形式在严格意义上仅是用于投射历史的非历史观或反历史观的审美手段，它充其量是种神话倾向，而且这种神话倾向也绝对不独立于历史性。

关于“空间形式”的概念，拉夫援引保罗·蒂利希有关对历史进行非历史阐释的两个前提，并指出如果他的第一个前提成立，那么对时间的空间化意味着对历史抱有失败主义的态度。这种态度从长远来看定会导致文化的衰退。如果蒂利希的第二个前提成立，那么历史只是“堕落的一个过程”，将会导致“无法逃避的自我毁灭”。[103]因此，拉夫坚持必须区分作为一种意识形态的“神话主义”与艺术实践。在乔伊斯身上，意识形态几乎是觉察不到的；在艾略特身上，可以觉察到一点；在庞德身上，也还能看到点世俗化的意识形态。但如果将托马斯·曼列入神话作家之列，那就是个明显的错误，因为曼的《约瑟夫和他的兄弟们》并不是神话小说，而是有关神话主题的小说。在这篇叙事中，是人物而不是作者在经历超越过去与现在的“纯时间”。在对神话的再创作中，托马斯·曼的成就还要大大归功于弗洛伊德的心理学。拉夫指出，心理学是固有反神话的，弗洛伊德的方法是对历史方法的一种特殊改编。

拉夫还特别强调，神话崇拜与崇拜者有意识地混淆几对重要概念有关。

首先是神话与文学。从神话的起源看，神话是与仪式有关的一种叙事。神话不是自省或历史意识的产物，也不是寻求科学或哲学真理的产物。它起源于反复出现的对实际的心理需要的反应。拉夫还援引S.M.胡克的一段话以说明神话创始者的原始意图。胡克表示，神话的创始者“不关心有关世界的普遍问题，他们只关心日常生活中实际又迫切的问题，例如如何维持生活、如何使日月正常运转、如何保证尼罗河水定期涨落、如何保持国王身体的活力（国王是社会繁荣的象征），等等”。[104]因此，拉夫认为神话是客观想象，文学只能从神话的素材与模式中吸取灵感，但神话本身不是文学。文学作品主要以言语的次序和对言语的质的安排为特征；而神话，正如苏珊·朗格所言，不囿于“任何特定言语或语言，它可以是口头、绘画、表演或舞蹈形式”。[105]

其次是神话想象与艺术想象。拉夫提出，神话想象是种信仰想象，它视客体为实际存在，而艺术想象属于人类思想史上相对较晚的发展，基本标志是艺术从纯粹的事实与物质中得到解放，逐渐与神话分离。尽管神话是艺术与形而上学的源头，但它既不是艺术又不是形而上学。神话中没有现实与象征的区别，因此也没有辩证的自由。即使神话在某些方面具有教育意义，它还是无法完成道德的启蒙：善与恶的问题是在神话之外的。另外，神话客观化的是集体经验而非个人经验，神话中没有个性。

最后拉夫总结，对神话的崇拜导致文学从历史经验与创造性撤离。这种情况只会意味着文学的停滞，因为艺术家以无时、不朽之名义否定时间其实是在误解其创造性的职责。回到神话不是超越的捷径，真正的超越在于向时间提出挑战。拉夫相信只有经历了与时间的格斗，艺术才会成为真正的艺术。在批评行为中，神话主义对历史的反叛主要体现在对神话模式的寻觅中。神话主义批评家视寻找神话模式为其神圣职责。他们认为在小说或诗歌中找到某一种神话模式就等于找到了作品的价值。拉夫指出，这是个极大的错误，因为没有价值的作品中也能找到神话模式，神话模式纯粹的无时性绝不是文学价值的保证。

在《小说与小说的批评》一文中，拉夫再次指出在批评行为中将作品中的神话模式、象征、讽喻等同于作品价值的错误做法，并且进一步指出，这在很大程度上是误用诗歌分析技巧的问题，还有不加区分地混用象征、讽喻、神话模式这三个概念的问题。拉夫表示,不久前讽喻还被视为一种低下的形式，因为它在想象力方面几乎不能与象征相比,神话也绝非象征，而如今这三者却成了同义词。拉夫还特别举例分析了斯托尔曼对《红色英勇勋章》与《秘密伙伴》的解读，指出斯托尔曼对两部作品断章取义的"宗教讽喻"分析实在是既荒谬可笑，又迎合潮流的做法，根本不值得推崇。例如，斯托尔曼将《红色英勇勋章》第九章的结尾句"太阳宛如一片薄脆饼，涂抹在天空中"看做克莱恩整部作品象征的关键；杰姆·康克林代表耶稣（因为姓名缩写是J.C.）；《秘密伙伴》是一种双重讽喻，既是对人的道德良知的讽喻又是对审美良知的讽喻；船长房间呈大写字母L形，讽喻船长和艺术家分裂的灵魂，等等。[106]

在《批评与可供替代的想象》中，拉夫还批评了威廉·约克·廷德尔在他的《文学象征》一书中对象征主义的极端看法。廷德尔认为："小说主要是关于单纯、简单的象征，而不是关于世俗事件，如人物经验、性格与命运的象征。"拉夫指出，这种看法"实际上将小说与诗歌的主题与素材变成了幻影；象征的形式变成了创造性过程的材质，既是目的又是手段"，这是个极大的错误。[107]

拉夫还批评了亨利·莱文教授在《黑色的力量》一书中解读霍桑、梅尔维尔、爱伦·坡时使用的神话象征猎取方法，以及休·肯纳的《日晷指针：十篇当代文学论文》一书中极端的新批评右翼倾向。莱文将"黑色"的象征意义与"罪"、"内疚"、"恶"等概念结合在一起；而肯纳则是庞德的主要崇拜者，他视庞德"不仅是诗性用词大师，而且是历史洞见与社会智慧大师"。[108]拉夫认为，这样的阐释极为幼稚与偏执，既缺乏真正的洞见，又不是真正的批评行为，其背后的动机不是文学因素，而是对经验的实际性所持的厌恶态度。这些批评家极端贬低现实，他们去象征、讽喻、神话那儿寻求文学的价值，事实上是在逃避现实，梦想进入一个永久的精神居所，本质上是对历史的恐惧。

4.4 形式主义的新批评

新批评作为形式主义派别形成于英国，20世纪30年代至50年代是新批评在美国的发展、鼎盛时期，60年代以后逐渐衰落。

在美国新批评界，柯兰斯·布鲁克斯是公认的代表。拉夫认为他身上具有新批评的两大典型特征。其一，新批评避开威尔逊等在批评中常用的心理学、传记研究以及社会政治历史方法，强调“批评”方法而非“历史”方法。具体地说，就是排斥作品外在的一切因素，如作者、写作背景、时代、道德等，将作品作为独立的、自给自足的存在进行研究。与约翰·克罗·兰色姆的“本体论”相比，埃德蒙·威尔逊、莱昂内尔·特里林、理查德·蔡斯、艾尔弗雷德·卡津、欧文·豪，当然还有拉夫本人的文学态度基本上是世俗的、社会的，他们更关注思想以及重大且有争议的问题，他们的批评主要是总体评价。其二，新批评信奉“原罪”的教条，且竭力将自己束缚在“传统”、三大论题——“悖论”、“反讽”以及“复义”上；新批评在小说批评中还过分强调语言的因素。例如，兰色姆借助于新批评在诗歌批评中的成就，摘取了简·奥斯汀、亨利·詹姆斯、托尔斯泰三位作家作品中的某些段落进行分析，最后结论性地认为在文体方面，托尔斯泰远远逊色于其他两位作家。拉夫对于这个结论提出了异议。他首先质疑兰色姆所摘段落的经典性与科学性，继而指出仅从语言角度去评判一部作品有失偏颇，因为在别的方面，如在人物塑造、道德情感、生活的深度、情节构建等方面，托尔斯泰远远超过简·奥斯汀。拉夫还进一步表示，如果按照新批评的这种语言风格标准，绝对可以说屠格涅夫比托尔斯泰与陀思妥耶夫斯基更优秀。然而，这样阐释是一种极端的形式主义方法。拉夫认为在这方面，利维斯与兰色姆的观点基本相似，俄国形式主义的极端分子大体上也采用了类似的方法。他们对待小说犹如对待诗歌，并且普遍对由言语组成的事实表现出了过度的热情。

因此，新批评一方面一味强调文学的内部因素，对文学的外部因素完全弃之不顾，最终割裂了文学与作者、社会历史、现实生活的种种联系；另一方面又过于重视语言的作用，走入了极端的形式主义的泥潭。这种做法在拉夫看来是极其狭隘、片面、保守的。新批评作为一种批评形式不仅会“导致文学系统中批评力与创造力间关系的混乱”，而且会“抑制批评的发现能力”，更会“造成一种呆板的、自给自足的自我意识局面”。[109]但令拉夫感到十分欣慰的是，从20世纪50年代起，新批评终于开始盛极而衰。

然而，尽管拉夫对新批评表现出了极大的不满，但他还是肯定了新批评的一些成就，尤其是20世纪20年代老一代新批评家的批评实践。那时“新批评”这一术语还未诞生，他们中大多数人是诗人兼评论家，有艾略特、庞德、兰色姆、泰特、温特斯、布莱克默、奥斯汀·沃伦、罗伯特·潘·沃伦等。拉夫指出，这些新批评家致力于对英国诗歌的重新评价，取得了许多卓越的成就，只是在他们之后，由于年轻一代恪守文学形式主义的教条并不加分析地倾向于愚昧的社会历史意识形态，新批评逐渐变成了“稀释的形式主义与稀释的传统主义的混合物”。拉夫说它是“混合物”，因为那是人为地、强迫性地合成的；说它是“稀释的”，因为那是迎合时代潮流的产物。

5 作为文学批评家的品质

拉夫热爱文学，关注文学在社会中的存在，并且能够作出独到的评论，他的文学批评都是他对文学与社会敏锐洞见之产物。拉夫并不多产，对文学理论也不感兴趣，但可以说他的评论字字珠玑。面对各种复杂的文本以及文化现象，拉夫不会局限于某一狭隘的或僵化的批评技巧，更不会被“方法论”所迷惑或欺骗。拉夫提出，批评家要“明智”，非常“明智”。拉夫的文学批评态度是严肃、认真、谨慎的，与他激进的政治批评相反，拉夫的文学批评极为温和、善良、谦逊、豁达。他意欲确立某种文学批评标准，引导读者并为他们提供一个阅读与批评的方向。这种态度与责任心成了拉夫批评的出发点，也是他批评的主要动力，既构成了他作为一名公共知识分子的品质，又奠定了他作为一位文学批评家的基础。

亨利·詹姆斯曾说过：“一部艺术品最深刻的品质将永远是创作者的思想品质。”[110]此话可以看做拉夫批评实践的立足点——既是他寻找文学作品价值之立足点，也是确立他自己批评标准之立足点。如果文学作品的最深刻品质体现在拉夫所谓的“创造性矛盾”之中，那文学批评家的思想品质应体现在哪儿呢？归纳起来，在以下几个方面：公平、正直、客观、辩证、视野宽阔、头脑清晰、反时代潮流，并且还应具有世界性的眼光、作为批评家的使命感和责任感。这些品质是拉夫言说别的批评家的参照，也是他自己批评实践的依托。它们既是拉夫博览群书、参与文学批评的思想结晶，又是他与别的作家和批评家书面思想交流的结晶。

这些品质集中体现在拉夫所喜爱的作家之一——亨利·詹姆斯身上。拉夫认为，在美国批评史上詹姆斯是位非常特殊的人物，因为他“既是在美国文学中最被欣赏的，也是最不被欣赏的作家”。这种情况缘于批评中两种对立趋势——过度的赞美和过度的贬抑。拉夫曾指出：“对某些读者而言，詹姆斯是最伟大的作家，是他那种风格的典范；而对另一些读者来说，他是在经验方面想象力贫乏的小说家。”[111]拉夫对詹姆斯的评论调和了上述两种极端，将他作为批评家的一面——客观、平衡与智慧——发挥得淋漓尽致，具体体现在《所有时代的女继承人》、《对亨利·詹姆斯的态度》、《推翻圣言》、《亨利·詹姆斯与他的崇拜者》、《对经验的崇拜》、《苍白脸与红皮肤》等文章中。

在1957年版《意象与思想》的序言中，拉夫指出：

> 我与其他人一样，对于某些文学学术圈对詹姆斯突如其来的兴趣与另一些文学学术圈对他的拒绝感到震惊……因为对他的长期偏见似乎已变成一种不加批评的吹捧。尽管表现形式不同，但它们或许都有碍对其成就的合理评判。[112]

显而易见，拉夫是在为从全盘否定詹姆斯到全盘肯定他的那种批评感到忧虑。最初吸引拉夫的纯粹是詹姆斯的文学以及知识分子品质。出于对詹姆斯的欣赏，拉夫在1944年编了一本詹姆斯作品集，成为第二次世界大战以后引导人们恢复对詹姆斯兴趣的主要人物。当时学术圈全盘否定詹姆斯，拉夫决定为他平反，并声明詹姆斯是美国文学中亲英派与恐英的本土主义者争斗的受害者。对詹姆斯的否定本质上是民族主义者与进步主义者的政治偏见。詹姆斯移居国外，放弃美国国籍是导致民族主义者与进步主义者指责詹姆斯“疏离本土，对本土不忠”的导火线。继而民族主义者又对詹姆斯的“精致”审美、讽刺以及他后期日趋表现出的复杂、晦涩、模糊、势利等特点进行批评。这种批评盛极一时，以至于在20世纪40年代的《美国文学大学读本》一书中也有这样的说法：“不能说亨利·詹姆斯真正属于美国，因为他批评美国，仰慕欧洲。”[113]毫无疑问，那时的普遍拒绝在很大程度上是因为詹姆斯的社会态度与美国的社会精神不符。

1940年，拉夫在《对经验的崇拜》中为詹姆斯进行辩护。他肯定詹姆斯不妥协的个人主义具有抹不掉的“美国性”。在1943年，拉夫写了《对亨利·詹姆斯的态度》一文。该文具有双重作用：一方面，恢复詹姆斯应有的名声；另一方面，提醒大家不要对詹姆斯过度热情，将詹姆斯提升到一个不适当的高度。面对像马克斯韦尔·盖斯马那样的诋毁者和利昂·伊德尔那样的吹捧者，人们应该提高警惕，注意区分什么是纯粹的恶意以及什么是真正的批评。拉夫在《推翻圣言》一文中对马克斯韦尔·盖斯马那种“意在‘消灭’詹姆斯的个人尊严以及艺术尊严的血腥攻击”进行了严厉的批判。[114]拉夫指出，盖斯马的批评动机是纯政治的；他的方法是庸俗马克思主义的，并不负责任地滥用弗洛伊德主义；他对詹姆斯的“社会的”以及“性的”指控完全扭曲了詹姆斯的作品。1972年，拉夫在去世前不久就另一种倾向写了《亨利·詹姆斯与他的崇拜者》一文，对利昂·伊德尔所写的五卷本传记提出了自己的看法。拉夫首先批评了伊德尔对詹姆斯夸大其辞的赞美以及不分重点的、洋洋洒洒的详细描写。拉夫指出：

> 他对詹姆斯津津乐道，这部冗长的传记充斥着细节，其中大多数无聊至极。……毕竟我们感兴趣的不是詹姆斯生活中偶然出现的每一位人物，而是他主要的文学和社会关系。而且那几件被视为“事件”的事情也被毫无节制地进行了渲染……就詹姆斯唯一一次的戏剧尝试——《盖伊·多米维尔》的失败，伊德尔的描写之长、之细，如同在写拿破仑撤离莫斯科那件大事一样。[115]

之后，拉夫还对伊德尔不负责任的溢美之词提出了自己的客观辩证的评价。他说：

> 如果詹姆斯是位伟大的作家，我相信在严格意义上他只是位民族层次上深受爱戴的作家，在世界文学中他算不上一流的作家。不了解美国或至少缺少维多利亚时期盎格鲁—撒克逊文化背景的欧洲读者不会觉得他怎么样。他属于俄国小说家尼古拉·列斯科夫、奥地利小说家阿德尔伯特·史蒂夫勒、瑞士作家戈特弗里德·凯勒之列。他们设法跨越语言的障碍……尽管列斯科夫、史蒂夫勒、凯勒的某些作品已译成英文，但总的来说反响不大。詹姆斯的翻译作品也是这样。……梅尔维尔、惠特曼、坡、福克纳、海明威等美国作家已取得了

国际名声，而詹姆斯对于大多数有文化修养的欧洲人来说，至今只是个名字而已。[116]

这在很大程度上纠正了那时对詹姆斯的学术崇拜。拉夫指出，尽管詹姆斯的文学创作达到了一定高度，但他还不像托尔斯泰和陀思妥耶夫斯基那样关注基本的、广泛的经验。詹姆斯的“精致”是种幻觉；他想当然地接受他那个时期的社会秩序，这种立场完全有悖于现代文学精神；詹姆斯对旧世界的堕落与新世界的天真之间的对比已经滥俗。无论詹姆斯摆出什么雅致的知识分子姿态，他的作品还是体现了美国思想的贫乏。有趣的是，在给詹姆斯恢复了在美国文学中的适当地位之后，拉夫却与他保持了一定的距离。看来，“不要离你的对象太近”是拉夫文学批评性格的组成部分，或许对拉夫来说，只有保持一定的审美距离才能使批评家客观、超然地评判他人的作品，不会因为距离过近而蒙蔽双眼。

拉夫还提出，批评家必须永远不能使自己成为地方或民族偏见的奴仆，他必须了解国家的传统偏见，必须站在世界主义的立场察看一切。如果詹姆斯是试图通过欧洲经验丰富美国意识，那么拉夫则是将国际意识带入对美国文学的理解。拉夫发现詹姆斯所欠缺的就是这一点。因此，在这个意义上，可以说詹姆斯从未超越美国的本土观念。

拉夫对詹姆斯的这种看法与他早期对霍桑的看法基本相同，区别在于出发点或视角不同——对詹姆斯的评价以美国文化语境为出发点，而对霍桑的评价则是以全球文化语境为出发点。例如，在《分析霍桑》一文中，拉夫批判了利维斯夫人对霍桑的赞美，她将霍桑视为“美国文化历史的批评家与阐释者”，还将霍桑与弥尔顿相比，并且断言：“可以与《红字》相比较的不是《天路历程》，而是《安娜·卡列尼娜》，它们在主题与手法上令人震惊地相似。”拉夫认为这种看法令人无法接受，因为“无疑，《红字》是部杰作，尽管严格说来只是从民族意义上；而《安娜·卡列尼娜》却是世界上四五部最伟大小说之一，在整个视野和创造性才能上远远胜于霍桑”。[117]拉夫还分析了两部作品在“通奸的议题”和“罪的观念”上的不同，指出《红字》与《安娜·卡列尼娜》根本不属于同一档次。议题并不等于主题，艺术作品重要的是如何处理议题，在处理议题的高低上，《红字》与《安娜·卡列尼娜》水平大相径庭。《红字》事实上不是在表达“罪”，而是在表达“罪的后果”。托尔斯泰的小说不会令人想起霍桑小说中的两种倾向——哥特式故事和基督教讽喻。拉夫认为这两种倾向使霍桑疏离现实，而托尔斯泰拥有的首先是现实。

拉夫的这种超越民族的全球性批评思想使人想起安德烈·马尔罗对于艺术的看法。马尔罗在参观完华盛顿国家美术馆，被问及观后感时，非常圆滑地说：“某些艺术品属于美国，而某些艺术品却明显属于世界。”如果詹姆斯与霍桑属于美国，那么托尔斯泰、陀思妥耶夫斯基则无疑属于世界。他们都是伟大的艺术家，但级别不同。拉夫的这种眼光在很大程度上类似于他所仰慕的批评家阿诺德，因为阿诺德也从不高估艺术的魅力，他所坚持的永远是智性与审美判断的世界水准。

对于自己喜爱的作家，拉夫总是远距离并且站在世界主义价值的高度评判，坚持客观、公正、辩证的态度，从不轻易对作品滥用溢美之词。另一方面，对于他所厌恶的、否定的作家，拉夫也绝不狭隘、偏执。在批评之余，拉夫总能客观公正地给予恰当的肯定。例如，拉夫在指责诺曼·梅勒小说的道德问题以及梅勒作为小说家缺乏责任的问题时，还给予了梅勒一定程度的肯定。他说：

> 首先，不能指责他有色情意图，因为性描写是与个人的自我拯救思想联系在一起的。其次，梅勒是位极有天赋的散文体作家，他的小说同样种尖刻。……如果梅勒能够从权力的欺骗以及对生存——不管是心理的还是生理的——的浪漫控制的梦幻中清醒过来，他或许会成为最伟大的才智作家之一。[118]

另外，拉夫对自然主义小说的批判也没有阻碍他对德莱塞的客观评价。拉夫曾肯定德莱塞：

> 德莱塞，与其他作家一样，严格地在决定论的过程中计划着人物的命运。金融家弗兰克统治着他的世界，成为英雄；而“小人物”克莱德却是被他那个环境碾得粉碎的牺牲品。然而，不管是英雄还是牺牲品，他们基本上都是环境力量的工具，是矛盾的载体，……就美国自然主义而言，德莱塞还是无人能超越，尽管目前他可能是读者最少的。他具有足够的生存品质。[119]

拉夫的这种客观、平衡的视野还体现在他对海明威的评论中。拉夫认为海明威的《过河入林》的失败原因在于作者与人物之间没有一定的审美距离——作者卷入得太多、太深，以至于读者无法区分个人生活、战争经历、思想品位以及态度偏见之间的界限，丢失了“真实的东西，一系列的动机以及构成情感的事实”。[120]海明威与其英雄的关系是“自我”与“理想自我”的关系，他试图在主人公身上寻找“自我”，因而赋予了他们自己所渴慕的品质，但结果是他在“自我”与“理想自我”之间失去了平衡。在《老人与海》中，海明威身上的那个“自我”似乎有所回头，抑制了那个很容易变得自艾自怜又过于独断的“自我”，没有前几部的缺点，但拉夫认为总体上《老人与海》“还不是人们所想象的那种杰作”。[121]作品的优点无可否认，主人公圣地亚哥也充分展示了其才能，肯定了行动中的勇气、忍耐以及准则的价值，但《老人与海》的局限性也是无可否认的。拉夫指出：

> 本质上它只是一件钓鱼轶事。的确，《老人与海》的价值该从它深刻的象征意义去探索。或许那种象征主义的确存在，但对我而言，我没法找出其所在。海明威的马林鱼不是白鲸，他的渔夫既不是也不

意味着亚哈船长。[122]

由此可见，在拉夫的批评视野中，只有那些达到最高水准、体现“创造性矛盾”的最高价值的作品才算是世界水平的上乘之作。

除了对作家，拉夫对批评家也有一杆秤，但同样，拉夫在言说他们的时候还是坚持他一贯的客观、公平、辩证、艺术第一的批评原则。例如，对批评家利维斯，拉夫的看法是：“毫无疑问，利维斯是位一流的批评家，但这并不意味着他是位一流的文学批评家。”拉夫最欣赏的是利维斯身上的约翰逊品质：爽直、坚定、直截了当。拉夫赞扬利维斯不旁敲侧击，也不两面奉承；他既不追求暧昧，又不回避异议；他渴望达到最高的批评标准，奉行最严格的批评原则。[123]拉夫还欣赏利维斯对庞德的批评的公正性与辩证性：“尽管他高度赞扬了庞德对叶芝与T.S.艾略特的影响，但他还是指出了庞德的不足。”[124]除此以外，拉夫还表示利维斯“论证充分、观点鲜明”，并且足以打破批评界对庞德的过度崇拜，这是利维斯的最大优点。① 事实上，利维斯的这些品质也是拉夫的追求和实践原则。

当然，拉夫也指出了利维斯明显的缺点。利维斯的不足主要体现在毫无理由地拒绝福楼拜、乔伊斯等重要的现代主义文学家的“狭隘的情感”以及“褊狭的道德”上；体现在利维斯将“英语研究”提升为文化形成的主要力量的做法上；还体现在利维斯无休止地对伦敦文学团体布卢姆斯伯里的斥责上——利维斯曾谴责布卢姆斯伯里团体独立于英国文学界，妨碍了批评思想的自由活动。对此，拉夫表示：

> 我们姑且不去评判文学团体的是非优劣，但利维斯的问题在于他长期喋喋不休地对团体进行攻击。他将小小的社会异议之风变成了大规模的十字军东征。……文学中的阶级斗争是一回事，但将之扩

① 例如，艾略特曾表示他对庞德的兴趣不在于庞德说了什么，而在于他是怎么说的。利维斯强烈批评了这种形式脱离内容的对庞德的盲目崇拜。

大化却是另一回事。事实上，利维斯所发动的战争绝对不是一场文学战争，因为他所关注的不仅是文学问题和文学的特性，而且是基本价值和彼此对立的世界观之间的冲突。[125]

在拉夫看来，利维斯还有一大缺点，那就是他对于D.H.劳伦斯的过度赞美。他称劳伦斯为“我们时代最优秀的文学批评家，是历史上绝无仅有的伟大的文学批评家”，还是“最伟大的创造性作家”和“最伟大的喜剧大师之一”。[126]拉夫指出，利维斯的这种赞美多半是虚言，名不符实。拉夫还指出，利维斯对劳伦斯的评论也有矛盾之处，他使劳伦斯的艺术脱离了他的学说，创造了一个不存在的永远的劳伦斯。

拉夫对劳伦斯的客观评价是：劳伦斯有伟大之处，但也有严重不足。劳伦斯的伟大之处在于，“他是位独特的、富有创造力的作家，或许凭他的天赋、才能以及自然而优雅的自由表述，他称得上英语文学中最‘自然’的作家，但这并不等于说他是最伟大的小说家”。劳伦斯最大的缺点在于“缺乏公正，乃至最小限度的客观”。[127]劳伦斯对一些既有形式美又具心理深度和辩证力度的伟大作品持有偏见，原因是这些作品不符合他有关“新生活准则”，或他所谓的“形而上学”。拉夫还指出，甚至劳伦斯的《经典美国文学研究》也不是真正意义上的杰作，尽管书中的一些洞见的确影响过一些美国作家，包括他本人。拉夫认为，劳伦斯提出过一些非常优秀的理论，但可惜的是他没有将这些理论付诸实践。劳伦斯认同他笔下的那些代言人，使他们成为自己的传话筒，但对于反面人物，他则大加贬斥。因此拉夫表示，他反对劳伦斯小说的主要原因在于劳伦斯所造成的“信任鸿沟”，那是他沉溺于教条的救世主义、个性过多以及任意介入的结果。

在所有批评家中，拉夫特别欣赏艾略特。他认为，“他是本世纪最优秀的英语文学批评家，最有可能与之匹敌的是埃德蒙·威尔逊”。[128]拉夫之所以这样说，很大一部分原因在于艾略特与他自己的批评思想非常契合。拉夫高度赞美艾略特写于1917年的《自由诗》，称之为“既鲜明又具明辨力，达到了诗性智慧的顶峰”；[129]拉夫认为相比之下，艾略特的另一篇论庞德的文章却不尽如人意，里面充斥艾略特个人对庞德既空洞又无根据的感激之词。拉夫还非常赞赏艾略特在《批评批评家》那篇文章中对自己批评失误的承认，认为他的机智幽默表现了他晚年典型的反对狂热的思想：“随着年龄的增长，艾略特不再对他的文学观点和思想狂热。他收回了其中的一些思想，表现出了优雅与勇气。在阐释其宗教信仰时，他也没有忽视文学这一客体。”[130]拉夫认为，艾略特的宗教思想与他的文学批评思想间没有相互依赖的关系；艾略特的宗教思想没有创新，相比之下，更有价值的是他的文学思想，它本质上是以经验为依据的。拉夫强调，艾略特“在诗歌中记录的宗教经验可以被诗歌所证实，但诗歌却无法被他的宗教经验证实”。[131]

拉夫还欣赏艾略特许多偏离文学的话题和阐释，且完全认同艾略特将文学批评与别的批评结合起来的宽阔视野。拉夫的宗旨是：“不可能将文学批评与别的批评隔离开来”；尽管文学价值是评判文学作品的首要标准，但“文学作品的伟大不能仅仅由文学价值决定”。在这一点上，拉夫与利维斯不谋而合，因为利维斯也曾表示过：“一个人在对文学产生兴趣的同时，其趣味不能是纯粹的文学趣味。”[132]然而，使拉夫痛心的是，这一简单的真理被一些年轻的、更有表达力的批评家所误解。拉夫指出：

> 他们胡说什么“审美的乐趣”，视直接体验高于思想感受，如今已成时尚。但这只是19世纪审美主义的回归，只是变得更时髦、更花哨而已。在时髦的旗帜下（时髦总是为变而变，总是在不惜代价地追求新奇），这些人不是批评家，而是引导时尚的时髦之士，他们的庸俗追求便是消费文化。[133]

拉夫的批评个性一向是反对时尚的；他批评有些人媚俗、视庸俗为高雅审美，提出："批评的真正功能在于抵制时代潮流，而不是默认如今日益严重的反常现象。"[134]

拉夫批评莱斯利·菲德勒的部分原因是菲德勒违反了这种精神。拉夫指出菲德勒在批评中扮演的是"肆无忌惮者"的角色，刚好与乔治·P.埃利奥特的朴实形成鲜明对照。在拉夫眼里，埃利奥特的批评合理、谦逊、切题、可靠，避免任何时髦用词，也不追求流行的所谓精湛技巧。而菲德勒常常过于浮夸，他喜欢罗列表面上"大胆"的观点，却不真正关注思想；他擅长概括，却疏于具体论证；他的思想过于偏激、过于"怪异"、过于幼稚；他还对种族、两性主题津津乐道，声称"压抑的以及/或者升华的同性恋是美国小说的内在奥秘"。拉夫指出，在菲德勒身上，"偏离多于异议，粗暴甚于勇气"；每当涉及要严格恪守的正统观念时，菲德勒要么"沉默"，要么"沉溺于乌托邦幻想"。菲德勒的这种批评个性典型地体现在他对先锋文学的定义上。拉夫还对菲德勒的"高雅艺术或真正实验性艺术旨在侮辱，因而其典型语言旨在排斥"一说极为愤怒。拉夫批评菲德勒为十足的追赶时代潮流之士，他向"垮掉的一代"和颓废派致敬，视艾伦·金斯堡为惠特曼的变体、巴勒斯为"颓废派之王"。拉夫最后总结，菲德勒的问题在于"他具有过多的令人窒息的文学想象，这是病态的思想状态，导致他视文学高于生活。现实对他来说很少是真实的，其唯一的魅力在文学的反映之中"。[135]

与菲德勒一样受到拉夫批评的批评家还有约翰·阿尔德里奇（著有批评论集《该是谋杀与创造的时刻：危机中的当代小说》）。拉夫认为，阿尔德里奇思想中最大的缺陷在于视野狭窄以及缺乏思想体系。他除了对小说感兴趣之外，对其他思想，如政治、哲学、宗教等都非常冷淡，这使他不能成为一位真正具有权威的批评家。阿尔德里奇评论集的缺点主要体现在评论的片面性、偏执性以及武断性上。拉夫指出："在他看来，他们（作家）应该对自己负责。这种特殊的语气是批评话语中从来没有的。它使读者产生一种不安感，不知所措，不知何时何地阿尔德里奇被任命为美国现代文学的总检察官了。”[136]另外，阿尔德里奇对诺曼·梅勒的《美国梦》与《赫索格》的评论也失之偏颇，甚至可以说是些毫无根据的断言。例如，阿尔德里奇高度赞美《美国梦》，为这部极有异议的作品“作了许多空洞的辩解，把各种各样与文本无关的思想堆砌在一起”，而仅在《美国梦》出版前一年，阿尔德里奇对梅勒的态度还是非常苛刻的，他对威廉·斯蒂伦的批评表现出了“令人难以置信的粗暴与深仇大恨”。[137]除此之外，厄普代克被排除在外；玛丽·麦卡锡被从心理学角度研究，那完全是由“动机所激发”；索尔·贝娄被认为不是真正的知识分子，是思想领域的赶时髦之士；海明威正在走下坡路，等等。对阿尔德里奇的这些评论，拉夫提出了强烈异议。他指出，阿尔德里奇“意识不到文学起作用的大环境，也看不到文学传统与创新才能之间的内在关系”，他要求作家脱离过去的“文学阐释”，提出十年以后作家必须“从头开始设计他们对现实的看法”。[138]这种观点在拉夫看来片面而荒谬。拉夫举例说，陀思妥耶夫斯基从未放弃对过去的“文学阐释”，他建立在以前作家，如果戈理、狄更斯、巴尔扎克、霍夫曼等的小说与概念的基础上，也从未忘记过霍桑、巴尔扎克、屠格涅夫的教训。最后，拉夫强调：如果批评家缺乏符合文学规律的思想体系，那么其阐释看似新颖独特，但往往站不住脚。

当然，拉夫没有因为阿尔德里奇的这些缺点而抹杀他的优点。拉夫还是肯定了他那本批评集中对老一代作家，如凯瑟琳·安妮·波特、约翰·奥哈拉等的批评。拉夫承认阿尔德里奇的确贡献过一些评价。

拉夫特别欣赏、佩服艾略特的《从坡到瓦雷里》一文。该文是艾略特对三位法国诗人——波德莱尔、马拉梅、瓦雷里所代表的三代人对坡的不同反应的评说。拉夫对艾略特将“准确性”与“深刻洞见”结合的能力叹为观止，还对艾略特对有关坡其人、诗歌技艺、诗性语言及诗歌理论的通篇分析十分赞赏。在拉夫身上我们可以看到艾略特的批评精髓：准确、全面、客观以及对作品的全方位解析中所显露出的深刻洞见。

五 结语

对大多数人来说，拉夫首先是以编辑的身份进入视野的。的确，《党派评论》能从20世纪30年代约翰·里德俱乐部下属的众多小型刊物中脱颖而出，并且能走在时代重大社会文化运动的前面，在很大程度上归功于编辑的努力。不可否认，早期的《党派评论》是美国知识分子激进主义的中心，杂志不仅影响了人们的思想与感受，而且激活了批评，将批评提升为一种感知方式，乃至生活方式。在1936至1942年间，《党派评论》将两种激进思想——文学与政治——结合在一起，并且还赋予具有独立意志的知识分子文学先锋的身份。

尽管苏联极权主义的一系列灾难事件使许多知识分子的政治热情遭遇到了前所未有的挫折，但是他们始终没有丧失政治责任。他们团结在《党派评论》周围，在杂志反斯大林主义旗帜的引领下，进行了各式各样的反斯大林主义斗争。在文学方面，他们与《党派评论》一起，逐渐从早些年间对无产阶级文学的革命期待转向对现代主义文学的捍卫。为此，有人将知识分子这个重心的转移比喻成“从《芬兰车站》到《阿克塞尔的城堡》的旅程”，称从此他们的乌托邦从俄国转到波希米亚。[1]此话有一定的道理，但事实上，作为文学先锋，《党派评论》知识分子的思想意识并不是纯文学的，除了捍卫“阿克塞尔的城堡”的艺术价值，将以毕加索、尼采、弗洛伊德、瓦莱里、艾略特、陀思妥耶夫斯基、卡夫卡、托马斯·曼、普鲁斯特、亨利·詹姆斯、詹姆斯·乔伊斯、叶芝、纪德等为代表的20世纪20年代先锋现代主义拓展到美国的文学、艺术、音乐领域，以维持艺术与传统之间的连续性之外，《党派评论》还有强烈的政治意识。他们对现代主义的阐释已明显与以往不同。过去对现代主义大师的革新的回应如今已扩展成为对现代社会危机的深切关注。这或许就是为什么拉夫那么肯定地说：“提及现代主义文学就是提及那个特殊的知识分子阶层，现代主义文学属于知识分子阶层。”[2]

先锋身份的确立以及现代主义与知识分子的结合标志着以拉夫为首的《党派评论》知识分子与美国社会的重大疏离。与他们的机构化一样，“疏离”既可以看做是自愿的，又可以看做是被迫的，可以毫不夸张地说，正是他们对“疏离”的认识以及由此带来的对“疏离”的普遍认同赋予了他们知识分子特质。更重要的是，“疏离”还是他们确立自我，观照自身在社会、文学以及政治中的存在的灵活工具，为他们的特立独行提供了一个现成的合理解释。他们声称疏离美国、激进政治，乃至自身的犹太文化，但这并不是逃避，而是对社会文化与政治的有意识关注。疏离意味着他们关心、在乎，乃至谴责，却无法接受既定社会与文化。正如伊萨克·罗森菲尔德所认识到的那样：局外人有时是“完美的局内人”，疏离社会，起着“进入社会的条件”的作用。[3]因此，在这个意义上，“疏离”的话语纯粹是知识分子严肃思想的产物，使他们在与社会不相融时，与社会保持一定的距离，有一定的选择；而在与社会相融时，可以依然视自己为局外人或激进者。

对现代主义的捍卫显然完全符合那些知识分子的心理，但或许“疏离”还有更大的贡献，那就是给予拉夫他们探测现代作家以及评判他们作品的独特视野。在感触现代作家及其笔下人物挣扎于两难处境之中的同时，他们也深刻地感到那种个人自由意志与环境间的冲突，他们同样既没法解决又没法摆脱这冲突。因此，社会与想象之间的矛盾或辩证关系，也即拉夫批评意义上的“创造性矛盾”的具体体现之一，就是知识分子思想的理想模式和解读现代主义文学、评判文学价值的重要标准。①

然而，拉夫作为纽约知识分子的一员，明显比其他人更具疏离感。即使他进入了布兰迪斯大学，也最终没有像大多数人那样走入新保守主义阵营，而是继续捍卫着他坚信的那种左派精神，成为了极少数派——新左派成员之一。他凭借20世纪30年代激进热情的回归，又一次

① 除了拉夫，作品以社会现实与文学想象间辩证关系为特点的批评家还有：埃德蒙·威尔逊、特里林夫妇、哈罗德·罗森堡、德怀特·麦克唐纳、弗雷德里克·杜皮、克莱门特·格林伯格、伊丽莎白·哈德维克、玛丽·麦卡锡、威廉·菲利普斯、戴尔默·施瓦茨、理查德·蔡斯、艾尔弗雷德·卡津、早期的莱斯利·菲德勒、罗伯特·沃肖、伊萨克·罗森菲尔德、欧文·豪、史蒂文·马库斯、诺曼·波德霍雷茨等。

向他所痛恨的时代潮流发起了猛烈的攻击。在这个意义上，说拉夫是疏离的知识分子的典型并不为过。

作为社会—文化批评家，拉夫具有很强的责任心与道德感。他忠于自我、头脑冷静、不浮躁，更不虚伪。他思维敏捷、思想具体，既反对抽象、片面，又反对时代潮流。他的批评饱含思辨，语调既庄重严肃又热情活泼；他的批评风格温和直接、客观辩证；他的文章条理清晰、结构明朗、价值意义确定；他的语言流畅，论证严密，体现了非凡的英语语言能力。尽管拉夫的批评作品在数量上无法与他同时代的其他批评家，如特里林、威尔逊相比，但拉夫并不逊于他们。欧文·豪曾表示：拉夫的成就“远远超出了大多数文人。拉夫从来没有像特里林与威尔逊那样被人追随，但他作为批评家，他的那种独创性——那种由经验和他所宣称的意识形态所代表的意象与思想之间的张力，在我看来，比特里林与威尔逊更优秀”。[4]记得曾经有人说过：“一个人在试图表达他思想之前应该清楚自己所要表达的意义，一旦决定要说什么，越是少想怎么说（不仅是简洁、切题、明了），就越好。”[5]或许这句话可以最好地表达拉夫的创作原则和实践。

注　释

前言

1　拉塞尔·雅各比，《最后的知识分子》，洪洁译，江苏人民出版社，2002年，第206页。

2　布鲁斯·罗宾斯，《知识分子：美学、政治与学术》，王文斌等译，江苏人民出版社，2002年，第3页。

3　Sanford Pinsker, "The New York Intellectuals and *Partisan Review*", Vol. 30, *Twentieth-Century Literary Criticism*, 117.

4　同前引文，第118页。

5　同前引文，第118页。

6　Melvin Maddocks, "Field Trips among the New York Intellectuals", *Sewanee Review* 90 (1982), 570.

7　William Styron, in Andrew James Dvosin, "Literature in a Political World: The Career and Writings of *Partisan Review*", Ph.D. thesis, NYU, 1977, 12—13.

8　Irving Howe, "PR", *New York Review of Books* (Feb. 1963).

9　William Barrett, *The Truants: Adventures among the Intellectuals* (New York: Doubleday, 1982), 237.

10　Alfred Kazin, *Starting out in the Thirties* (Boston: Cornell University Press, 1965), 159—160.

11　Mary McCarthy, "Philip Rahv, 1908—1973", in *Essays on Literature and Politics 1932—1972*, ed. Arabel J. Porter and Andrew J. Dvosin (Boston: Houghton Mifflin Company, 1978), viii.

12　William Barrett, "Portrait of the Radical as an Aging Man", *Commentary* 5 (May 1979), 43.

一　拉夫的生活经历

1　Mary McCarthy, "Philip Rahv, 1908—1973", in *Essays on Literature and Politics 1932—1972*, ed. Arabel J. Porter and Andrew J. Dvosin (Boston: Houghton Mifflin Company, 1978), ix.

2　William Phillips, "How *Partisan Review* Began", *Commentary* 62 (Dec. 1976), 43.

3　Philip Rahv, "For Whom Do You Write", *New Quarterly* 1 (Summer 1943), 12.

4　Daniel Aaron, *Writers on the Left* (New York: Harcourt, Brace, World, 1961), 298.

5　James Burkhart Gilbert, *Writers and Partisans: A History of Literary Radicalism in America* (New York: Columbia University Press, 1992), 113.

6　Philip Rahv, "An Open Letter to Young Writers", *Rebel Poet* 16 (Sept. 1932), 3—4.

7　William Phillips, "How *Partisan Review* Began", *Commentary* 62 (Dec. 1976), 45.

8　同前引文，第45页。

9　William Phillips, *A Partisan View: Five Decades of the Literary Life* (New York: Stein

And Day, 1983), 35.

10 同前引文，第36页。

11 同前引文，第35—37页。

12 同前引文，第37页。

13 Philip Rahv and William Phillips, "Editorial Statement", *Partisan Review* (Feb.—Mar. 1934), 3.

14 Philip Rahv, "The Novelist as a Partisan", *Partisan Review* 1 (April—May 1934), 50—52.

15 Philip Rahv and William Phillips, "Recent Problems of Revolutionary Literature", in *Hicks*, et al eds., *Proletarian Literature in the U.S.*, 369.

16 Malcolm Cowley, 转引自Alexander Bloom, *Prodigal Sons: The New York Intellectuals and Their World* (New York: Oxford University Press, 1986), 64—65。

17 William Phillips, "How *Partisan Review* Began", *Commentary* 62 (Dec. 1976), 44.

18 同前引文，第45页。

19 转引自Terry A. Cooney, *The Rise of the New York Intellectuals: Partisan Review and Its Circle* (Madison: University of Wisconsin Press, 1986), 97。

20 Terry A. Cooney, *The Rise of the New York Intellectuals: Partisan Review and Its Circle* (Madison: University of Wisconsin Press, 1986), 98.

21 同前引文，第99页。

22 同前引文，第99页。

23 Dwight Macdonald, 转引自前引文第104页。

24 "Letter to the Editor", *New Masses* 23 (March 30, 1937), 21.

25 Philip Rahv, "Summer Fiction", *Nation* 145 (1937), 79; "Shorter Notices", ibid., 156—157; "Sojourn in Sodom", ibid., 174—175; "You Read as You Please", ibid., 244; "Gold Calves", ibid., 326; "Europa in Melodrama", ibid., 354.

26 Mary McCarthy, "Introduction", *Mary McCarthy's Theatre Chronicle*, 1937—1962 (New York 1936), vii—viii.

27 Farrell, 转引自Terry A. Cooney, *The Rise of the New York Intellectuals: Partisan Review and Its Circle* (Madison: University of Wisconsin Press, 1986), 115。

28 William Phillips, "How *Partisan Review* Began", *Commentary* 62 (Dec. 1976), 45.

29 Dupee, 转引自Terry A. Cooney, *The Rise of the New York Intellectuals: Partisan Review and Its Circle* (Madison: University of Wisconsin Press, 1986), 117。

30 Malcolm Cowley, "Red Ivory Tower", *New Republic* 97 (1938), 22—23.

31 Philip Rahv, "Trials of the Mind", in *Essays on Literature and Politics 1932—1972*, ed. Arabel J. Porter and Andrew J. Dvosin (Boston: Houghton Mifflin Company, 1978), 290.

32 Philip Rahv, "Dostoevsky in *The Possessed* ", in *Essays on Literature and Politics 1932—1972*, ed. Arabel J. Porter and Andrew J. Dvosin (Boston: Houghton Mifflin Company, 1978), 107.

33 同前引文，第128页。

34 "Reply by the Editors", *Partisan Review* 8 (Nov.—Dec. 1941), 519.

35 "This Quarter — Munich and the Intellectuals", *Partisan Review* (Fall 1938), 7—10.

36 Philip Rahv, "Trials of the Mind", in *Essays on Literature and Politics 1932—1972*, ed. Arabel J. Porter and Andrew J. Dvosin (Boston: Houghton Mifflin Company, 1978), 291.

37 Dwight Macdonald, "This Quarter", *Partisan Review* (Spring 1939), 10.

38 "Statement, League of Cultural Freedom and Socialism", *Partisan Review* (Fall 1939), 125—126.

39 Philip Rahv, "Ten Propositions and Eight Errors", *Partisan Review* (Nov.—Dec. 1941), 499—502.

40 "Reply by Greenberg and Macdonald", *Partisan Review* 8 (Nov.—Dec. 1941) ,506—508.

41 Philip Rahv, 转引自Terry A. Cooney, *The Rise of the New York Intellectuals: Partisan Review and Its Circle* (Madison: University of Wisconsin Press, 1986), 188。

42 Alexander Bloom, *Prodigal Sons: The New York Intellectuals and Their World* (New York: Oxford University Press 1986), 128; James Burkhart Gilbert, *Writers and Partisans: A History of Literary Radicalism in America* (New York: Columbia University Press, 1992), 248.

43 "Letters", *Partisan Review* (July—Aug. 1943), 382.

44 Philip Rahv, "Foreword", *Image and Idea* (Norfork, Connecticut: New Directions Books, 1957), ix—x.

45 David Laskin, *Partisans: Marriage, Politics, and Betrayal among the New York Intellectuals* (Chicago: The University of Chicago Press, 2000), 36.

46 Ibid., 38.

47 Mary McCarthy, "Philip Rahv, 1908—1973", in *Essays on Literature and Politics 1932—1972*, ed. Arabel J. Porter and Andrew J. Dvosin (Boston: Houghton Mifflin Company, 1978), viii.

48 Frances Kiernan, *Seeing Mary Plain: A Life of Mary McCarthy* (New York: W. W. Norton & Company, 2000), 123.

49 "Ringmaster, Referee to NY Intellectuals", http://www.smh.com.au/articles/2002/09/20/1032054962928.html.

50 David Laskin, *Partisans: Marriage, Politics, and Betrayal among the New York Intellectuals* (Chicago: The University of Chicago Press, 2000), 35.

51 Irving Howe, 转引自前引文第36页。

52 同前引文，第36—37页。

53 Frances Kiernan, *Seeing Mary Plain: A Life of Mary McCarthy* (New York: W. W. Norton & Company, 2000), 126.

54 David Laskin, *Partisans: Marriage, Politics, and Betrayal among the New York Intellectuals* (Chicago: The University of Chicago Press, 2000), 47.

55 Frances Kiernan, *Seeing Mary Plain: A Life of Mary McCarthy* (New York: W. W. Norton & Company, 2000), 125.

56 Mary McCarthy, *Intellectual Memoirs: New York 1936—1938* (San Diego: Harcourt Brace Jovanovich, 1992), 68—69.
57 Mary McCarthy, *Mary McCarthy's Theatre Chronicle, 1937—1962* (New York, 1936), x.
58 Frances Kiernan, *Seeing Mary Plain: A Life of Mary McCarthy* (New York: W. W. Norton & Company, 2000), 146.
59 Mary McCarthy, *Intellectual Memoirs: New York 1936—1938* (San Diego: Harcourt Brace Jovanovich, 1992), 101.
60 同前引文，第103—104页。
61 Diana Trilling, "An Interview with Dwight Macdonald", *Partisan Review* 4 (Fall 1984—Winter 1985), 807.
62 Frances Kiernan, *Seeing Mary Plain: A Life of Mary McCarthy* (New York: W. W. Norton & Company, 2000), 146.
63 Irving Howe, *A Margin of Hope: An Intellectual Autobiography* (New York: Harcourt Brace Jovanovich, 1982), 160.
64 Wilson's Letter to Fred W. Dupee, May 16, 1940, Columbia. 转引自Frances Kiernan, *Seeing Mary Plain: A Life of Mary McCarthy* (New York: W. W. Norton & Company, 2000), 169—170。
65 Andrew James Dvosin, "Literature in a Political World: The Career and Writings of *Partisan Review*", Ph.D. thesis, NYU, 1977, 103.
66 转引自Alexander Bloom, *Prodigal Sons: The New York Intellectuals and Their World* (New York: Oxford University Press, 1986), 124。
67 James Burkhart Gilbert, *Writers and Partisans: A History of Literary Radicalism in America* (New York: Columbia University Press, 1992), 265.
68 Philip Rahv and William Phillips, "The Future of Socialism", *Partisan Review* 14 (Jan.—Feb. 1947), 23—24.
69 Philip Rahv, "American Intellectuals in the Postwar Era", in *Essays on Literature and Politics 1932—1972*, ed. Arabel J. Porter and Andrew J. Dvosin (Boston: Houghton Mifflin Company, 1978), 328.
70 同前引文，第 329—330页。
71 William Phillips and Philip Rahv, "Criticism", *Partisan Review* 2 (Apr.—May) 17.
72 "Reply by the Editors", *Partisan Review* 20 (Nov.—Dec. 1953), 717.
73 Philip Rahv, "American Intellectuals in the Postwar Era", in *Essays on Literature and Politics 1932—1972*, ed. Arabel J. Porter and Andrew J. Dvosin (Boston: Houghton Mifflin Company, 1978), 331.
74 同前引文，第331页。
75 同前引文，第334页。
76 Irving Howe, "This Age of Conformity", *Partisan Review* (Jan.—Feb. 1954), 8—13.
77 Irving Howe, 转引自Andrew James Dvosin, "Literature in a Political World: The Career and Writings of *Partisan Review*", Ph.D. thesis, NYU, 1977, 126。

78 Diana Trilling, "America and 'The Quiet American'" *Commentary* (July 1956), 67.

79 Irving Howe, "Philip Rahv, a Memoir", in "Philip Rahv, 1908—1973", *Contemporary Literary Criticism*, Vol. 24, 361.

80 William Barrett, "Portrait of the Radical as an Aging Man", *Commentary* (May 1979), 42—43.

81 Philip Rahv and Morton Zabei, Mar. 7 1950, 转引自Andrew James Dvosin, "Literature in a Political World: The Career and Writings of *Partisan Review*", Ph.D. thesis, NYU, 1977。

82 同前引文，第134页。

83 Alfred Kazin, "The Writer in the US", *Atlantic* (Oct. 1955), 79—81.

84 Philip Rahv to Allen Tate, Feb. 19, 1953, 转引自Andrew James Dvosin, "Literature in a Political World: The Career and Writings of *Partisan Review*", Ph. D thesis, NYU, 1977, 131—132。

85 Philip Rahv, "Testament of a Homeless Radical", *Partisan Review* (summer 1945), 400.

86 Norman Podhoretz, 转引自Alexander Bloom, *Prodigal Sons: The New York Intellectuals and Their World* （New York: Oxford University Press, 1986), 324。

87 Lionel Trilling, 转引自Alexander Bloom, *Prodigal Sons: The New York Intellectuals and Their World* (New York: Oxford University Press, 1986), 325。

88 Mary McCarthy, "Philip Rahv, 1908—1973", in *Essays on Literature and Politics 1932—1972*, ed. Arabel J. Porter and Andrew J. Dvosin (Boston: Houghton Mifflin Company, 1978), x.

89 Philip Rahv, "Where and What is New Left", in *Essays on Literature and Politics 1932—1972*, ed. Arabel J. Porter and Andrew J. Dvosin (Boston: Houghton Mifflin Company, 1978), 350.

90 Ibid, 351—354.

91 Philip Rahv, "Left Face", *New York Review of Books* (Oct. 12 1967), 10—13.

92 Irving Howe and Philip Rahv, "An Exchange on the Left", *New York Review of Books* (Nov. 23 1967), 36.

93 同前引文，第39页。

94 同前引文，第39—40页。

95 同前引文，第88页。

96 Irving Howe, 转引自Andrew James Dvosin, "Literature in a Political World: The Career and Writings of *Partisan Review*", Ph. D thesis, NYU, 1977, 207。

97 同前引文，第179页。

98 Leslie Fiedler, "*Partisan Review*: Phoenix or Dodo?", in *The Collected Essays of Leslie Fiedler,* Vol. 2 (New York 1971), 42.

99 William Phillips, *A Partisan View: Five Decades of the Literary Life* (New York: Stein And Day, 1983), 271.

100 同前引文，第272页。

101 同前引文，第273页。
102 同前引文，第274页。
103 Norman Podhoretz, *Breaking Ranks* (New York, 1979), 270—271.
104 William Phillips, *A Partisan View: Five Decades of the Literary Life* (New York: Stein And Day, 1983), 274.
105 Philip Rahv, 转引自Alexander Bloom, *Prodigal Sons: The New York Intellectuals and Their World* (New York: Oxford University Press, 1986), 376。
106 William Phillips, *A Partisan View: Five Decades of the Literary Life* (New York: Stein And Day, 1983), 275.
107 转引自Alexander Bloom, *Prodigal Sons: The New York Intellectuals and Their World* (New York: Oxford University Press, 1986), 376。
108 Mark Krupnick, "He Never Learned to Swim", *New Review* (Jan. 1976), 37.
109 Philip Rahv, "On Pornography, Black Humor, Norman Mailer, Etc.", in *Literature and the Sixth Sense* (Boston: Houghton Mifflin Company, 1969), 418.
110 Philip Rahv, "Crime without Punishment", in *Literature and the Sixth Sense* (Boston: Houghton Mifflin Company, 1969), 409—416.
111 Alexander Bloom, *Prodigal Sons: The New York Intellectuals and Their World* (New York: Oxford University Press, 1986), 378.
112 Philip Rahv, "Cultural Malaise and Ultimate Culpability", *Modern Occasions* (Fall 1971), 461.
113 Schloss, 转引自Andrew James Dvosin, "Literature in a Political World: The Career and Writings of *Partisan Review*", Ph. D thesis, NYU, 1977, 217。
114 Mark Krupnick, "He Never Learned to Swim", *New Review* (Jan. 1976), 38.
115 Mark Krupnick, 转引自Andrew James Dvosin, "Literature in a Political World: The Career and Writings of *Partisan Review*", Ph.D. thesis, NYU, 1977, 220。
116 Philip Rahv, "Foreword", *Modern Occasions* (New York: Ferrar, Straus and Giroux, Inc. 1966).
117 Alan Lelchuk, "Philip Rahv: The Last Years", in ed. Arthur Edelstein, *Image and Ideas in American Culture: The Functions of Criticism Essays in Memory of Philip Rahv* (Hanover, New Hampshire: Brandeis University Press, 1979), 213.
118 Arthur Edelstein, editor, "Preface", *Image and Ideas in American Culture: the Functions of Criticism Essays in Memory of Philip Rahv* (Hanover, New Hampshire: Brandeis University Press, 1979), v—vi.
119 Alan Lelchuk, "Philip Rahv: The Last Years", 前引文。
120 同前引文，第207—208页。
121 Alan Lelchuk, "Philip Rahv: The Last Years", in ed. Arthur Edelstein, *Image and Ideas in American Culture: The Functions of Criticism Essays in Memory of Philip Rahv* (Hanover, New Hampshire: Brandeis University Press, 1979), 211.
122 David Laskin, *Partisans: Marriage, Politics, and Betrayal among the New York*

Intellectuals (Chicago: The University of Chicago Press, 2000), 275.

123 Alan Lelchuk, "Philip Rahv: The Last Years", in ed. Arthur Edelstein, *Image and Ideas in American Culture: The Functions of Criticism Essays in Memory of Philip Rahv* (Hanover, New Hampshire: Brandeis University Press, 1979), 216.

124 William Phillips, *A Partisan View: Five Decades of the Literary Life* (New York: Stein And Day, 1983), 278.

125 Alan Lelchuk, "Philip Rahv: the Last Years", in ed. Arthur Edelstein, *Image and Ideas in American Culture: The Functions of Criticism Essays in Memory of Philip Rahv* (Hanover, New Hampshire: Brandeis University Press, 1979), 216.

126 William Phillips, *A Partisan View: Five Decades of the Literary Life* (New York: Stein And Day, 1983), 277.

127 Mary McCarthy, "Philip Rahv, 1908—1973", in *Essays on Literature and Politics 1932—1972*, ed. Arabel J. Porter and Andrew J. Dvosin (Boston: Houghton Mifflin Company, 1978), viii.

128 William Phillips, *A Partisan View: Five Decades of the Literary Life* (New York: Stein And Day, 1983), 277; Alan Lelchuk, "Philip Rahv: The Last Years", in ed. Arthur Edelstein, *Image and Ideas in American Culture: The Functions of Criticism Essays in Memory of Philip Rahv* (Hanover, New Hampshire: Brandeis University Press, 1979), 214.

129 Mary McCarthy, "Philip Rahv, 1908—1973", in *Essays on Literature and Politics 1932—1972*, ed. Arabel J. Porter and Andrew J. Dvosin (Boston: Houghton Mifflin Company, 1978), viii.

130 William Phillips, *A Partisan View: Five Decades of the Literary Life* (New York: Stein And Day, 1983), 279.

131 Alan Lelchuk, "Philip Rahv: The Last Years", in ed. Arthur Edelstein, *Image and Ideas in American Culture: The Functions of Criticism Essays in Memory of Philip Rahv* (Hanover, New Hampshire: Brandeis University Press, 1979), 208.

132 William Barrett, *The Truants: Adventures among the Intellectuals* (New York: Doubleday, 1982), 237.

133 Alan Lelchuk, "Philip Rahv: The Last Years", in ed. Arthur Edelstein, *Image and Ideas in American Culture: The Functions of Criticism Essays in Memory of Philip Rahv* (Hanover, New Hampshire: Brandeis University Press, 1979), 218—219.

二　拉夫与《党派评论》

1 Irvin Howe, *A Margin of Hope: An Intellectual Autobiography* (New York: Harcourt Brace Jovanovich, 1982), 159.

2 Barrett, *The Truants: Adventures among the Intellectuals* (New York: Doubleday, 1982), 29.

3 转引自Alexander Bloom, *Prodigal Sons: The New York Intellectuals and Their World*

(New York: Oxford University Press, 1986), 74。

4 Alfred Kazin, *Starting out in the Thirties* (Boston: Cornell University Press, 1965), 159—160.

5 "Editorial Statement", *Partisan Review* (Feb.—Mar. 1934), 3.

6 Philip Rahv and William Phillips, "In Retrospect: Ten Years of *Partisan Review*", in *the Partisan Reader* (New York: Dial Press, 1946), 680—681.

7 同前引文，第681—682页。

8 转引自Alexander Bloom, *Prodigal Sons: The New York Intellectuals and Their World* (New York: Oxford University Press, 1986), 67。

9 Philip Rahv and William Phillips, "In Retrospect: Ten Years of *Partisan Review*", in *the Partisan Reader* (New York: Dial Press, 1946), 683.

10 "Editorial Statement", *Partisan Review* (Dec. 1937), 3.

11 Philip Rahv and William Phillips, "In Retrospect: Ten Years of *Partisan Review*", in *the Partisan Reader* (New York: Dial Press, 1946), 684.

12 转引自Alexander Bloom, *Prodigal Sons: The New York Intellectuals and Their World* (New York: Oxford University Press, 1986), 78。

13 同前引文，第76页。

14 Philip Rahv and William Phillips, "What is Living and What is Dead in Marxism", *Partisan Review* 7 (May—June 1940), 175—180.

15 James Burkhart Gilbert, *Writers and Partisans: A History of Literary Radicalism in America* (New York: Columbia University Press, 1992), 196.

16 转引自G. A. M. Janssens, "The Forties and After", in "The New York Intellectuals and *Partisan Review*", *Twentieth-Century Literary Criticism*, Vol. 30, 143。

17 同前引文，第143页。

18 Richard Chase, "Report from the Academy", *Partisan Review* 14 (1947), 206—211.

19 Newton Arvin, "Report from the Academy", *Partisan Review* 12 (1945), 275.

20 Philip Rahv, "Twilight of the Thirties", in *Essays on Literature and Politics 1932—1972*, ed. Arabel J. Porter and Andrew J. Dvosin (Boston: Houghton Mifflin Company, 1978), 305—310.

21 Irving Howe, *A Margin of Hope: An Intellectual Autobiography* (New York: Harcourt Brace Jovanovich, 1982), 120.

22 转引自Hugh Wilford, *The New York Intellectuals: from Vanguard to Institution* (Manchester and New York: Manchester University Press, 1995), 39。

23 转引自Terry A. Cooney, *The Rise of the New York Intellectuals: Partisan Review and Its Circle* (Madison: University of Wisconsin Press, 1986), 245。

24 William Phillips, *A Partisan View: Five Decades of the Literary Life* (New York: Stein And Day, 1983), 273.

25 Irving Howe, "Edmund Wilson: A Reexamination", *Nation* (Oct. 16, 1948), 430.

26 David Laskin, *Partisans: Marriage, Politics, and Betrayal among the New York*

Intellectuals (Chicago: The University of Chicago Press, 2000), 49.

27 Hugh Wilford, *The New York Intellectuals: from Vanguard to Institution*, Manchester and New York: Manchester University Press, 1995), 40.

28 William Barrett, *The Truants: Adventures among the Intellectuals* (New York: Doubleday, 1982), 164—170.

29 Hugh Wilford, *The New York Intellectuals: from Vanguard to Institution* (Manchester and New York: Manchester University Press, 1995), 39.

30 William Barrett, *The Truants: Adventures among the Intellectuals* (New York: Doubleday, 1982), 218—220.

31 Hugh Wilford, *The New York Intellectuals: from Vanguard to Institution* (Manchester and New York: Manchester University Press, 1995), 40.

32 Irving Howe, *A Margin of Hope: An Intellectual Autobiography* (New York: Harcourt Brace Jovanovich, 1982), 118.

33 转引自Andrew James Dvosin, "Literature in a Political World: The Career and Writings of *Partisan Review*", Ph.D. thesis, NYU, 1977, 60—61。

34 转引自Alexander Bloom, *Prodigal Sons: The New York Intellectuals and Their World* (New York: Oxford University Press, 1986), 82。

35 Norman Birnbaum, 转引自Alan M. Wald, *The New York Intellectuals: The Rise and Decline of the Anti-Stalinist Left from the 1930s to the 1980s* (Chapel Hill: University of North Carolina Press, 1987), 91。

36 Stephen A. Longstaff, "The New York Family", *Queen's Quarterly* 83 (1976), 561.

37 Irving Howe, *A Margin of Hope: An Intellectual Autobiography* (New York: Harcourt Brace Jovanovich, 1982), 118.

38 Alexander Bloom, *Prodigal Sons: The New York Intellectuals and Their World* (New York: Oxford University Press, 1986), 291.

39 Hugh Wilford, *The New York Intellectuals: from Vanguard to Institution* (Manchester and New York: Manchester University Press, 1995), 33.

40 Norman Podhoretz, *Making It* (New York, 1967), 146—147.

41 转引自Alexander Bloom, *Prodigal Sons: The New York Intellectuals and Their World* (New York: Oxford University Press, 1986), 81。

42 Irving Howe, *A Margin of Hope: An Intellectual Autobiography* (New York: Harcourt Brace Jovanovich, 1982), 118—120.

43 Alexander Bloom, *Prodigal Sons: The New York Intellectuals and Their World* (New York: Oxford University Press, 1986), 291.

44 Hugh Wilford, *The New York Intellectuals: from Vanguard to Institution* (Manchester and New York: Manchester University Press, 1995), 34.

45 Leslie Fiedler, "*Partisan Review*: Phoenix or Dodo?" *Perspective* 15 (1956), 82.

46 Alexander Bloom, *Prodigal Sons: The New York Intellectuals and Their World* (New York: Oxford University Press, 1986), 313.

47 Irving Kristol, "Memoirs of a Trotskyist", *New York Times* (Jan. 23, 1977), 57.

48 Irving Howe, "The Dilemma of *Partisan Review*", *New International* 8 (Feb. 1942), 20—24.

49 Hugh Wilford, *The New York Intellectuals: from Vanguard to Institution* (Manchester and New York: Manchester University Press, 1995), 36.

50 James Burkhart Gilbert, *Writers and Partisans: A History of Literary Radicalism in America* (New York: Columbia University Press, 1992), 118—119.

51 Alan Lelchuk, "Philip Rahv: the Last Years", in ed. Arthur Edelstein, *Image and Ideas in American Culture: The Functions of Criticism Essays in Memory of Philip Rahv* (Hanover, New Hampshire: Brandeis University Press, 1979), 211.

52 James Burkhart Gilbert, *Writers and Partisans: A History of Literary Radicalism in America* (New York: Columbia University Press, 1992), 196; Hugh Wilford, *The New York Intellectuals: from Vanguard to Institution* (Manchester and New York: Manchester University Press, 1995), 36—37.

53 转引自Hugh Wilford, *The New York Intellectuals: From Vanguard to Institution* (Manchester and New York: Manchester University Press, 1995), 37。

54 William Phillips, *A Partisan View: Five Decades of the Literary Life* (New York: Stein And Day, 1983), 124—127, 189.

55 同前引文，第203页。

56 转引自Alexander Bloom, *Prodigal Sons: The New York Intellectuals and Their World* (New York: Oxford University Press, 1986), 73。

57 转引自Hugh Wilford, *The New York Intellectuals: From Vanguard to Institution* (Manchester and New York: Manchester University Press, 1995), 48。

58 同前引文，第49页。

59 同前引文，第50页。

60 James Burkhart Gilbert, *Writers and Partisans: A History of Literary Radicalism in America* (New York: Columbia University Press, 1992), 248.

61 转引自Hugh Wilford, *The New York Intellectuals: From Vanguard to Institution* (Manchester and New York: Manchester University Press, 1995), 51。

62 "Light up in London", *Time* (March 10, 1947), 58.

63 William Phillips, *A Partisan View: Five Decades of the Literary Life* (New York: Stein And Day, 1983), 143.

64 同前引文，第144—145页。

65 Hugh Wilford, *The New York Intellectuals: from Vanguard to Institution* (Manchester and New York: Manchester University Press, 1995), 53.

三　拉夫的政治思想

1 Granville Hicks, *Where We Came Out* (New York, 1954), 43—44.

2 Philip Rahv, "Proletarian Literature: a Political Autopsy", in *Essays on Literature and*

Politics 1932—1972, ed. Arabel J. Porter and Andrew J. Dvosin (Boston: Houghton Mifflin Company, 1978), 295.

3 William Phillips & Philip Rahv, "Problems and Perspectives in Revolutionary Literature", *Partisan Review* 1 (June—July 1934), 3.

4 Philip Rahv, "An Open Letter to Young Writers", *Rebel Poet*, No. 16 (Sept. 1932), 3.

5 同前引文，第3—4页。

6 Philip Rahv, "For Whom Do you Write", *New Quarterly* 1 (Summer 1934), 12.

7 转引自Terry A. Cooney, *The Rise of the New York Intellectuals: Partisan Review and Its Circle* (Madison: University of Wisconsin Press, 1986), 44—46。

8 William Barrett, *The Illusion of Technique: A search for Meaning in a Technological Civilization* (New York, Archor Press, 1978), 318.

9 Philip Rahv, "The Literary Class War", in *Essays on Literature and Politics 1932—1972*, ed. Arabel J. Porter and Andrew J. Dvosin (Boston: Houghton Mifflin Company, 1978), 281—282.

10 Philip Rahv, "Marxist Criticism and Henry Hazlitt", *International Literature* 2 (1934), 115.

11 "Editorial Statement", *Partisan Review* 1 (Feb.—March 1934), 2.

12 Philip Rahv, "Marxist Criticism and Henry Hazlitt", *International Literature* 2 (1934), 112—113.

13 Michael Gold, "Three Schools of U. S. Writing", 转引自James Burkhart Gilbert, *Writers and Partisans: A History of Literary Radicalism in America* (New York: Columbia University Press, 1992), 102。

14 Philip Rahv, "How the Waste Land Became a Flower Garden", *Partisan Review* 1 (Sept.—Oct. 1934), 41—42.

15 William Phillips & Philip Rahv, "Problems and Perspectives in Revolutionary Literature", *Partisan Review* 1 (June—July 1934), 8—9.

16 William Phillips & Philip Rahv, "Some Aspects of Literary Criticism", *Science and Society* 1 (1937), 218.

17 William Phillips & Philip Rahv, "Private Experience and Public Philosophy", *Poetry* 48 (May 1936), 104.

18 Philip Rahv, "The Novelist as a Partisan", *Partisan Review* 1 (April—May 1934), 51—52.

19 理查德·H.佩尔斯，《激进的理想与美国之梦——大萧条岁月中的文化和社会思想》，上海外语教育出版社，1990年，第161页。

20 Philip Rahv, "How the Waste Land Became a Flower Garden", *Partisan Review* 1 (Sept.—Oct. 1934), 38.

21 Philip Rahv and William Phillips, "In Retrospect: Ten Years of *Partisan Review*", in *The Partisan Reader* (New York: Dial Press, 1946), 680.

22 同前引文，第680页。

23 Edmund Wilson, "The Literary Consequences of the Crash", 转引自James Burkhart Gilbert, *Writers and Partisans: A History of Literary Radicalism in America* (New York: Columbia University Press, 1992), 93。
24 Philip Rahv, "An Open Letter to Young Writers", *Rebel Poet*, 16 (Sept. 1932), 3—4.
25 William Phillips & Philip Rahv, "Problems and Perspectives in Revolutionary Literature", *Partisan Review* 1 (June—July 1934), 3.
26 Philip Rahv, "An Open Letter to Young Writers", *Rebel Poet* 16 (Sept. 1932), 3—4.
27 Philip Rahv, "Valedictory on the Propaganda Issue", *Little Magazine* 1 (Sept.—Oct. 1934), 41—42.
28 William Phillips & Philip Rahv, "Problems and Perspectives in Revolutionary Literature", *Partisan Review* 1 (June—July 1934), 5, 9.
29 Philip Rahv, "The Novelist as a Partisan", *Partisan Review* 1 (April—May 1934), 51—52.
30 Philip Rahv, "T.S. Eliot—An Essay", *Fantasy* 2 (Winter 1932), 17.
31 Philip Rahv, "For Whom Do you Write", *New Quarterly* 1 (Summer 1934), 12.
32 Alexander Bloom, *Prodigal Sons: The New York Intellectuals and Their World (*New York: Oxford University Press, 1986), 157—161.
33 Philip Rahv, "Proletarian Literature: a Political Autopsy", in *Essays on Literature and Politics 1932—1972*, ed. Arabel J. Porter and Andrew J. Dvosin (Boston: Houghton Mifflin Company, 1978), 293—305.
34 同前引文, 第302—305页。
35 Philip Rahv, "Twilight of the Thirties", in *Essays on Literature and Politics 1932—1972*, ed. Arabel J. Porter and Andrew J. Dvosin (Boston: Houghton Mifflin Company, 1978), 305—306.
36 Leslie Fielder, "The State of American Writing: A Symposium", *Partisan Review* 15 (1948), 874.
37 Philip Rahv and William Phillips, "Criticism", *Partisan Review* 2 (April—May 1935), 17—35.
38 理查德·H.佩尔斯,《激进的理想与美国之梦——大萧条岁月中的文化和社会思想》, 上海外语教育出版社, 1990年, 第408页。
39 Philip Rahv, "Dostoevsky in *The Possessed*", in *Essays on Literature and Politics 1932—1972*, ed. Arabel J. Porter and Andrew J. Dvosin (Boston: Houghton Mifflin Company, 1978), 107—128.
40 Philip Rahv, "Twilight of the Thirties", in *Essays on Literature and Politics 1932—1972*, ed. Arabel J. Porter and Andrew J. Dvosin (Boston: Houghton Mifflin Company, 1978), 306.
41 转引自Hugh Wilford, *The New York Intellectuals: from Vanguard to Institution* (Manchester and New York: Manchester University Press, 1995), 70。
42 William Barrett, "Dialogue on Anxiety", *Partisan Review* 14 (1947), 151—159.

43 William Phillips, "Dostoevsky's Underground Man", *Partisan Review* 13 (1946), 551—561.

44 Philip Rahv, "An Introduction to Kafka", in *Image and Idea* (Norfork, Connecticut: New Directions Books, 1957), 106.

45 William Barrett, "Writers and Madness", *Partisan Review* 14 (1947), 7.

46 Hugh Wilford, *The New York Intellectuals: from Vanguard to Institution* (Manchester and New York: Manchester University Press, 1995), 72.

47 Philip Rahv, "Testament of a Homeless Radical", *Partisan Review* 12 (1945), 398—402.

48 "A Note on the Genteel Reader", Editorial, *Partisan Review* 14 (1947), 106—108.

49 Philip Rahv, "Testament of a Homeless Radical", *Partisan Review* 12 (1945), 398.

50 Philip Rahv, "The Unfuture of Utopia", in *Literature and the Sixth Sense* (Boston: Houghton Mifflin Company, 1969), 331—340.

51 Philip Rahv, "Letter to Lionel Trilling", 30 August, 转引自Hugh Wilford, *The New York Intellectuals: from Vanguard to Institution* (Manchester and New York: Manchester University Press, 1995), 85。

52 Philip Rahv, "Notes on the Decline of Naturalism", in *Image and Idea* (Norfork, Connecticut: New Directions Books, 1957), 142.

53 Philip Rahv, "Concerning Tolstoy", *Partisan Review* 13 (1946), 432.

54 Terry Eagleton, 转引自Hugh Wilford, *The New York Intellectuals: from Vanguard to Institution* (Manchester and New York: Manchester University Press, 1995), 87。

55 Raymond Williams, 转引自Hugh Wilford, *The New York Intellectuals: from Vanguard to Institution* (Manchester and New York: Manchester University Press, 1995), 88。

56 Hugh Wilford, *The New York Intellectuals: from Vanguard to Institution* (Manchester and New York: Manchester University Press, 1995), 88.

57 Irving Howe, *A Margin of Hope: An Intellectual Autobiography* (New York: Harcourt Brace Jovanovich, 1982), 152.

58 同前引文，第152页。

59 William Barrett, "A Prize for Ezra Pound", *Partisan Review* 16 (1949), 344.

60 Clement Greenberg, "The Question of the Ezra Pound Award", *Partisan Review,* 16 (1949), 516—517.

61 Philip Rahv, "Twilight of the Thirties", in *Essays on Literature and Politics 1932—1972*, ed. Arabel J. Porter and Andrew J. Dvosin (Boston: Houghton Mifflin Company, 1978), 305—309.

62 William Phillips, "Eliot and Notions of Culture: A Discussion", *Partisan Review* 11 (1944), 309.

63 Arthur Koestler, "The Intelligentsia", *Partisan Review* 11 (1944), 276—277.

64 Philip Rahv, "Testament of a Homeless Radical", *Partisan Review* 12 (1945), 400.

65 Clement Greenberg, "The State of American Writing, A Symposium", *Partisan Review* 15 (1948), 876.

66 Terry A. Cooney, *The Rise of the New York Intellectuals: Partisan Review and Its Circle* (Madison: University of Wisconsin Press, 1986), Note. 73.

67 同前引文，第97页。

68 Philip Rahv, "Trials of the Mind", in *Essays on Literature and Politics 1932—1972*, ed. Arabel J. Porter and Andrew J. Dvosin (Boston: Houghton Mifflin Company, 1978), 284—292.

69 Philip Rahv, "The Great Outsider", in *Essays on Literature and Politics 1932—1972*, ed. Arabel J. Porter and Andrew J. Dvosin (Boston: Houghton Mifflin Company, 1978), 335—336.

70 同前引文，第335页。

71 同前引文，第335页。

72 同前引文，第337页。

73 同前引文，第339页。

74 Leon Trotsky, "Art and Politics", *Partisan Review* (Aug.—Sept. 1938), 10.

75 Philip Rahv, "Dostoevsky in *The Possessed*", in *Essays on Literature and Politics 1932—1972*, ed. Arabel J. Porter and Andrew J. Dvosin (Boston: Houghton Mifflin Company, 1978), 116—119.

76 理查德·H.佩尔斯，《激进的理想与美国之梦——大萧条岁月中的文化和社会思想》，上海外语教育出版社，1990年，第399页。

77 William Phillips & Philip Rahv, "In Retrospect: Ten Years of *Partisan Review*", in *The Partisan Reader* (New York: Dial Press, 1946), 683.

78 Philip Rahv, "Versions of Bolshevism", *Partisan Review* (Summer 1946), 570.

79 Philip Rahv, "Two Years of Progress: From Waldo Frank to Donald Ogden Steward", *Partisan Review* (Feb. 1938), 25.

80 Philip Rahv, "The Sense and Nonsense of Whittaker Chambers", in *Essays on Literature and Politics 1932—1972*, ed. Arabel J. Porter and Andrew J. Dvosin (Boston: Houghton Mifflin Company, 1978), 317—328.

81 同前引文，第321页。

82 Alexander Bloom, *Prodigal Sons: The New York Intellectuals and Their World* (New York: Oxford University Press, 1986), 113.

83 James Burkhart Gilbert, *Writers and Partisans: A History of Literary Radicalism in America* (New York: Columbia University Press, 1992), 254.

84 Philip Rahv, "Liberal Anticommunism Revisited", in *Essays on Literature and Politics 1932—1972*, ed. Arabel J. Porter and Andrew J. Dvosin (Boston: Houghton Mifflin Company, 1978), 341—342.

85 Philip Rahv, "To George Orwell", Jan. 11, 1946. 转引自James Burkhart Gilbert, *Writers and Partisans: A History of Literary Radicalism in America* (New York: Columbia University Press, 1992), 257。

86 William Phillips, "To Arthur Koestler", Oct. 9 1946. 转引自James Burkhart Gilbert,

Writers and Partisans: A History of Literary Radicalism in America (New York: Columbia University Press, 1992), 257。

87 Philip Rahv, "Liberal Anticommunism Revisited", in *Essays on Literature and Politics 1932—1972*, ed. Arabel J. Porter and Andrew J. Dvosin (Boston: Houghton Mifflin Company, 1978), 341.

88 James Burnham, "Lenin's Heir", *Partisan Review* 12 (Winter 1945), 70—72.

89 James Burkhart Gilbert, *Writers and Partisans: A History of Literary Radicalism in America* (New York: Columbia University Press, 1992), 259—260.

90 转引自前引文，第341页。

91 Philip Rahv, "Liberal Anticommunism Revisited", in *Essays on Literature and Politics 1932—1972*, ed. Arabel J. Porter and Andrew J. Dvosin (Boston: Houghton Mifflin Company, 1978), 344.

92 转引自前引文，第341页。

93 转引自前引文，第343页。

94 James Burkhart Gilbert, *Writers and Partisans: A History of Literary Radicalism in America* (New York: Columbia University Press, 1992), 269.

95 Philip Rahv, "Disillusions and Partial Answers", *Partisan Review* 15 (May 1948), 578.

96 James Burkhart Gilbert, *Writers and Partisans: A History of Literary Radicalism in America* (New York: Columbia University Press, 1992), 270.

97 Philip Rahv, "American Intellectuals in the Postwar Situation", in *Essays on Literature and Politics 1932—1972*, ed. Arabel J. Porter and Andrew J. Dvosin (Boston: Houghton Mifflin Company, 1978), 328.

四　拉夫的文学思想

1 Philip Rahv, "Foreword", *Image and Idea* (Norfork, Connecticut: New Directions Books, 1957), ix.

2 Richard Chase, "The Modern Writer", in "Philip Rahv, 1908—1973", *Contemporary Literary Criticism*, Vol. 24, 351.

3 同前引文，第351页。

4 Philip Rahv, *Image and Idea* (Norfork, Connecticut: New Directions Books, 1957), bookcover.

5 Philip Rahv, *The Myth and the Powerhouse* (New York: The Noonday Press, 1966), book cover.

6 Philip Rahv, "Foreword", 同前引文。

7 Philip Rahv, "Foreword", in *Literature and the Sixth Sense* (Boston: Houghton Mifflin Company, 1969).

8 同前引文，第vii页。

9 同前引文，第viii页。

10 Philip Rahv and William Phillips, "Recent Problems of Revolutionary Literature", in

Hicks, et al eds., *Proletarian Literature in the U.S.*, 369.

11 Philip Rahv, "Criticism and the Imagination of Alternatives", in *The Myth and the Powerhouse* (New York: The Noonday Press, 1966), 72.

12 同前引文，第69页。

13 同前引文，第72—73页。

14 同前引文，第73页。

15 同前引文，第74页。

16 同前引文，第75页。

17 同前引文，第76页。

18 同前引文，第76页。

19 同前引文，第61页。

20 同前引文，第78—79页。

21 Philip Rahv, "Fiction and the Criticism of Fiction", in *The Myth and the Powerhouse* (New York: The Noonday Press, 1966), 55.

22 同前引文，第52页。

23 同前引文，第60页。

24 Philip Rahv, "Twilight of the Thirties", in *Essays on Literature and Politics 1932—1972*, ed. Arabel J. Porter and Andréw J. Dvosin (Boston: Houghton Mifflin Company, 1978), 309.

25 Philip Rahv, "On F.R. Leavis and D.H. Lawrence", in *Literature and the Sixth Sense* (Boston: Houghton Mifflin Company, 1969), 301.

26 Philip Rahv, "An Open Secret", in *Literature and the Sixth Sense* (Boston: Houghton Mifflin Company, 1969), 438—439.

27 同前引文，第439页。

28 同前引文，第440页。

29 Philip Rahv, "A Season in Heaven", in *Literature and the Sixth Sense* (Boston: Houghton Mifflin Company, 1969), 310.

30 Philip Rahv, "Pulling Down the Shrine", in *The Myth and the Powerhouse* (New York: The Noonday Press, 1966), 204.

31 同前引文，第204—205页。

32 Philip Rahv, "On F.R. Leavis and D.H. Lawrence", in *Literature and the Sixth Sense* (Boston: Houghton Mifflin Company, 1969), 299—300.

33 同前引文，第305页。

34 Philip Rahv, "On Pornography, Black Humor, Norman Mailer, Etc.", in *Literature and the Sixth Sense* (Boston: Houghton Mifflin Company, 1969), 419.

35 同前引文，第419—420页。

36 Philip Rahv, "Crime Without Punishment", in *The Myth and the Powerhouse* (New York: The Noonday Press, 1966), 236—243.

37 Philip Rahv, "A Season in Heaven", in *Literature and the Sixth Sense* (Boston: Houghton

Mifflin Company, 1969), 310—315.

38 Philip Rahv, "Gogol as a Modern Instance", in *Image and Idea* (Norfork, Connecticut: New Directions Books, 1957), 203—204.

39 同前引文，第204页。

40 同前引文，第204—206页。

41 同前引文，第206—207页。

42 Philip Rahv, "An Introduction to Kafka", in *Image and Idea* (Norfork, Connecticut: New Directions Books, 1957), 106—107.

43 同前引文，第107页。

44 同前引文，第109页。

45 Philip Rahv, "The Death of Ivan Ilyich and Joseph K.", in *Image and Idea* (Norfork, Connecticut: New Directions Books, 1957), 123.

46 同前引文，第124—125页。

47 同前引文，第126页。

48 Philip Rahv, "Henry Miller", in *Literature and the Sixth Sense* (Boston: Houghton Mifflin Company, 1969), 163—164.

49 Philip Rahv, "Notes on the Decline of Naturalism", in *Image and Idea* (Norfork, Connecticut: New Directions Books, 1957), 143—144.

50 Philip Rahv, "Dostoevsky in *Crime and Punishment*", in *Essays on Literature and Politics 1932—1972*, ed. Arabel J. Porter and Andrew J. Dvosin (Boston: Houghton Mifflin Company, 1978), 162.

51 巴赫金：《陀思妥耶夫斯基诗学问题》，白春仁等译，三联书店，1988年，第60页。

52 Philip Rahv, "Dostoevsky: Descent into the Underground", in *Essays on Literature and Politics 1932—1972*, ed. Arabel J. Porter and Andrew J. Dvosin (Boston: Houghton Mifflin Company, 1978), 180.

53 同前引文，第180页。

54 Philip Rahv, "Dostoevsky in *Crime and Punishment*", in *Essays on Literature and Politics 1932—1972*, ed. Arabel J. Porter and Andrew J. Dvosin (Boston: Houghton Mifflin Company, 1978), 173.

55 巴赫金：《陀思妥耶夫斯基诗学问题》，白春仁等译，三联书店，1988年，第12页。

56 同前引文，第128页。

57 Philip Rahv, "Dostoevsky in *Crime and Punishment*", in *Essays on Literature and Politics 1932—1972*, ed. Arabel J. Porter and Andrew J. Dvosin (Boston: Houghton Mifflin Company, 1978), 164.

58 同前引文，第169页。

59 同前引文，第166页。

60 Philip Rahv, "The Legend of the Grand Inquisitor", in *Essays on Literature and Politics 1932—1972*, ed. Arabel J. Porter and Andrew J. Dvosin (Boston: Houghton Mifflin Company, 1978), 130.

61 同前引文，第144页。

62 Philip Rahv, "Dostoevsky in *The Possessed*", in *Essays on Literature and Politics 1932—1972*, ed. Arabel J. Porter and Andrew J. Dvosin (Boston: Houghton Mifflin Company, 1978), 107.

63 同前引文，第113页。

64 同前引文，第119页。

65 同前引文，第120页。

66 Philip Rahv, "The Other Dostoevsky", in *Essays on Literature and Politics 1932—1972*, ed. Arabel J. Porter and Andrew J. Dvosin (Boston: Houghton Mifflin Company, 1978), 187.

67 同前引文，第191页。

68 同前引文，第203页。

69 同前引文，第206页。

70 Philip Rahv, "Paleface and Redskin", in *Image and Idea* (Norfork, Connecticut: New Directions Books, 1957), 1.

71 Philip Rahv, "The Cult of Experience in American Writing", in *Image and Idea* (Norfork, Connecticut: New Directions Books, 1957), 14.

72 同前引文，第8页。

73 同前引文，第9页。

74 同前引文，第8页。

75 同前引文，第9—10页。

76 Philip Rahv, "The Native Bias", in *The Myth and the Powerhouse* (New York: The Noonday Press, 1966), 90.

77 Philip Rahv, "The Dark Lady of Salem", in *Image and Idea* (Norfork, Connecticut: New Directions Books, 1957), 33.

78 Philip Rahv, "The Cult of Experience in American Writing", in *Image and Idea* (Norfork, Connecticut: New Directions Books, 1957), 16.

79 同前引文，第20页。

80 同前引文，第21页。

81 同前引文，第12页。

82 同前引文，第13页。

83 同前引文，第15页。

84 Philip Rahv, "Foreword", in *Literature and the Sixth Sense* (Boston: Houghton Mifflin Company, 1969), xi.

85 同前引文，第x页。

86 Philip Rahv, "T. S. Eliot in his Posthumous Essays", in *Literature and the Sixth Sense* (Boston: Houghton Mifflin Company, 1969), 433.

87 Philip Rahv, "Notes on the Decline of Naturalism", in *Image and Idea* (Norfork, Connecticut: New Directions Books, 1957), 143.

88 同前引文，第147页。
89 同前引文，第144页。
90 同前引文，第149页。
91 同前引文，第149页。
92 同前引文，第152页。
93 Grant Webster, "The Essential Dialectic: Reality versus Imagination", in *The Republic of Letters: A history of Postwar American Literary Opinion*, quoted from "New York Intellectuals and *Partisan Review*", *Twentieth-Century Literary Criticism*, Vol. 30, 163.
94 Philip Rahv, "Excepts from 'the Literary Class War'", in *Essays on Literature and Politics 1932—1972*, ed. Arabel J. Porter and Andrew J. Dvosin (Boston: Houghton Mifflin Company, 1978), 281.
95 Philip Rahv, "Proletarian Literature: a Political Autopsy", in *Essays on Literature and Politics 1932—1972*, ed. Arabel J. Porter and Andrew J. Dvosin (Boston: Houghton Mifflin Company, 1978), 10—12.
96 同前引文，第20页。
97 Philip Rahv, "The Myth and the Powerhouse", in *The Myth and the Powerhouse* (New York: The Noonday Press, 1966), 5—6.
98 同前引文，第6—7页。
99 同前引文，第14—15页。
100 同前引文，第15页。
101 同前引文，第17页。
102 同前引文，第17页。
103 同前引文，第18页。
104 同前引文，第8页。
105 Susanne M. Langer, *Feeling and Form* (New York, 1953), 247; Rahv, "The Myth and The Powerhouse", in *The Myth and the Powerhouse* (New York: The Noonday Press, 1966), 9.
106 Philip Rahv, "Fiction and the Criticism of Fiction", in *The Myth and the Powerhouse* (New York: The Noonday Press, 1966), 40—41.
107 Philip Rahv, "Criticism and the Imagination of Alternatives", in *The Myth and the Powerhouse* (New York: The Noonday Press, 1966), 67.
108 同前引文，第68页。
109 同前引文，第64—66页。
110 Philip Rahv, "T. S. Eliot in his Posthumous Essays", in *Literature and the Sixth Sense* (Boston: Houghton Mifflin Company, 1969), 436.
111 Philip Rahv, "Attitudes Toward Henry James", in *Image and Idea* (Norfork, Connecticut: New Directions Books, 1957), 77—80.
112 Philip Rahv, "Foreword", *Image and Idea* (Norfork, Connecticut: New Directions Books, 1957), ix—x.
113 Philip Rahv, "Attitudes Toward Henry James", in *Image and Idea* (Norfork, Connecticut:

New Directions Books, 1957), 77.

114 Philip Rahv, "Pulling Down the Shrine", in *The Myth and the Powerhouse* (New York: The Noonday Press, 1966), 202.

115 Philip Rahv, "Henry James and his Cult", in *Essays on Literature and Politics 1932—1972*, ed. Arabel J. Porter and Andrew J. Dvosin (Boston: Houghton Mifflin Company, 1978), 93—94.

116 Ibid., 97.

117 Philip Rahv, "Hawthorne in Analysis", in *Literature and the Sixth Sense* (Boston: Houghton Mifflin Company, 1969), 423—424.

118 Philip Rahv, "Crime Without Punishment", in *The Myth and the Powerhouse* (New York: The Noonday Press, 1966), 243—244.

119 Philip Rahv, "Notes on the Decline of Naturalism", in *Image and Idea* (Norfork, Connecticut: New Directions Books, 1957), 146—149.

120 Philip Rahv, "Hemingway in the 1950s", in *Image and Idea* (Norfork, Connecticut: New Directions Books, 1957), 191.

121 同前引文，第192—193页。

122 同前引文，第194页。

123 Philip Rahv, "On F. R. Leavis and D. H. Lawrence", in *Literature and the Sixth Sense* (Boston: Houghton Mifflin Company, 1969), 290.

124 同前引文，第296页。

125 同前引文，第290—291页。

126 同前引文，第292—293页。

127 同前引文，第294页。

128 Philip Rahv, "T. S. Eliot in his Posthumous Essays", in *Literature and the Sixth Sense* (Boston: Houghton Mifflin Company, 1969), 430.

129 同前引文，第430页。

130 同前引文，第431页。

131 同前引文，第432—433页。

132 同前引文，第433页。

133 同前引文，第433页。

134 同前引文，第433页。

135 Philip Rahv, "Plain Critic and Enfant Terrible", in *The Myth and the Powerhouse* (New York: The Noonday Press, 1966), 212—216.

136 Philip Rahv, "The Critic as Litterateur: Leslie Fiedler and John Aldridge", in *Literature and the Sixth Sense* (Boston: Houghton Mifflin Company, 1969), 404—405.

137 同前引文，第405页。

138 同前引文，第407—408页。

五　结语

1　Grant Webster, "The Essential Dialectic: Reality versus Imagination", in *The Republic of Letters: A History of Postwar American Literary Opinion*, quoted from "New York Intellectuals and *Partisan Review*", *Twentieth-Century Literary Criticism*, Vol. 30, 162.

2　Philip Rahv, "Twilight of the Thirties", in *Essays on Literature and Politics 1932—1972*, ed. Arabel J. Porter and Andrew J. Dvosin (Boston: Houghton Mifflin Company, 1978), 305—306.

3　Terry A. Cooney, *The Rise of the New York Intellectuals: Partisan Review and Its Circle* (Madison: University of Wisconsin Press, 1986), 264.

4　Irving Howe, "Philip Rahv, A Memoir", in "Philip Rahv, 1908—1973", C*ontemporary Literary Criticism*, Vol. 24, 361.

5　Samuel Butler, 转引自Milton Hindus, "Philip Rahv", in *Image and Ideas in American Culture: The Functions of Criticism Essays in Memory of Philip Rahv* (Hanover, New Hampshire: Brandeis University Press, 1979), 201。

参考书目

1. Alan M. Wald, *The New York Intellectuals: The Rise and Decline of the Anti-Stalinist Left from the 1930s to the 1980s* (Chapel Hill: University of North Carolina Press, 1987).
2. Alexander Bloom, *Prodigal Sons: The New York Intellectuals and Their World* (New York: Oxford University Press, 1986).
3. Alfred Kazin, *Starting out in the Thirties* (Boston: Cornell University Press, 1965).
4. Andrew James Dvosin, "Literature in a Political World: The Career and Writings of *Partisan Review*", Ph. D thesis, NYU, 1977.
5. Arthur Edelstein, *Image and Ideas in American Culture: The Functions of Criticism Essays in Memory of Philip Rahv* (Hanover, New Hampshire: Brandeis University Press, 1979).
6. Daniel Aaron, *Writers on the Left* (New York: Harcourt, Brace, World, 1961).
7. David Laskin, *Partisans: Marriage, Politics, and Betrayal among the New York Intellectuals* (Chicago: The University of Chicago Press, 2000).
8. David W. Noble, *Death of a Nation: American Culture and the End of Exceptionalism* (Minneapolis: University of Minnesota Press, 2002).
9. Eugene Goodheart, *Pieces of Resistance* (New York: Cambridge University Press, 1987).
10. Frances Kiernan, *Seeing Mary Plain: A Life of Mary McCarthy* (New York: W. W. Norton & Company, 2000).
11. Frederick Crews, *Skeptical Engagements* (New York: Oxford University Press, 1986).
12. Granville Hicks, *Where we Came out* (New York, 1954).
13. Hugh Wilford, *The New York Intellectuals: from Vanguard to Institution* (Manchester and New York: Manchester University Press, 1995).
14. Irving Howe, *A Margin of Hope: An Intellectual Autobiography* (New York: Harcourt Brace Jovanovich, 1982).
15. James Burkhart Gilbert, *Writers and Partisans: A History of Literary Radicalism in America* (New York: Columbia University Press, 1992).
16. Joseph Dorman, *Arguing the World: The New York Intellectuals in their Own Words* (University of Chicago Press, 2001).
17. Leslie Fiedler, *The Collected Essays of Leslie Fiedler,* Vol. 2 (New York 1971).
18. Mary McCarthy, *Intellectual Memoirs: New York 1936—1938* (San Diego: Harcourt Brace Jovanovich, 1992).
19. Mary McCarthy, *Mary McCarthy's Theatre Chronicle, 1937—1962* (New York, 1936).
20. Morris Dickstein, *Gates of Eden: American Culture in the Sixties* (New York: Penguin books, 1989).
21. Neil Jumonville, *Critical Crossings: the New York Intellectuals in Postwar America* (Berkeley and Los Angeles: University of California Press, 1991).

22. Norman Podhoretz, *Breaking Ranks* (New York: Harpers, 1979).
23. Norman Podhoretz, *Making It* (New York, 1967).
24. Philip Rahv, *Essays on Literature and Politics 1932—1972*, ed. Arabel J. Porter and Andrew J. Dvosin (Boston: Houghton Mifflin Company, 1978).
25. Philip Rahv, ed. *Modern Occasions* (New York: Ferrar, Straus and Giroux, Inc. 1966).
26. Philip Rahv, *Image and Idea* (Norfork, Connecticut: New Directions Books, 1957).
27. Philip Rahv, *Literature and the Sixth Sense* (Boston: Houghton Mifflin Company, 1969).
28. Philip Rahv, *The Myth and the Powerhouse* (New York: The Noonday Press, 1966).
29. Philip Rahv and William Phillips, *The Partisan Reader* (New York: Dial Press, 1946).
30. Reinhold Niebuhr and Alan Heimert, *A Nation so Conceived: Reflections on the History of America from its Early Vision to its Present Power* (London: Faber and Faber, 1963).
31. Richard A. Posner, *Public Intellectuals: a Study of Decline* (Harvard University Press, 2003).
32. Stephen A. Longstaff, *A Study of Particularism and Universalism in American High Culture* (University of California, Berkeley, 1978).
33. Russell Reising, *The Unusable Past: Theory and the Study of American Culture* (New York: Methuen, 1986).
34. Susanne M. Langer, *Feeling and Form* (New York, 1953).
35. Terry A. Cooney, *The Rise of the New York Intellectuals: Partisan Review and Its Circle* (Madison: University of Wisconsin Press, 1986).
36. William Barrett, *The Truants: Adventures among the Intellectuals* (New York: Doubleday, 1982).
37. William Phillips, *A Partisan View: Five Decades of the Literary Life* (New York: Stein And Day, 1983).
38. *Commentary*, *International Literature*, *Nation*, *Queen's Quarterly*, *New International*, *New Masses*, *Masses*, *New Quarterly*, *New Republic*, *New Review*, *New York Times*, *Partisan* Review, *Perspective*, *Poetry*, *Rebel Poet*, *Science and Society*, *Time*, *Twentieth-Century Literary Criticism (Vol. 30)*, *Contemporary Literary Criticism (Vol. 24)*。
39. F. R. 利维斯,《伟大的传统》, 袁伟译, 生活·读书·新知三联书店, 2002年。
40. 阿尔文·古尔德纳,《新阶级与知识分子的未来》, 杜维真译, 人民文学出版社, 2001年。
41. 艾伦·布卢姆,《美国精神的封闭》, 占旭英译, 译林出版社, 2007年。
42. 爱德华·W.萨义德,《人文主义与民主批评》, 朱生坚译, 新星出版社, 2006年。
43. 巴赫金,《陀思妥耶夫斯基诗学问题》, 白春仁等译, 三联书店, 1988年。
44. 布鲁斯·罗宾斯,《知识分子: 美学、政治与学术》, 王文斌等译, 江苏人民出版社, 2002年。
45. 程锡麟, 王晓路,《当代美国小说理论》, 外语教学与研究出版社, 2001年。
46. 董小川,《美国文化概论》, 人民出版社, 2006年。
47. 冯川,《忧郁的先知: 陀思妥耶夫斯基》, 四川人民出版社, 1997年。
48. 赫伯特·D.克罗利,《美国生活的希望: 政府在实现国家目标中的作用》, 江苏人民出版社，2006年。
49. 卡尔·博格斯，《知识分子与现代性的危机》，李俊等译，江苏人民出版社，2002年。
50. 拉塞尔·雅各比，《最后的知识分子》，洪洁译，江苏人民出版社，2002年。
51. 勒内·韦勒克等，《文学理论》，刘象愚等译，江苏教育出版社，2006年。
52. 理查德·H.佩尔斯，《激进的理想与美国之梦——大萧条岁月中的文化和社会思想》，上海外语教育出版社，1990年。
53. 刘绪贻，李存训，《美国通史》卷5，卷6，人民出版社，2002年。
54. 马尔科姆·考利，《流放者的归来——20年代的文学流浪生活》，张承谟译，上海外语教育出版社，1985年。
55. 马克·里拉，《当知识分子遭遇政治》，邓晓菁等译，新星出版社，2005年。
56. 迈克尔·卡门，《自相矛盾的民族：美国文化的起源》，江苏人民出版社，2006年。
57. 莫里斯·迪克斯坦，《伊甸园之门：60年代的美国文化》，方晓光译，译林出版社，2007年。
58. 纳尔逊·曼弗雷德·布莱克，《美国社会生活与思想史》（上下册），许季鸿等译，商务印书馆，1997年。
59. 钱满素，《美国文明》，中国社会科学出版社，2001年。
60. 钱满素，《钱满素文化选论》，复旦大学出版社，2007年。
61. 萨克文·伯科维奇主编，《剑桥美国文学史》卷8，杨仁敬等译，中央编译出版社，2008年。
62. 史志康，《美国文学背景概观》，上海外语教育出版社，1998年。
63. 涂纪亮，《当代美国哲学》，上海人民出版社，1978年。
64. 威廉·曼彻斯特，《光荣与梦想：1932—1972年美国社会实录》，朱协等译，商务印书馆，1988年。
65. 雅各布·尼德曼，《美国理想——一部文明的历史》，王聪译，华夏出版社，2004年。
66. 于歌，《美国的本质》，当代中国出版社，2006年。
67. 余志森等，《美国通史》，卷4，人民出版社，2002年。
68. 朱立元，《当代西方文艺理论》，华东师范大学出版社，1997年。
69. 资中筠，《20世纪的美国》，三联书店，2007年。

主要译名英汉对照表

Abel, Lionel 埃布尔, 莱昂内尔
Across the River and into the Trees 《过河入林》
Adler, Nathan 阿德勒, 内森
Agee, James 阿吉, 詹姆斯
Aiken, Conrad 艾肯, 康拉德
Aldridge, John 阿尔德里奇, 约翰
Aleichem, Sholom 阿莱彻, 肖洛姆
Algren, Nelson 阿尔格伦, 纳尔逊
Ambassadors, The 《大使》
American Committee for Cultural Freedom 美国文化自由委员会
American Mercury 《美国信使》
American Writers' Congress 美国作家代表大会
An American Dream 《美国梦》
Anderson, Sherwood 安德森, 舍伍德
"An Investigation of a Dog" 《一只狗的研究》
Anna Karenina 《安娜·卡列尼娜》
Anvil 《铁砧》
Aragon, Louis 阿拉贡, 路易
Arendt, Hannah 阿伦特, 汉娜
Arendt, Hardwick 阿伦特, 哈德威克
Armstrong, Arnold 阿姆斯特朗, 阿诺德
Arnold, Matthew 阿诺德, 马修
Arvin, Newton 阿尔文, 牛顿
Auden, W. H. 奥登, W. H.
Austin, Jane 奥斯汀, 简
Axel's Castle 《阿克塞尔的城堡》

Baldwin, James 鲍德温, 詹姆斯
Barnes, Djuna 巴恩斯, 朱娜
Barrett, William 巴勒特, 威廉
Bartleby, the Scriber 《抄写员巴特尔比》
Baudelaire, Charles 波德莱尔, 查尔斯
Bell, Daniel 贝尔, 丹尼尔
Bellow, Saul 贝娄, 索尔
Berryman, John 贝里曼, 约翰
Bishop, Elizabeth 毕晓普, 伊丽莎白
Blackmur, R. P. 布莱克默, R. P.
Bodenheim, Maxwell 博登海姆, 马克斯韦尔
Bourne, Randolph 伯恩, 伦道夫
Bowles, Paul 鲍尔斯, 保罗
Brandeis University 布兰迪斯大学
Brandt, Willy 布兰特, 威利
Brecht, Bertolt 布莱希特, 伯托尔特
Breton, Andre 勃勒东, 安德雷
Brooks, Obed 布鲁克斯, 奥贝德
Brooks, Van Wyck 布鲁克斯, 范·怀克
Brothers Karamazov 《卡拉马佐夫兄弟》
Brown, Charles B. 布朗, 查尔斯·B.
Brustern, Robert 布鲁斯特恩, 罗伯特
Bunyan, John 班扬, 约翰
Burke, Kenneth 伯克, 肯尼斯
Burnham, James 伯纳姆, 詹姆斯
Burroughs, William 巴勒斯, 威廉

Caldwell, Erskine 考德威尔, 厄斯金
Calmer, Alan 卡尔默, 艾伦
Candy 《坎迪》
Cantos 《诗章》
Cantwell, Robert 坎特韦尔, 罗伯特
Carver, Catherine 卡弗, 凯瑟琳
Caudwell, Christopher 考特威尔, 克里斯托夫
Chambers, Whittaker 钱伯斯, 惠特克
Chase, Richard 蔡斯, 理查德
Cheever, John 奇弗, 约翰

Chekhov, Anton 契诃夫, 安东
Chinese Great Wall, The《中国长城》
Chomsky, Noam 乔姆斯基, 诺姆
Cisneros, Sandra 西斯内罗斯, 桑德拉
Clark, Eleanor 克拉克, 埃利诺
Cohen, Elliot 科恩, 埃利奥特
College Book of American Literature, The《美国文学大学读本》
Commentary《评论》
Committee for Cultural Freedom 文化自由委员会
Connolly, Cyril 康诺利, 西利尔
Conroy, Jack 康罗伊, 杰克
Cooper, James F. 库珀, 詹姆斯·F.
Cowley, Malcolm 考利, 马尔科姆
Crime and Punishment《罪与罚》
Cummings, e. e. 卡明斯, e. e.

Dahlberg, Edward 达尔伯格, 爱德华
Daily Worker《工人日报》
Death of Ivan Ilyich, The《伊凡·伊里奇之死》
de Balzac, Honore 德·巴尔扎克, 奥诺瑞
de Gourmont, Remy 德·古尔蒙, 雷米
De Voto, Bernard 德·沃托, 伯纳德
Deutscher, Issac 多伊斯彻, 伊萨克
Dewey, John 杜威, 约翰
Dial《日晷》
Dickens, Charles 狄更斯, 查尔斯
Dissent《异议》
Dos Passos, John 多斯·帕索斯, 约翰
Dostoevsky, Fyodor M. 陀思妥耶夫斯基, 费多尔·M.
Dowling, Allan 道林, 艾伦
"Dream of a Ridiculous Man, The"《一个荒唐人的梦》
Dreiser, Theodore 德莱塞, 西奥多
Dupee, Frederick 杜皮, 弗雷德里克
Duranty, Walter 杜兰蒂, 沃尔特
Dvosin, Andrew J. 德沃森, 安德鲁·J.

Eastman, Max 伊斯曼, 马克斯
Eberhart, Richard 埃伯哈特, 理查德
Edel, Leon 埃德尔, 利昂
Eisenstein, Seigi 艾森斯坦, 塞奇
Eisler, Hanns 艾斯勒, 汉斯
Eliot, George 艾略特, 乔治
Eliot, T. S. 艾略特, T. S.
Elliott, George P. 埃利奥特, 乔治·P.
Ellison, Ralph 埃利森, 拉尔夫
Emerson, Ralph 爱默生, 拉尔夫

Farrell, James T. 法雷尔, 詹姆斯·T.
Farrelly, John 法雷里, 约翰
Faulkner, William 福克纳, 威廉
Faust, The《浮士德》
Faverty, Frederic E. 法弗蒂, 弗雷德里克·E.
Fearing, Kenneth 费林, 肯尼思
Federal Writers' Project 联邦作家计划
Fiedler, Leslie 菲德勒, 莱斯利
Field, Ben 菲尔德, 本
Finnegans Wake《芬尼根守灵夜》
Fitzgerald, F. Scott 菲茨杰拉德, 斯科特·F.
Forman, John 弗曼, 约翰
Forties, The《四十年代》
Fortune《幸运》
Foster, E.M. 福斯特, E.M.
Frank, Joseph 弗兰克, 约瑟夫
Frank, Waldo 弗兰克, 沃尔多
Frankfurt School 法兰克福学派
Free Verse《自由诗》
Freeman, Joseph 弗里曼, 约瑟夫
Freud, Sigmund 弗洛伊德, 西格蒙德

Garlin, Sender 加林, 森德
Geismar, Maxwell 盖斯马, 马克斯韦尔

Gide, Andre 纪德，安德雷
Ginsberg, Allen 金斯伯格，艾伦
Glazer, Nathan 格兰泽，内森
Gogol, Nikolai 果戈理，尼古拉
Gold, Michael 戈尔德，迈克尔
Golden Bowl, The 《金碗》
Goodman, Paul 古德曼，保罗
Grapes of Wrath, The 《愤怒的葡萄》
Greenberg, Clement 格林伯格，克莱门特
Gregory, Horace 格雷戈里，霍勒思

Hacker, Louis 哈克，路易斯
Hardwick, Elizabeth 哈德维克，伊丽莎白
Harper, Albert 哈珀，阿尔伯特
Harrington, Michael 迈克尔·哈林顿
Harrison, John R. 哈里森，约翰·R.
Hauser, Arnold 哈森，阿诺德
Hawthorne, Nathaniel 霍桑，纳撒尼尔
Hayes, Alfred 海斯，艾尔弗雷德
Hemingway, Ernest 海明威，厄内斯特
Herbsit, Josephine 赫布斯特，约瑟芬
Herzog 《赫索格》
Hicks, Granville 希克斯，格兰维尔
Highbrow and lowbrow 具有高度文化修养与缺少文化修养的人
Hillyer, Robert 希利尔，罗伯特
Hoffman, Frederick 霍夫曼，弗雷德里克
Hook, Sidney 胡克，西德尼
Howard, Milton 霍华德，米尔顿
Howe, Irving 豪，欧文
Human Comedy, The 《人间喜剧》
Huxley, Hugh E. 赫胥黎，休·E.
Huysmans, Joris Karl 于斯曼，若里斯·卡尔

Idiot, The 《白痴》
Image and Idea 《意象与思想》
"In Dreams Begins Responsibilities" 《责任始于梦幻》

Jackson, Shirley 杰克逊，雪莉
James, Henry 詹姆斯，亨利
Jarrell, Randall 兰德尔，贾雷尔
John Reed Club 约翰·里德俱乐部
Jones, Howard Munford 琼斯，霍华德·芒福德
Joyce, James 乔伊斯，詹姆斯

Kafka, Franz 卡夫卡，弗朗兹
Kaplan, H.J. 卡普兰，H.J.
Kazin, Alfred 卡津，艾尔弗雷德
Keller, Gottfried 凯勒，戈特弗里德
Kenner, Hugh 肯纳，休
Kenyon Review 《肯庸评论》
Kierkegaard, Soren 克尔凯郭尔，索伦
Koestler, Arthur 凯斯特勒，阿瑟
Krakower, Daniel 克拉科沃，丹尼尔
Kramer, Hilton 克拉默，希尔顿
Kristol, Irving 克里斯托尔，欧文
Kromer, Tom 克罗默，汤姆
Krupnick, Mark 克拉普尼克，马克
Kunitz, Joshua 库尼茨，乔舒亚

Laing, R. D. 莱恩，R. D.
Langer, Susanne 朗格，苏珊
Lasky, Melvin J. 拉斯基，梅尔文·J.
Lawrence, D. H. 劳伦斯，D. H.
Le Sueur, Meridel 勒·絮尔，梅里戴尔
League for Cultural Freedom and Socialism 文化自由与社会主义联盟
League of American Writers 美国作家联盟
Leaves of Grass 《草叶集》
Lelchuk, Alan 莱查克，艾伦
Les Pere Goriot 《高老头》
Les Temps Modernes 《现代时刻》
Leskov, Nikolai 列斯科夫，尼古拉
Levin, Henry 莱文，亨利
Levi-Strauss 列维—斯特劳斯

Levitas, Sol 莱维塔斯, 索尔
Lewis, H. H. 刘易斯, H. H.
Liberal Imagination, The 《自由的想象》
Liberator 《解放者》
Lipset, Seymour Martin 利普塞特, 西蒙·马丁
Literature and the Sixth Sense 《文学与第六感》
Lolita 《洛丽塔》
Lovejoy, A. O. 洛夫乔伊, A. O.
Lowell, Robert 洛威尔, 罗伯特
Lozowick, Louis 罗佐威克, 路易斯
Lukacs, Georg 卢卡契, 乔治
Lumpkin, Grace 伦普金, 格雷斯
Luxemberg, Rosa 莱克森伯格, 罗莎

Macdonald, Dwight 麦克唐纳, 德怀特
Macdonald, Nancy 麦克唐纳, 南希
Macleish, Archibald 麦克利什, 阿奇博尔德
Mailer, Norman 梅勒, 诺曼
Malamud, Bernard 马拉默德, 伯纳德
Mallarme, Stephane 马拉梅, 斯特法纳
Malraux, Andre 马尔罗, 安德烈
Managerial Revolution, The 《经营管理革命》
Mangione, Jerre 曼戈里昂, 杰尔
Mann, Thomas 曼, 托马斯
Mannheim, Karl 曼海姆, 卡尔
Marble Faun, The 《大理石神像》
Marcus, Steven 马库斯, 史蒂文
Marlen, George 马勒, 乔治
Marxist Quarterly 《马克思主义季刊》
Matthiessen, F. O. 马西森, F. O.
McCarthy, Joseph 麦卡锡, 约瑟夫
McCarthy, Mary 麦卡锡, 玛丽
McLuhan, Marshall 麦克卢汉, 马歇尔
Melville, Herman 梅尔维尔, 赫尔曼
Menken, H. L. 门肯, H. L.
"Metamorphosis, The" 《变形记》
"Middle of the Journey, The" 《旅程中途》
Miller, Henry 米勒, 亨利
Mins, Leonard 明斯, 伦纳德
Mizener, Arthur 迈兹纳, 阿瑟
Moby Dick 《白鲸》
Modern Quarterly 《现代季刊》
Morris, George L. K. 莫里斯, 乔治·L. K.
Murder in the Cathedral 《大教堂谋杀案》
Murry, John Middleton 默里, 约翰·米德尔顿
Myth and the Powerhouse, The 《神话与源泉》

Nabokov, Nicholas 纳博科夫, 尼古拉斯
Nabokov, Vladimir 纳博科夫, 弗拉基米尔
Nagel, Ernest 内格尔, 厄内斯特
Nation 《民族》
Native Ground, The 《扎根本土》
Native Son 《土生子》
New Leader 《新领袖》
New Masses 《新群众》
New Republic 《新共和》
New sensibility 新情感
New York Review of Books 《纽约书评》
Newhouse, Edward 纽豪斯, 爱德华
Newhouse, Edwin 纽豪斯, 埃德温
Norton, Mary Herder 诺顿, 玛丽·赫德
Notes from Underground 《地下室手记》

O'Conner, Flannery 奥康纳, 弗兰纳里
O'Hara, John 奥哈拉, 约翰
Of Mice and Men 《人鼠之间》
Oglesby, Carl 奥格尔斯比, 卡尔
Old Man and the Sea, The 《老人与海》
Orwell, George 奥威尔, 乔治

"Other Margaret, The"《另一个玛格丽特》
"Overcoat, The"《外套》

Paleface and redskin 苍白脸与红皮肤
Partisan Reader, The《党派读本》
Partisan Review《党派评论》
Patchen, Kenneth 帕琴, 肯尼斯
Pense, Arthur 彭斯, 阿瑟
Perspective《视野》
Phillips, William 菲利普斯, 威廉
Picasso, Pablo 毕加索, 巴勃罗
Pilgrim Progress, The《天路历程》
Plekhanov, Georgy V. 普列汉诺夫, 格奥尔吉·V.
Podhoretz, Norman 波德霍雷茨, 诺曼
Poe, Edgar Ellen 坡, 埃德加·爱伦
Poetics《诗学》
Poirier, Richard 波伊里尔, 理查德
Popular Front 人民阵线
Porter, Arabel J. 波特, 阿拉贝尔·J.
Porter, Katherine Ann 波特, 凯瑟琳·安妮
Possessed, The《群魔》
Pound, Ezra 庞德, 埃兹拉
Prophet Outcast, The《被放逐的先知》
Proust, Marcel 普鲁斯特, 马塞尔
Pynchon, Thomas 品钦, 托马斯

Radical Imagination, The《激进的想象》
Rahv, Philip 拉夫, 菲利普
Ransom, John Crowe 兰色姆, 约翰·克罗
Reader's Digest《读者文摘》
Rebel Poet《反叛诗人》
Red Badge of Courage, The《红色英勇勋章》
Reed, John 里德, 约翰
Reich, Charles 赖希, 查尔斯
Rimbaud, Arthur 兰波, 亚瑟
Rivera, Diego 里维拉, 迭戈
Roebuch, Sears 罗巴克, 西尔斯
Roethke, Theodore 罗特科, 西奥多
Rolfe, Edwin 罗尔夫, 埃德温
Rollins, William 罗林斯, 威廉
Roosevelt, Eleanor 埃莉诺, 罗斯福
Rosenberg, Harold 罗森堡, 哈罗德
Rosenfeld, Issac 罗森菲尔德, 伊萨克
Roth, Philip 罗思, 菲利普
Rovere, Richard 罗维尔, 理查德
Rutgers University 拉特格斯大学

Sartre, Jeal Paul 萨特, 让·保罗
Scarlet Letter, The《红字》
Schapiro, Karl 夏皮罗, 卡尔
Schapiro, Meyer 夏皮罗, 迈耶
Schlesinger, Arthur Jr. 施莱辛格, 小阿瑟
Schloss, Carol 施洛斯, 卡罗尔
Schneider, Isidor 施奈德, 伊西多
Schorer, Mark 肖勒, 马克
Schwartz, Delmore 施瓦茨, 戴尔默
Seattle Liberation Front 西雅图解放战线
Seaver, Edwin 西弗, 埃德温
"Secret Sharer, The"《秘密伙伴》
Serge, Victor 塞奇, 维克多
Sexton, Anne 塞克斯顿, 安妮
Silone, Ignazio 西洛内, 伊格纳齐奥
Simon, Joan 西蒙, 琼
Simon, John 西蒙, 约翰
Solow, Herbert 索洛, 赫伯特
Sontag, Susan 桑塔格, 苏珊
Southern Review《南方评论》
Southern, Terry 萨瑟恩, 特里
Spender, Stephen 斯彭德, 斯蒂芬
Steinbeck, John 斯坦贝克, 约翰
Stevens, Wallace 史蒂文斯, 华莱士
Stifler, Adalbert 史蒂夫勒, 阿德尔伯特
Strachey, John 斯特雷奇, 约翰
Straus, Dorothea 斯特劳斯, 多萝西娅

Studies in Classic American Literature 《经典美国文学研究》
Styron, William 斯蒂伦, 威廉
Swan, Nathalie 斯旺, 纳撒莉
Sweeney, James Johnson 斯维尼, 詹姆斯·约翰逊
Symons, Julian 西蒙斯, 朱利安

Taggard, Genevieve 塔格特, 吉纳维夫
Tarkov, Oscar 塔克夫, 奥斯卡
Tate, Allen 泰特, 艾伦
Tell, Waldo 特尔, 沃尔多
The Goncourts 龚古尔兄弟
Thomas, Norman 托马斯, 诺曼
Thoreau, Henry D. 梭罗, 亨利·D.
Tillich, Paul 蒂利希, 保罗
Tindall, William York 廷德尔, 威廉·约克
Trachtenberg, Alexander 特拉亨伯格, 亚历山大
Trial, *The* 《诉讼》
Trilling, Diana 特里林, 戴安娜
Trilling, Lionel 特里林, 莱昂内尔
Trotsky, Leon 托洛茨基, 莱昂
Troy, William 特罗伊, 威廉
Twain, Mark 吐温, 马克

Ulysses 《尤利西斯》
Updike, John 厄普代克, 约翰
USA 《美国》

Valery, Paul 瓦莱里, 保罗
Vassar College 瓦萨学院
Vonnegut, Kurt 冯尼格, 库特
Vorse, Mary Horton 沃尔斯, 玛丽·霍顿

Wagner, Richard 瓦格纳, 理查德
Warren, Austin 沃伦, 奥斯丁
Warren, Robert Penn 沃伦, 罗伯特·潘
Warshow, Robert 沃肖, 罗伯特
Wasteland, *The* 《荒原》
Weatherwax, Clara 韦瑟瓦克斯, 克拉拉
Wechsler, James 韦克斯勒, 詹姆斯
Whitman, Walt 惠特曼, 瓦尔特
Wiener, Nancy 威纳, 南希
Williams, Raymond 威廉斯, 雷蒙德
Williams, William Carlos 威廉斯, 威廉·卡洛斯
Wilson, Edmund 威尔逊, 埃德蒙
Wings of The Dove 《鸽翼》
Winters, Arthur Yvor 温特斯, 亚瑟·伊沃尔
Wolfe, Thomas 沃尔夫, 托马斯
Wordsworth, William 华兹华斯, 威廉
Works Progress Administration 工程进展管理局
Wright, Richard 赖特, 理查德

Yeats, W. B. 叶芝, W. B.

Zhirmunsky, Victor 塞曼斯基, 维克多

菲利普·拉夫大事年表

1908年3月10日	出生，起名为伊凡·格林伯格，排行老二。
1915年	父亲前往美国。
1917年	俄国十月革命爆发。拉夫全家逃往奥地利，在维也纳生活两年。
1919年	全家到美国普罗维登斯与父亲团聚。几年后，移居巴勒斯坦。
1922年	独自从巴勒斯坦返回美国，开始了一生中仅有的两年学校教育。
1924年	辍学，从普罗维登斯前往俄勒冈。在一家广告公司撰写广告谋生。
1930年	大萧条来临，拉夫失业，前往芝加哥。六个月后，奔赴纽约。
1932年	重大转折：加入约翰·里德俱乐部、加入共产党；更名为菲利普·拉夫；担任《无产阶级文学》杂志的秘书工作；开始从事业余写作，翻译、创作左派诗歌；加入纽约"反叛诗人"团体。
1933年	在约翰·里德俱乐部遇到威廉·菲利普斯。两人开始筹划杂志。
1934年2月	《党派评论》作为约翰·里德俱乐部下属的刊物正式出版。
1936年2月	《党派评论》因财政问题与杰克·康罗伊的《铁砧》杂志合并。
1936年秋	《党派评论》停刊。
1937年春	结识玛丽·麦卡锡，不久同居。年底，玛丽离开拉夫。
1937年12月	《党派评论》复刊。作为文学月刊，其性质与归属已完全不同。
1938年9月—1939年秋	《党派评论》转为文学与马克思主义季刊。
1939年秋—1943年末	《党派评论》转为双月刊。
1939年	编辑部内部发生重大分歧。1943年，麦克唐纳离开《党派评论》。
1940年春	与建筑师纳撒莉·斯旺结婚。
1941年春	离开纽约，前往纳撒莉工作地——芝加哥。
1942年	从芝加哥返回纽约。
1944年	编辑出版詹姆斯短篇小说集，激发美国国内的"詹姆斯热"。
1949年	出版文集《意象与思想》。
1951年	《党派评论》资金陡然缩减，回复到以前的平民化形式，改为季刊。
1957年	从纽约搬到波士顿，任教于布兰迪斯大学，直到1973年。《党派评论》的具体编辑工作留给菲利普斯。
1963年	《党派评论》搬到拉特格斯大学，拉夫与菲利斯关系恶化。《党派评论》逐渐右倾。拉夫不再参与杂志的日常工作，也很少参与编辑工作。
1965年	出版《神话与源泉》。
1967年秋	与欧文·豪在《纽约书评》上展开一场论战。

1968年	意外火灾烧毁拉夫的房子、藏书和书稿。妻子西奥多拉在火灾中丧生。
1969年	出版《文学与第六感》；拉夫与一位西吉尼亚农夫的女儿结婚；秋天辞去在《党派评论》职位。
1970年	筹备并于当的秋天出版自己的杂志《现代时刻》。
1972年夏	《现代时刻》停刊。前后一共刊出六期。
1973年12月22日	去世。

后记

开始有意识地阅读纽约知识分子以及菲利普·拉夫，是在2001年夏。当初基本上是作为院里的一个“任务”而“接受”菲利普·拉夫的。斗胆“接受”之时，既对文学涉猎不深又对历史鲜有了解。因此，不得不从当初要求的“三年计划”拖到“五年计划”。2006年夏，本书终于成稿。阅读、写作中遇到的种种曲折依然历历在目，有酸、有苦、有辣，也有甜。

研究是为了学习。进入纽约知识分子这个领域，无论对我个人的视野还是学养，都是一个巨大的飞跃。那些知识分子所散发出的思想智慧与活力、他们对文学与政治的执著，是那个特定时代的产物，但他们的精神却超越时代，值得我们永远敬仰与学习。

我走入这一领域，从这一研究中受益匪浅，后来又将学术兴趣从文学扩展到美国文明，得感谢钱满素教授。她将纽约知识分子的研究选题带入我院，并在我阅读、写作的各个阶段给予了可贵的指导与鼓励。她的智慧、学识、宽容令我终生难忘。其次要感谢外院院长张杰教授。他对这套研究丛书的支持、热情以及执著令我们备感温馨与鼓舞。还要感谢陈贻夫妇与林华一家，是他们在美国帮我买了一本本参考书，并将它们带回、邮回国内。当然，还要感谢我的家人，是他们的理解支持着我的写作。没有上述所有人的帮助与关怀，这本小小的书无论如何也无法完成。

本书出版之际，我既感高兴又感不安。笔者眼界、学识有限，希望广大读者、行家不吝批评指正。

张瑞华

2012年7月于南京